诗自言集

王玉明 题

张成昱——著

百花洲文艺出版社
BAIHUAZHOU LITERATURE AND ART PRESS

图书在版编目（CIP）数据

诗自言集 / 张成昱著 . -- 南昌：百花洲文艺出版社 , 2022.2

ISBN 978-7-5500-4647-4

Ⅰ . ①诗… Ⅱ . ①张… Ⅲ . ①诗词—作品集—中国—当代 Ⅳ . ① I227

中国版本图书馆 CIP 数据核字（2022）第 008301 号

诗自言集

SHI ZI YAN JI

张成昱　著

责任编辑	许　复	
特约编辑	李俊滕	
书籍设计	汇文书联	
制　作	汇文书联	
出版发行	百花洲文艺出版社	
社　址	南昌市红谷滩区世贸路 898 号博能中心一期 A 座 20 楼	
邮　编	330038	
编辑电话	0791-86894717	
经　销	全国新华书店	
印　刷	武汉鑫佳捷印务有限公司	
开　本	720mm×1000mm　1/16　印张　29.25	
版　次	2023 年 4 月第 1 版第 1 次印刷	
字　数	180 千字	
书　号	ISBN 978-7-5500-4647-4	
定　价	78.00 元	

赣版版登字　05-2022-130

网址 http://www.bhzwy.com
图书若有印装错误，影响阅读，可向承印厂联系调换。

诗自言

（代序）

张成昱

戊戌年九月，在金陵解放门城头，与"挲云"诸友论诗之际，我说了三个字："诗自言。"

我一直怀疑诗是人类最早使用的艺术形式，它简单，所以适合古代人类的简单头脑；它又充满歧义，所以适合用以训练古代人类的简单头脑。我还怀疑，最早的诗是无意义的字节，被呼喊、被歌咏、被涂抹，是一系列声音、语言、文字的符号或者代码。我并未试图证明自己的怀疑，但每当我遇到那些无法正常理解的诗歌，都会觉得我的怀疑是对那些不说人话的诗人们的有力报复。

我甚至怀疑，诗之所以为诗，如此精炼，如此简洁，并非作为一种艺术形式的特殊规范，不过因为在原始人类脑回路不足的时候，一切表达只能如此精炼和简洁，就像金鱼那可怜的七秒。又仿佛人类在婴儿时期只会咿呀，而当婴儿成长为擅于口吐莲花的时候，诗便不再有足够的魅力以抵御万言书们。

先秦诸子奔放恣意的思想非几千年的积累不足以成就。只是由于乌龟壳的不易得、青铜器的昂贵和石头的难于着墨，五千年的前一半文明便坍塌成孔子们口中拗口的文言。而在此时，人类早已度过了无助的婴儿期，日益雄健和雄辩起来，于是诗就成为丰满扎实的有关语言的艺术、有关文字的艺术，甚至有关音律的艺术。甚至它更成为有关思想的艺术。

所以古人说："诗言志。"诗不仅可以言志，还可以抒情、论理。

它是一门可以百搭的艺术。

但在"诗言志"中,诗虽然是主语,却不是真正的主体。写诗的人才是主体。诗被诗人用以作为工具,用以言志、抒情以及论理。

因为诗是人写的。

但出乎圣人们的意料,今天,诗不再仅是人类写的。

中秋,清华大学计算机系的许斌教授在朋友圈发了一首旧体诗,那诗像模像样,还颇有些味道。一向不会作诗的他坦白说那首诗并非来自人类,而是一个名为"九歌"的作诗机器人所为。经许教授介绍,我又结识了领导"九歌"开发的孙茂松教授,并从那里似懂非懂地了解了些许作诗机器人的内情。

"九歌"以三十万首旧体诗作为学习模板,在基于深度学习的人工智能技术支持下,可以按人类给出的任何题目写出五绝、七绝和二十个词牌。水平如何?以我在简书"诗"专题做编审的经验,在所有以旧体诗为业余爱好的人群中,应在中线以上。

我深信,以今天人工智能的水平,计算机还不能真正理解语言的含义,它把汉字作为代码,通过与由三十万首旧体诗构成的学习模板进行繁杂的比对和计算,产生了一个计算意义上符合诗题要求的字符串,当人类读者读到这个字符串时,根据自己的文化修养、思想意识和情感体验,对其进行解读和阐释。计算机从天文数字的字符串组合中,找出一个最有可能符合人类要求的命中结果,如此而已。

诗是计算机找到的。

让我鲁莽地开一个脑洞:

当王之涣在公元730年写出"白日依山尽"诗句之前,有个堪比移山愚公的新愚公,发誓把所有汉字,以所有可能的顺序,五个字五个字地抄写在一张硕大无比的纸上,那么,可能肯定,"白日依山尽"这句诗,一定存在于那张纸的某个地方。

当然，没有这个新愚公，没有那么大的纸，没有人来得及在人类存续期间完成这个浩大工程，这只是一个脑洞。

人不可以，但计算机可以，也这么做了。我们可以有把握地宣布：一切由文字构成的艺术成果，都存在于今天的计算机之中，可以被看到，可以被复制，可以被抄袭。

问题只是我们想看到什么、复制什么和抄袭什么，以及是否来得及。

诗本身不依赖人类意识，它在人类不存在的时候就把人类可能言说的一切语言顺序镌刻在客观里。这就是"诗自言"！

把这个命题稍微拓展一下：一切以代码形式保存在物理媒介中的艺术，无论诗歌、小说、音乐、电影等等，都无过于此。艺术家们是找到而不是创造出他们的成果。

把一向以创造者自居的艺术家降低到检索机器的程度，无疑有些残忍，也部分源于作为图书管理员的我的某些恶趣味。

但一切艺术至少在保存的时候，是以有限的符号和代码，通过有限的组合来模拟人类的思想、意识及其内在表达形式的，而在数字化的今天，不仅保存，传播也是如此。

这有点像数学里用一大堆多项式去逼近一个复杂的函数，又像是用一大堆有理数去填满一个实数线段。之间的距离可以无限小，但永远会有。有理数有无穷多个，但实数比有理数多，多多少？多无穷。

不论过去、现在和未来，人类永远有超越一切艺术的外在形式，比如诗歌的更为细腻的情感和思想，只是当我们只能以诗歌来言说它的时候，言者拘泥如此，听者要懂。

或者说，诗之所言者，我们要懂，但更要懂我们自己。

目 录

2014 年

2015 年

2016 年

◆ **七律** ··119

2017 年

◆ 七律 ┈┈┈┈┈┈┈┈┈┈┈┈┈┈┈┈┈┈┈┈┈┈┈┈┈┈┈ 147

19

2018 年

◆ 小词 ···························· **223**

2019 年

2020 年

◆ 七律 ···························· **378**

◆ 小词 ……………………………………………391

诗自言集

目 录

五绝

观己

篱边听鹎晚，池畔觑鱼迟。我笑鱼游浅，楼头笑我痴。

野游

未解青山悔，怅然野径虚。溪声何汩汩，掩耳问乡居。

惊雷

轻雷驱暑气，急雨洗凡心。天籁传嘉讯，休惊槛内人。

题友人美图

红粉老栏干，相思恨两端。佳人何驻步？应是断桥前。

题照

路断黄昏里，为谁君若此。观鱼不肯言，一瞥双秋水。

采菊四十八韵

上平

一东
采菊莫匆匆，竹丛掩菊丛。入茶香不尽，谁憾落英红。

二冬
采菊莫相逢，相逢敢问侬。寥落关山北，又隔几千重？

三江
采菊莫临窗，临窗万里江。飞霞君送晚，惆怅旧家邦。

四支
采菊乱花枝，不堪醉眼垂。青山应望远，暮色久迷离。

五微
采菊知采薇，怆然已忘机。残枝零落处，谁识旧芳菲。

六鱼
采菊故人居，惊飞四五鱼。临波观水乱，徒羡卧芙蕖。

七虞
采菊莫伤株，妾心总不如。空枝谁与共，留与美人扶？

八齐
采菊陌头西，翩翩一老妻。雕栏今若在，依旧是空闺。

九佳
采菊踏云鞋，窈窕细女娃。红裙独自舞，横纵几金钗。

十灰

采菊莫徘徊，蹒跚和老槐。秋风吹幕急，未敢下楼台。

十一真

采菊枕边人，菊香鼎鼐新。闻茶情已满，恰是好时辰。

十二文

采菊惜红裙，飘飘灿若云。柔荑轻捻搦，琴瑟竞纷纭。

十三元

采菊忍纷繁，平心静本源。此中容万物，一念一元元。

十四寒

采菊玉栏干，凭窗昨日寒。期期谁默咏，一曲一姗姗。

十五删

采菊忆红颜，相知已万般。蓦然千里别，一步一青山。

下平

一先

采菊两三年，杨花绿柳前。纷纭辽事紧，不问错因缘。

二萧

采菊探渔樵，溪山野径遥。终南何处是，秋雨已潇潇。

三肴

采菊旧城郊，月明待柳梢。相思空自许，何不入包茅？

四豪

采菊久辛劳，三生未可逃。无缘倾国剑，且试斩鱼刀。

五歌

采菊向高坡，秋阳失意过。临池知晚醉，倾倒为残荷。

六麻

采菊采残花，相思没入茶。三杯如牛饮，只为看琵琶。

七阳

采菊尽南望，芙蓉并海棠。落花同一梦，不愿卸红妆。

八庚

采菊爱枝横，纷纷尽落英。秋残能几度，座看汝峥嵘。

九青

采菊学娉婷，怅然舞步停。多情情逾冷，不叹亦伶仃。

十蒸

采菊步高陵，吁吁若不胜。此间风水好，坐等泰山薨。

十一尤

采菊蓼花洲，青云目外游。阳关三叠冷，迢递羡沙鸥。

十二侵

采菊本无心，悲秋善自珍。应怜春燕老，自在入寒林。

十三覃

采菊误江南，梨花竹外庵。问君何所惧，颠倒不须惭。

十四盐

采菊手纤纤，沾香慢揭帘。随风飘不定，大运可重占？

十五咸

采菊近巉岩，簪花燕子衔。道心无处驻，风动不吹帆。

上声

一董

采菊解春愁，青山痴不动。岁月不重经，书生唯一孔。

二肿

采菊问书生，花如洛阳种。相交一笑中，何惜天子宠。

三讲

采菊睹天颜，终聆夫子讲。斯人好读书，不敢辞刘项。

四纸

采菊慕伊人，折梅惊燕子。能持玉龙杯，饮尽今生水。

五尾

采菊玉楼头，渡江凭一苇。佛前座抚琴，窃喜听焦尾。

六语

采菊寄相思，簪花识花语。痴人不解花，一任花来去。

七雨

采菊奈何秋，秋深秋色苦。江天落寞时，落花如落羽。

八荠

采菊不生财，技应学范蠡。黄金遍地驰，独取命中米。

九蟹

采菊正当时，重阳拆醉蟹。同饮酒三杯，离情无意洒。

十贿

采菊戏中词，秋尽犹难悔。曲终花散尽，座边三二蕾。

十一轸

采菊过江南，栀子芳菲尽。浪荡几春秋，长吟如一哂。

十二吻

采菊又从头，心远秋风近。大道类乎玄，达人归于隐。

十三阮

采菊醉生霞，不觉蛊已晚。扶篱品旧题，应自南山返。

十四旱

采菊慕流云，暮风吹不散。斜阳未忍归，因鹜追余暖。

十五潜

采菊忆江南，相思多泪眼。晨涂胭脂时，应报三分赧。

十六铣

采菊误春时，嶙峋忽已显。迢迢路不归，陌上相思浅。

十七小

采菊不知愁，却知人了了。相期月起时，月照芙蕖少。

十八巧

采菊问蝴蝶，可觉蜂太吵。声声是泣声，不说胸中巧。

见云子飘零洞府

近朱知亮色，远佞羡纯臣。李杜辞千阕，江湖又一春。

摘苹果

累累数枝香，迷离乱入肠。撷酸非为醋，踟蹰暗掂量。

题友人赏花照

案头书断句，竹下问秋葵。瞠目全无我，拈花不是贼。

次韵衍而不悖兄仄韵五绝之揽月

迢迢三尺路，谁挽红颜驻。落寞倚窗吟，周郎能几顾？

小聚

三人昨夜酌，与月双相对。涕泪莫临杯，酒中多一味。

七绝

灵璧石

满目江山入寸心，灵犀若有两三音。石边有价无人觑，只算天威几万斤。

晚钓

柳岸寒江不忍留，两三渔火恰知愁。孤舟斜照残阳老，我下钩时已上钩。

花下留影

春去春归不知愁，柴扉暗锁一园秋。欲留昨夜帘如梦，借景梨花也算偷。

次韵飘零兄大作

十朝金粉六朝京，忍渡关山不计程。应羡我兄逐鹿客，襟如劲柳笠如萍。

霜降

一泓秋水照青莲，醉起凭窗觑小园。约下归期君未至，枉敷脂粉饰红颜。

京城雾霭戏作

我笑青山看不清，青山笑我不修行。修成万里青光眼，识破城头那老僧。

改诗戏作

推敲笔误西门柳，忐忑心浮北岛萍。剔骨搜肠嚼一字，两厢笑倒几飘零。

爱花女

携花而至可堪留？应向梨花借点秋。不问拈花谁作主，满枝清冷葬花丘。

默思

樽前不语愧苍生，岂是空言悟道名。一笑黄沙何处冷，宁多白发不多情。

闪电河

湖畔山光细雨亭，若悲若喜若无情。久闻坝上多衰草，窃喜牛羊饕餮行。

随感

呆看夕阳不待山，小城今夜雨堪怜。画中自古无颜色，一笑一诗一路禅。

十年

十年无计梦扬州，久羡江南槛外楼。家国每多凌乱处，半分辛苦一分愁。

十三陵之明帝杂咏

长陵之永乐帝

长风怒海掩归帆，扬武修德一念间。纵有书生识大典，十族枯骨可堪怜？

献陵之洪熙帝

献俘何如献瑞禾？忍而未忍费琢磨。座中冠冕年犹短，不愧黎民愧郑和。

景陵之宣德帝

景从天下圣朝出，梦断十年运不足。仁义君王唯一怒，千斤鼎下是皇叔。

裕陵之正统帝

裕如天子本侠儿，久在深宫路不识。累死千军如草芥，宫娥同谢大王慈。

茂陵之成化帝

茂草繁花遮帝陵，可怜幼齿陷宫城。仁君何事凭西厂？天子难得独份情。

泰陵之弘治帝

泰山览尽众山青，远佞近贤不易行。忧患如师天下幸，江山最恨是中兴。

康陵之正德帝

康体健心岂易为，江山如戏帝如摧。衣冠未免逍遥累，为武止戈讽为谁？

永陵之嘉靖帝

永续龙城问大同，青词应佑老严嵩。倭奴犯海烽烟远，愧对宫人缚颈绳。

昭陵之隆庆帝

昭昭明月是非穷，久待宫门忐忑中。天下兴亡君已倦，半心半意半匆匆。

定陵之万历帝

定谋而动亦多娇，耀武三征是苦劳。自锁深宫不见面，一朝出土万人瞧。

庆陵之泰昌帝

庆生不及命相催，一月江山踉跄归。半粒毒丸红胜火，白云苍狗几成灰。

德陵之天启帝

德由天启道由心，匠气何曾觎冠军。阉魏须臾称万岁，城中尽是木头人。

次韵婉兄之帝京尘二首

其一

兀那多愁多病身，缘何昨夜惹红尘。乡关不似终南远，肯见秋风羞见人。

其二

顶上浮云久不开，雷霆霁雪震霜霾。假山莫问江山事，只卧池中盼月来。

乡思

风寒已过落花期，闲把离人吹上枝。万里乡关求一眺，心高半尺恰能窥。

甲午题本命物

追风不敢追天下，一箭何如栖片瓦。常讥千里人莫知，或因白马诚非马。

次韵友人作

腐曲千年未尝新，不生尘处懒除尘。坐听远唱阳关叠，一二三声尽唤人。

次韵古人诗有感

此山绝处彼山高，都是先贤旧褛袍。雅颂吟成风且住，先修善业后修桥。

五律

四月游凤凰山

春晚行犹早，龙泉槛外催。晴空托碧玺，冷木绕青楣。
养气休寻气，无为亦有为。江湖虽万里，悲喜几轮回？

游法源寺

梵境悲犹喜，佛门闭亦开。红尘徒烦扰，紫气尚徘徊。
证道无须念，明心勿自艾。欲修今世业，何惜过路斋。

借舟游白洋淀

五月拜青苗，湖乡羡路遥。小舟随意渡，薄浪奈何漂。
痴雁凌波谑，愚鸭逆水娇。归途挥落日，叉手谢渔樵。

游山

江南寻绿处，山径久徘徊。一瞬十因果，千年无是非。
求真应忘我，缘道莫思归。谁写庐边趣，惘然歌翠微。

闻妻小恙于旅途

闻妻微有恙，辗转不得眠。忽恨江湖远，孰知日月宽。
有女相服侍，无缘互慰安。明朝多美景，今夜善缠绵。

感怀

垂泪莫凭栏，楼高独自寒。别君三万里，温故五千年。
挥手江南雪，扶犁稷下田。秋风伤几度，犹恨旧河山。

十月观潮

潮生碧海间，俯仰愧孤帆。拍岸三千里，听琴四五弦。
群雌犹攘攘，独凤岂姗姗。退尽江南绿，遗珠不忍看。

2014 年

次韵杨逍诗友之五律白梅

冷月刃弦初，萍池水半枯。枝横欺白骨，眉落赞霜姝。
念此情痴矣，听之梦断乎？凭窗尘不拂，留以忆姑苏。

次韵安可心诗友之牡丹

辞竭谁知我，君临不是花。秦唐羞楚客，燕赵妒吴娃。
才别洛阳柳，又惊会稽霞。近乡无魏紫，枝暖两三家。

无题

枫晴碧落间，路断黄昏里。知己意如何，为谁君若此。
千金半步摇，一瞥双秋水。濠上可观鱼，洛阳休寄纸。

咏数十一首

咏零

空空何所拭，无物也牵情。滞者归于始，怅然偕尔平。
涧涧持遗恨，冉冉觉初明。不忍身前事，应期身后名。

咏一

至穷无所乞，为数应观止。孤雁亦识南，独弦能知己。
我妻悻悻然，儿辈孑孑矣。颠倒莫欺之，斯为天下始。

咏二

双飞双日月，对手相知切。万物赖生生，一元重屑屑。
偶得岂易常，逆取诚难越。歧路不能决，痴人其谓也。

咏三

安得吾师乎，万人行且漠。应知虎讯虚，可避邻家恶。
智者过于思，愚夫难止错。江山不两争，鼎立常无祸。

咏四

顿挫有余声，回眸半是情。鱼龙飞万字，月色洗孤筝。
花落藏秋尾，雁惊觑北溟。吟诗风雅颂，不敢独追风。

咏五

且随天数行，尧舜众成城。万物相生克，千山自纵横。
难言真面目，不食旧籼粳。尝尽舌滋味，手足未可更。

咏六

翩翩儒家子，袅袅汉宫妃。代代描金粉，声声说喜悲。
众生调作脸，飞雪细成灰。韬略称诸葛，祁山出几回。

咏七

不忍摘星辰，愧无宝匮存。多情常恨柳，无计不攻心。
命苦应思过，妻贤或乐贫。此生非战国，陶然古稀人。

2014 年

咏八

荣耻堪成数，宫商不可知。风生由面面，卦落信迟迟。
是阵森森者，其仙皎皎时。相交唯大义，再拜可全之。

咏九

斯是数之盈，何堪九九乘。霄云高入境，级品暗分层。
天地何悬绝，死生如咀崩。黄泉封末路，问鼎力谁胜。

咏十

九之已为甚，添一安可论。万全不易足，完满终成问。
媲美或倾心，争先应鼓奋。何须十指张，天命期年尽。

不见雪

相思岂尽春，万里赴嶙峋。乍别江南柳，重沾漠北尘。
摧花香刺骨，凝泪冷杀人。丝丝何处落，流云最湿襟。

难得月

疑是故人心，旧弦何处寻。门深难得月，交浅愧知音。
衰草淹归径，啼鸟匿远林。面窗推不动，竟夜只沉吟。

咏红

壮哉此江山，旌旗醉满天。落霞燃片片，流火染团团。
手妒撕玫瑰，牛饥嚼牡丹。读书八万卷，最爱是红颜。

七律

无题

残书万卷此春秋，不恨江湖羡故游。半页珠玑难破壁，一番踟蹰惧登楼。
忧怀未展听天启，弱水无涯任海流。敢问南山菊谢处，篱边可葬几升愁？

春游凤凰山龙泉寺

春痕侧畔是秋痕，寒暑无缘梦此身。一入空山清肺腑，半含幽水洗精神。
君违诸子倾佛子，我本庸人羡故人。踏破归途柯已烂，谁知王质不识春。

扫墓

亦步亦趋亦涕零，恍然一觉误清明。一十二载思孺慕，日月星光照素城。
昨日何妨悲化雨，今生惟愿雾成晴。芳菲渐尽人渐缈，幸留遗教梦中听。

故地之另类重游

当年老子叩函关，遗教留经谢故园。一步一言零臆测，半心半意满刁顽。
楼台依旧通神启，风雨如常述梵言。为报龙门凭一跃，此间夫子胜神仙。

偶思

或惊昨夜雨前风，学道参玄拟凤鸣。左岸初离欺右桨，春茗难煮恨秋声。
能将就处人人老，要不得言句句清。万物知行唯视我，任他偏信与偏听。

雨中游丰宁坝上

忽惊急雨过眉头，瘦马伶仃几处丘。密草遮风藏野径，暗云压树抚轻裘。
半生多舛伤知己，一望无涯早识秋。未解荒城孰落寞，当年悔不试吴钩。

草原怀古

当时应羡可汗弓，射落长天一望中。铁骑凭雷惊睡鸟，弯刀浴血洗苍龙。
汉皇应悔白登耻，明帝何惜宁远穷。不信雄关能万岁，秦时明月总无情。

怀古

汉家烽火妾知羞，愧把青丝换此头。冷刃香消三世悔，薄绢泪满一池秋。
千军鼙鼓听娇语，半页降书泣楚囚。堪笑白郎独说恨，君王身后几重丘。

初秋

薄烟晚树道边庐，又遇江南雁字疏。初见青山须婉转，久识明月岂轻浮？
半生唯念痴儿女，千古难寻大丈夫。满目清辉知曲径，三生一步愧踟躇。

天坛

远觑夕阳近觑仙，残钟蔽鼓愧知弦。满园尽是痴男女，极目何须旧羽纶。
昧己欺心一为二，回声随意百成千。楼台如故君如故，且祭英雄莫祭天。

思陵之崇祯帝

思繁行简座中论，掌上青山陌路魂。明帝无明何必闯，信王不信奈何臣。
独夫岁月风吹雨，万载功名土与尘。一十三坟须葬汝，八千子弟敢亡秦。

云酷

登高未必是青山，闲倚重楼携酒眠。久羡危阁能近月，暗讥残雾敢遮天。
浮华百丈青春伴，叠梦三生岁月迁。拂袖不堪吹面土，一念一茶一管弦。

明史感怀

片牍残烛月下明，听风识雨百年兴。沧桑阅尽轻皇冕，山海支离愧汗庭。
我主恩隆痴入毂，尔曹国破梦回京。书生不觉崖山恨，错憾流贼太纵横。

遗恨九一八

何惜涕泪是悲秋？岁岁今朝泣楚囚。万里嶙峋凭一怒，半池摇曳照双眸。
曾闻商女犹歌舞，又见离人正弄舟。甲午靖康皆是耻，为谁落寞为谁羞？

遥贺荒岛荷塘月色诗社沙龙

噙词弄水倚秋波，气雅神闲若众和。应是瑶台能赋柳，莫非左岸爱听荷。
相知可借诗来去，留念无妨梦奈何。却喜金风吹不落，一池佳句半池歌。

圆明园秋夜

拈菊搦柳抚秋荷，野径蝶狂绕茑萝。断柱参差悬冷月，残魂呜咽愧沉疴。
新堂故燕欺王谢，老鹤余年惧网罗。遗恨无常白发朽，憾人心处旧山河。

月食

秋月不堪冷画屏，渐痴渐瘦渐无情。清光尽敛肤如血，薄雾难消雨胜晴。
寒刃半弯随意斩，孤弦一曲奈何听。应知岁月原多舛，毕竟江天断续明。

2014 年

女排一胜，没有白早起

昨夜羌笛久不闻，忽惊大胜贺兰春。猿扑鹤舞夸新手，虎踞鹰飞羡故人。
唯爱群雌能笑傲，独怜浪子只销魂。何妨壮志男如女，不愧当年解甲军。

次韵黄景仁绮怀十六首

之一

掌外婀娜掌上轻，瑶娥把酒觑分明。画屏舞冷惜飞燕，鸾瑟歌柔数别情。
一曲梨花歧路绝，半池柳影晚霜成。潇潇叶落长亭恨，万里听弦四五声。

之二

又倚青山眺雾灵，芳心应怨画中屏。偷尝残蕊唇如血，暗许秋风耳莫宁。
漫语吟春灯下悔，含羞恨月柳边停。不知夜半谁听雨，误报牛郎织女星。

之三

雪后花枝雨后苔，小园昨日梦重来。虽惊长夜寒门断，却喜初晨故鸟回。
敝髻薄裘君可醉，竹钗素面妾如灰。何惜月下逐年老，换取三生相倚偎。

之四

曾忆江南暮雨初，流裙直入桂花居。千金璎珞银簪髻，半尺珠玑寸笔书。
昨夜危阁飞斗拱，他乡明月照芙蕖。百年识得三生悔，刹外青山听木鱼。

之五

青山碧海两相望，阅尽江天抚旧伤。细算归帆应别柳，误听潮信早焚香。
夜深犹惧穿墙子，日起才催隔壁郎。且试柴门金锁锈，当年恰似此时妆。

之六

青发不生白发生，错调宫羽奈何筝。一番明月依稀落，几度浮云断续成。
拂袖不堪痴儿女，沾襟总为笑歌声。阳关又是江南雨，再试乡音慰远行。

之七

才为佳人拭泪容，不觉鸳梦已怔忡。梨花半亩遮田垄，御柳千条匿影踪。
忽恨秋风何瑟瑟，不知春困正重重。相知不解相思苦，最怕无情别后逢。

之八

半掩柴扉弄里恩，竹篱疏阔犬声疑。不觉鬓畔斑斑处，犹记心头惴惴时。
道左村儿皆作怪，江东弟子几相知。秋高挥手别离际，屋后梨花正读诗。

之九

南人把酒北人醺，最喜吴音喏喏闻。梦绕西楼听半曲，情疑东柳惧三分。
应觉过客难知己，岂为封侯错建勋。谁赴他乡寻大道，飞鸿三两是孤群。

之十

千里不足百里侯，只多豪气不多愁。痴儿不问局中戏，过客闲敲目外游。
小胜呼茶夸豹尾，不支推盏避风头。隔门又觑江东友，昨日无颜今日休。

之十一

梳妆不检乱鬓鬟，南阁呼茶北阁应。柳岸银飘千百缕，菊亭酒满两三升。
残阳池畔橙光散，明月楼头紫气升。晨色推窗知冷热，夜来风雨问谁胜？

之十二

故国桃花碧海沉，江南明月晚来侵。潮声夜半惊寒鹭，剑影城头眺远林。
万卷书中辞渺渺，三生石上梦惛惛。知音久盼无人会，弹破伯牙老旧琴。

2014 年

之十三

玲珑塔外愧玲珑，学错经纶道德中。老子本无出世志，痴儿应效跨云虹。
江山岂仗衣冠紫，烈士能学刀剑红。可恨庸人唯婉转，凤凰空怨与鸡同。

之十四

传经谁胜老达摩，空口不识错几何。从善难持身后度，知缘不语道边过。
曾修残鼎难为铁，须借余钱不必多。天下本无兴亡事，只将玉手对狷涡。

之十五

江花起舞悔无箫，欲揽佳人半目遥。不理云端描雁字，却疑帘内画春宵。
可怜静夜三声鼓，难得狂言数页蕉。我唱谁听何处似，断弦犹胜曲全消。

之十六

遍识明月久欣然，又过中秋却避仙。壶内风云应善饮，枕边天地岂堪眠。
编排老曲敲残鼓，杜撰新词问少年。悍勇不敌柔似水，将军早学霸王鞭。

劝读

惜时应向玉楼读，解惑求源万丈书。风雨难辞夫子楼，江山不愧圣人居。
且听青史讥刘项，更向红尘拭唾余。阅尽千年无数事，透窗明月照芙蕖。

雾霾为秋风所破歌

昨夜秋风贼喜人，黄沙如雨也销魂。盘中饕餮殷勤扫，炉上狻猊自在奔。
雾掩千年仍惑目，云晴三日岂回春。周龟莫测天威梦，夫子何须太认真。

有钱花

阆园昨夜自纷纭，芙蓉如泪桂如痕。愁随孤雁难成阵，醉向群花不敢吟。
欲问红颜千世好，羞弹绿绮数弦琴。换取倾城唯一笑，而今谁作有钱人？

榆树花

春盛春衰只等闲，且随春意自欣然。老皮能饲离人饱，铁干常擎壮士天。
莫笑流觞难宿醉，非无秀色可欢颜。暖男空许花无价，花落谁抛十万钱？

次韵亦舒诗友之桃花

江南秋雨媚如丝，算错卿卿欲放时。曾送孤帆惜过客，为听花月误归期。
行前细扫东西垄，别后空余四五枝。阅尽三生无数事，半成萧索半成思。

2014 年

开会

半掩菱窗半掩门，各存杂念觑旁人。语惊四座难封口，茶尽三杯不沾唇。
胡说秋虫能百岁，常言天下已三分。残阳无趣抽身走，却照烛台又一轮。

名将录之项羽

楚人不吝江东子，席卷三秦求不死。咆哮城头问一羹，纵横天下驰千里。
君王悔矣醉失之，大将悲夫厥若此。宝马香妃莫惜身，终非命中真知己。

名将录之关羽

那朵桃花如不落，应添猛将颊中色。情因三拜困三人，运若一生唯一过。
刮骨虚览内外经，临敌恶补春秋册。人如肝胆马如魂，误入江湖都是错。

名将录之白起

道是秦人皆似虎，长弓大剑能伏虏。两三声叹或应悲，四十万军谁尽数。
人笑赵王错用兵，我知大势难从古。昨天尔挖万人坑，今夜又埋阁下骨。

名将录之韩信

高台虚拜岂空言，拜折霸王天下剑。识主何须一相追，点兵不怯三千万。
楚歌背水信知谋，汉帝夺军焉善断？忍辱能从胯下行，宫中长乐应无怨。

名将录之霍去病

汉家有子觅封侯，万里黄沙犹踏碎。轻骑敢入大漠行，长剑能劈胡儿泪。
翩翩每断可汗弓，凛凛常赢西子跪。少年若果寿经年，的卢或饮顿河醉。

名将录之亚历山大（上平四支）

大道高哲是汝师，留名依旧仗兵机。刀丛激滟突长戟，箭雨参差没铁骑。
樯橹灰飞王希腊，旌旗漫卷虏波斯。可怜壮志无人会，路近天竺不敢随。

名将录之高长恭

乱余心者阵前王，夺我情时漏夜长。一张鬼面遮不住，二三竖子嫉难防。
兰陵百战空求死，柳树孤魂恨未央。不死刀锋亡于鸩，犹疑猛将是娇娘。

名将录之拿破仑

乱世江山不惧才，异族直上霸君台。高卢百战局中略，欧陆一同陛下怀。
万国能服千骠骑，大王何虑小身材。败因东去逐白雪，疑或痴寻公主来。

名将录之岳飞

绮怀能孕汉家种，天子辱而臣子勇。慈母手中线与针，英雄背上轻如重。
千钧铁骑肆其名，一箭长缨凭尔纵。谁问江山欲属谁？风波亭上风难动。

名将录之郑成功

郑王收土已常闻，我叹江山聚与分。华夏衣冠难久恃，靖康故事岂独存。
食君从未千钟粟，仗剑何拘一介民。天下两端皆胡马，我同明将共逡巡。

名将录之李靖

风尘谁识大侠三，红拂明眸辨骏骖。沧海流横饕餮子，梧桐栖老凤凰男。
半凭豪气文如武，一握江山北与南。应许凌烟飞上去，不留绮念且清谈。

雨问雨答（新韵）二首

其一

这池秋水倩谁倾？夜打芸窗第几声？更鼓梦迟偏入戏，烛膏泪冷甚多情？
楼台三五重而重，杨柳七八青未青？且与江南约一醉，或知留客可能行？

其二

我欺茶冷向风倾，百百千千万万声。忘语忘机难忘旧，知音知己不知情。
痴听鼓点无心碎，梦笑枝头肆意青。莫教扬州惜老鹤，微醺微雨正堪行。

重重阳

一年涕泪两端吟，再学老莱鼓旧琴。重又重阳亲最重，今如今夜醉长今。
九秩在望终恨短，千寻何咨语常喑。天生老病天何忍，也傍松竹学鹤音。

感怀兼谢挐云诸友

昨夜青山应不悔，挐云辟雾攀龙尾。曾习庄老二三篇，不惧江湖南北腿。
学自鸿儒若可欺，齐于贤者能无伪。千杯一饮莫非痴，缘是神佛因是鬼。

厦门看金门

梦断鸿沟半指宽，中原仍怨旧烽烟。纷纷流火挥寒刃，脉脉孤民憾逝川。
国恨不知和为贵，乡愁无奈醉中还。如今且罢干戈事，不费江山只费钱。

厦门感怀

向海曾吟浪太迟，夜阑意气转支离。钿匣难觅八千贯，财簿轻如半句诗。
万里不足酬雁志，三生须忘断肠时。岭南且载风催雨，可洗青衫裹旧瓷。

渔村行，游曾厝垵

呼杯携酒觅渔樵，道旁无人不卖糕。断桅横骑权作椅，老帆高挂恰如招。
终南岁月三千载，稷下衣冠半尺遥。欲效行人行且嘻，真心错爱假清高。

随雁而还 APEC 中的北京

江南留我不留痴，数错归程未改期。细雨应怜原上草，青云不问鬓间悲。
寸寒寸暖三秋老，半拒半迎万里迟。览尽江天何处醉，繁花一树几空枝。

暖气

只手孤楼护住春，不思冻馁懒忧贫。妻儿言笑福双至，老汉杯盘醉几轮。
羽被轻盈堪抖擞，泪烛摇曳费逡巡。更深犹抱西楼月，莫问街头瑟索人。

贺无为古人小诗友十八岁大寿次韵二首

其一

少年不羁老来惭，立马千言何以堪。信手拈花持妙句，无心化蛹讽僵蚕。
一如江海三分水，全仗蜂蝶半日谈。须有空杯方趁酒，烟花六月欲得簪。

其二

无端踌躇为何端，酒养精神木养肝。三两佳人新境界，十八浪子古衣冠。
斑斑竹泪因谁染，脉脉秋山任尔看。莫羡老成思不惑，芳华恨短且盘桓。

无题

远古苍云耻忘机，落霞墨岭半支离。中洲问鼎何三绝，羑里询花最一枝。
掩笑讥人欺淡泊，经天顾我误参差。美人素面无脂粉，恰可羞红放浪儿。

呼吁语言文明

问礼学仪俱本分，莫因一语误三春。轻舟操桨难为桨，朔气逼人不暖人。
你妹如花花且赞，他妈已老老应尊。无知无畏兼无耻，愧了祖宗愧子孙。

读亦舒诗兄大作有感

新年初试旧吴钩，为识荆州下九洲。信手文章惊妙绝，无心杨柳唱春秋。
后学后知休后进，须眉须奋不须羞。江南自古多灵秀，我羡曹刘近仲谋。

悼吴清源大师

万古江山一局棋，吴君应是弈天手。纵横尽付器中观，黑白逆知盘下走。
故国三千烦恼丝，他乡百岁柔肠叟。早弃浮名今弃世，可比云台谁不朽。

赠妻三首次韵

其一

翩翩又忆旧时恩，梦醒神追槛外人。一去阳关三万里，独听白雪半边尘。
应知琴冷难调瑟，每念秋高不恨春。谁伴佳人吟咏久，梨花或可与君邻。

其二

归雁休从暮霭夸，阑珊不避旧年华。曾随韩柳伤残柳，却笑烟花惜落花。
浪涌云帆情可在，风噙岸柳忆无涯。空庭不扫柴扉雪，为怕门前不识家。

其三

别后羞知醋酒茶，飞鸿只问怎生涯。鸣肠喜嚼千层饼，玉盏空留半尺花。
细数江南多少雨，错听檐上奈何鸦。可怜明月谁曾缺，为免更深不忍霞。

诗版吵架

莫为江山只为诗，披经抡典总支离。佳人不吝七八嘴，才子难凭左右肢。
敢问苏辛谁救宋，应知李杜未思齐。何妨再续金兰谱，先点梨花后点眉。

不眠

晚醉吟空御酒池，薄醺轻吐倚门狮。厌听白雪重裘冷，愁和阳关敝履悲。
陌路七八魂散客，陈札三五句残诗。犹知梦远传更鼓，坐等夕阳早起时。

示女十八首

之一

良宵更急恰忘机，羞向巫山问吉期。稷下书传闻可道，洛阳纸贵试方知。
春山渐起芙蓉藕，夏雨常侵翡翠枝。喜报爷娘潮信至，天潮赐我弄潮儿。

之二

昭阳宫外久徘徊，暖玉随啼共抱来。半掩娇妻何惜乳，万般辛苦亦舒怀。
泰山助我三春柳，秋水听君一曲梅。最爱咿呀初学语，蹒跚拾步向云台。

之三

昨日才穿腋下爬，晨来学步喜歪斜。几回暗咏三秋句，一迈初开万里车。
始信痴儿才过斗，娇呼妈爸语无瑕。可怜椒乳双难足，玉净瓶中种奶花。

之四

娇儿托与路人怜，送女难分万手牵。课散奔回犹忐忑，云深归处正团圆。
常惭三斗折腰米，独缺八千奶粉钱。谁解痴儿痴父母，环膝撒嘴讨甜甜。

之五

儿下班时我上班，暮云上下倩谁看？或从沧海常独往，便向江湖任两难。
垂老怜孙凭老父，踏秋无虑荡秋千。归时不舍残阳暖，犹问阿爷几个天。

之六

怕做俗人学巨人，一周几次慕青云。拨弦四五听弦断，布子三千送子勤。

泼墨浮尘天早黑，描花细纸彩如焚。琴棋书画牢骚遍，依旧铿锵唱外文。

之七（新韵）

入吾彀来尽是葩，小学三代湛清华。亲朋易数七八九，面目难识我你他。

能算能读夫子女，爱哭爱笑美人娃。痴儿从此无归路，只向云台饰旧霞。

之八

此途来往久匆匆，送女迎儿两岸通。莫效悬梁留一命，应期问道上三清。

文轻理重难知学，聚少离多肯愧穷。不识庐山须识己，个中风景万人同。

之九

骊火秦嬴刘项书。须凭脍炙可知渔。朝闻晚道程门雪，后学先回燕子居。

谁染浮云千里白，我怜明月半眉疏。勤开邺架焚余卷，格物经天岂阙如。

之十

浑天万物九重霄，弱水三千饮一瓢。七窍不通通尔六，燕京休赋赋其辽。

炎凉体会人心转，顺逆神交雁路遥。恰遇当时唯善弃，得如难得可渔樵。

之十一

立雪囊萤起早更，如形如影不堪停。江山点画须留白，功业昭彰且杀青。

闻道三迟经筚路，留情十里对长亭。张弛度外尤聆教，渴慕芳华亦尔馨。

之十二

经世如禅悟始终，宁求其破莫求同。不三不四知唯一，亦正亦邪论此中。

或可青颜分左右，可堪白骨试西东。云台须向身前驻，往返从头恰是鸿。

之十三

仁者青山几万重，望南唯见数高峰。君前恕己如斯忍，世外怜人宛若容。

福祸由之须念念，慈悲任我莫汹汹。浮屠万丈因谁颏，何处莲花缘是逢。

之十四

义字当前不肯违，青云本自镜中回。流年万古如斯尔，汗史千篇岂妄哉。

三尺欺心头举讫，一生负我食嗟来。应知大道临天下，为与不为皆可哀。

之十五

礼下于人无上下，往来稽首尽鸿儒。致之薄面三千拜，敬尔清茶四百壶。

门内择言须宛转，隆中问道岂糊涂。倾城几顾催颜色，忍得江山一的卢。

之十六

智如诸葛竟何如？六出依然困内虚。盘算桃花常错落，沉思竹幕暗唏嘘。

明明德在三千界，致致知乎一尾鱼。格物休分名实辨，秦人坑里有焚余。

之十七

信然一诺岂千金，可守桑田种本心。泥古何妨诚似古，非今亦可慕于今。

匦盟老矣怜桥下，立木嫣然酬月阴。忘却营营非不易，放开离袂自深沉。

之十八

华年际遇苦施为，万里何如万卷奇。岁月从前斯可问，辛甜而后汝应知。

良言意会匆匆觉，行止神期切切疑。十八青莲江海上，吾儿岂止弄潮儿。

2014 年

赞诗友婉兮清扬之佳作（十五咸）

疑从青鸟口中衔，或上昆仑窃玉岩。摹尽群花花尽愧，才超余子子超凡。

折腰孤雁随新韵，古律清辞解雅馋。千曲千诗千句赞，谁听檐上小呢喃。

甲午冬至感怀

薄雪轻裘陌路斜，云寒休攘垄头鸦。流觞易醉零星月，老骥能欺万里车。

韵谱吟香空诀语，心经诵冷旧袈裟。冬深至此三分暖，莫问春来可识花。

咏玫瑰花

长安休倚芙蓉树，玉阶罗裙银满路。听倦相思半阕诗，看空博弈双杀步。

情分几曲调难酬，缘定三生弦不顾。手把红花送不成，针针已上心头驻。

生日自祝

年年今日不须愁，错过三更老一筹。燃烛休吹灰作泪，听松可效发成虬。
此生过半徐娘老，尔辈无双梁父谋。应谢妻儿齐祝祷，谁问高堂可记仇。

二〇一四年最后一律（扇对，入声一屋）

曾许桃花枝六六，天机行运发如菊。可怜羑里虎三三，昼理原知人是肉。
何处楼台雪若飞，那边岁月君应祝。千棋缠绕斗经年，拍案停时余半目。

小词

定风波·五四游燕园阻于门

曾羡群氓觅大师，修身犹胜辩东西。问道求原格甚物，无路，
回头终是一雄雌。

小我积沙成巨塔，博雅，信乎真理未名之。驽马识途能万里，
如此，红楼路远几人知？

天净沙·和友人

国仇家恨情伤，柳风槐影荷塘。明日再歇一晌，由它去赏，
无悲无喜无妨。

相见欢·遇故人

依稀又见伊人，猝失神，终是红颜白发胜清纯。

相识久，相遇偶，莫相闻。忽恨卅年一瞬太销魂。

相见欢·夜夜夜夜

烛前罗帐轻合，觑秋娥，疑似一泓残雪透清波。

春衫瘦，春雨骤，奈晚何。遥问故人今夜怎消磨。

虞美人·端午悼屈原

高风雅意凭天问，湍水流余恨。家国忍弃此忠魂？不信满城桑梓尽奸人。

楚王秦帝今何在，梦落江山外。何妨江畔弄扁舟，遮莫朝食白露晚吟秋。

西江月·步朱敦儒西江月原韵

休羡状元及第，可怜富贵花开。无情恰是此情怀，婉转皆非障碍。

回首难寻故我，转身又见方才。时空长短巧编排，吾辈英雌犹在。

渔家傲·别意

莫论乡愁挥不去，江南尽是留人雨。谁道天晴云好觑，无端惧，销魂处亦断肠处。

浊酒何堪杯半举，风华如此愁如许。任是多情诗作曲，独踽踽，青衫一掷夸褴褛。

菩萨蛮·望女儿登台北 101

遥迢碧海莺声断，循声不见芳心乱。最恨是回眸，回眸白鹭洲。

登高知远眺，梦远羞年少。何不羡多情，多情残月明。

忆秦娥·感怀次韵李白

谁呜咽，星沉雾乱约残月。约残月，声声遥忆，迢迢惜别。

依稀似落花时节，相知不绝相思绝。相思绝，听风风断，望山山阙。

更漏子·别滕兄

忆流年，伤往事，楼外蛩声如织。杯溢酒，掌擎刀，狼烟说寂寥。

生如戏，谁知己，阅罢将军意气。休执手，慢停盅，别君无弟兄。

诉衷情·与友聚而后别

茶香酒烈两杯中，谁写画幅空。昭阳梦落何处，惆怅旧屏风。
心不定，意稍平，梦无踪。心应无碍，意尚阑珊，梦也怔忡。

醉花阴·别友

残酒留香香转薄，茶冷菊花合。隔座问佳人，一夜秋风，可
解秋风恶？

匹夫本羡蓬蒿客，好德如好色。莫道不惜福，谁辨东西，老
马从头错。

破阵子·百人聚

百子随缘又聚，卅年别后重逢。方外田园拥碧水，篱畔桑榆
抱晚风。樽前和酒听。

美女风华依旧，帅哥豪气丛生。亦步亦趋仍潇洒，如诉如歌
复叮咛。来程是归程。

长相思·忐忑

命一抔，土一抔，塞外风轻寂寞楼，阳关一曲柔。
上心头，下心头，莫论心宽忐忑休，说愁不识愁。

苏幕遮·过坝上情人谷

怯残云，伤劲草，不见牛羊，惟恨寒鸦小。雨过风凉薄露少，坝上多情，心上无情老。

远归人，听去鸟，水碧天青，遥忆江南好。塞外孤城春意渺，又是柔肠，独饮相思饱。

蝶恋花·七夕之老夫老妻

贝齿期期如艾艾，欲语还迟，恨把书声怪。夜色清辉心事外，无情却笑多情坏。

是老夫妻羞说爱，不是情浓，错认相思债？白发如织吹不败，廿年风雨花枝在。

风入松·圆明园

百年焚后旧山河，荒草废池阁。寸心寸土阑珊外，付秋风，任尔雕琢。野径无人问酒，新庐几处传歌。

知耻犹自羡荆轲，一剑血如梭。书生意气青杉破，恨回首，无力分说。二弟马名赤兔，三军桥是奈何。

一剪梅·学字

欲写长虹掷笔行，别了真卿，遇了兰亭。乱泼墨发绺如风，字错手停，意错魂惊。

曾忆江山不忆情，眉上心平，心上眉峰。逆知一世即三生，春水蒙蒙，秋水冥冥。

捣练子·送小女入学

飞叶溅，暖阳曛，早送秋风午送人。犹忆当年别故垒，回眸最恨是青云。

渔家傲·识新别故

论古谈诗知叹止，痴学应羡二三子。素手佳人檐外掷，回身避，繁华今日如昨日。

又向阳关趋半尺，销魂如此伤如此。满地落花君莫拭，垂眸忆，为听明月帘中事。

御街行·中秋

纷纭乱洒银如雨，寂寞里，听残曲。满城春意羡团圆，别过西风重聚？醒时噙茶，醉时把酒，万里同识趣。

花枝摇曳余香续，梦断矣，魂来去。瑶娥恨远敛秋波，岁岁逍遥情绪。来处多愁，去处无心，休问谁相遇。

踏莎行·满月

春水依依，秋风瑟瑟，临窗窥透相思课。嫦娥应许待黄昏，黄昏别后清辉落。

月涨盈盈，琴残默默，无声却笑莺声弱。都知今夜最团圆，团圆又恨春秋过。

南歌子·长城

极目九重天，万里屏云一念间。铁骑金刀多少醉，雄关，大汗魂凝易水寒。

不敢问青山，冷眼英雄忆贺兰。却笑君王知大义，秦砖，千载犹怜孟女冤。

临江仙·首个中国烈士纪念日抒怀

2014 年

岸柳飞花逐燕子，落霞欲掩惊鸿。年年今日太升平。楼台王与谢，谁念逝英雄？

汗史应怜千载恨，将军热血犹浓。临江把酒不多情。为寻天下治，遗泪拭青松。

浪淘沙·重阳

九月九重天，一恍何年？愿登五岳望亲颜。不恨草长遮泪眼，依旧青山。

慈母问衣寒，犹自缠绵。须听冷月照流泉。谁送高堂追不老，我亦蹒跚。

荷叶杯·戏作

谁解良辰吉日，无事，一杯红。
学诗闻道羡童子，三字，半生穷。

玉楼春·有怀

画堂金粉相思雀，又续阳关怜呜咽。鼓瑟不闻槛外蝉，沾襟犹恨囊中涩。

案头写错断鸿书，座上听乏逐鹿客。万里江山半尺局，壶中岁月春秋过。

调笑令·鼓浪屿

听浪，听浪，莫效杨花模样。谁吟昨夜留诗，人知不若己知。知己，知己，前面斯人正喜。

浣溪沙二首

忆雪

缩手不觉叶落禅，丝丝络络鬓间寒，横骑只为暖栏杆。

遍问青山谁是客，无从携鹤下江南，可随杨柳恨来年。

雪忆

曾赴阳关谋一面，多情谁笑江南远，我为佳人留几片。

休提遗恨千年白，莫怨西风吹不散，满地落花知梦断。

十六字令

东，古鹤支离半老松。朝阳起，一纸画从容。

南，耳语秋风总是谗。斜檐暖，痴燕错呢喃。

西，对面阳关陌路岐。匆匆别，曲曲不思归。

北，恰如媚柳冬山侧。大漠空，草狂风是墨。

春，犹畏清寒冷效颦。江南远，花蕊且逡巡。

夏，晴雷急雨荷花下。凭窗问，何时春去也。

秋，不辨青山始与休。猜君意，应在葬花丘。

冬，看破浮云几万重。无情雪，留白点秋虫。

琴，王谢衣冠不肯喑。声声断，独与半弦吟。

棋，横纵三千解甲师。相思苦，更苦美人催。

书，敢写春秋半字无。秋池黑，掷笔洗胡涂。

画，江山一壁心头挂。错目间，红黄谁乱洒。

风，吹乱残霞几处红。应收拾，谁共此心缝。

花，半亩江山一径斜。红颜冷，零落向天涯。

雪，无情肯在心头热。指点间，卧窗听白月。

月，团圆一夜相思缺。恨远归，不知天下阔。

谒金门·游厦门

风仍啸，最爱轻狂年少。打碎相思人醉了，归帆依旧老。

拾梦天涯海角，拍岸声声相报。又唤妻儿明日到，临窗知料峭。

摊破浣溪沙·从解张二兄游有述

约错荷花半茎莲，冰封三尺冻留言。何忍荆州拍栏遍，惜
蹒跚。

白发应惭双学士，青衫须换五千钱。量小未曾因酒醉，忆
华年。

长词

雨霖铃·校庆感怀步柳永之原韵

情纤意切。恰无心处，欲歇难歇。奈何晚春拾趣，葱葱郁郁，
花蝶齐发。此日人人记得，却无悲无噎。念往昔，何惧漂泊，离
远方知海天阔。

早知伤别岂轻别，卅年近、才悔误时节。曾视江山如握，却
酒醒、只谈风月。辜负师恩，可把时光茌苒重设？愿从此，细数
愁肠，分作几回说。

满江红·长安怀古

汉瓦唐砖，何处是，龙骧虎卫？凭栏眺，江山如案，将军如醉。
匹马无回听鼙鼓，未央宫外风云会。阅千年十代帝王居，弹指碎。

人如海，潮如泪。匹夫起，独夫跪。怎一只秃笔，能描神鬼？
堪笑秦皇埋甲处，不知御榻何人睡。傲江湖无论好心情，愁滋味。

念奴娇·大观园

最繁华后，最萧条，最落寞失神处。非是楼台多块垒，满眼无非浊物。病柳衰杨，流花飞絮，春晚残如许。一池新水，多情洗作无趣。

遑论才子佳人，轻吟浅唱，尽是伤心曲。黛宝袭晴迎探紫，俱化红颜白骨。富贵乡中，温柔梦里，偷觑前生路。曹兄知否，痴人归途又误。

望海潮·古北口

风寒易水，锥横博浪，曾经慷慨休提。裂土失疆，孤民垂望，椎心泣血谁知。能不怨王师？谓千军易得，独木难支。窥断烽烟，未捷名将早伏尸。

而今国运重拾，禀千年遗脉，再判雄雌。孤岛暗礁，惊涛怒海，强倭悍虏仍驰。豪气尚依稀。却知耻而傲，啜恨如橄。何必雄关僵卧，吾辈愿鹰击。

水龙吟·十月抒怀，次韵辛稼轩登建康赏心亭

江山万里如秋，远鸿逐日衔天际。滔滔入目，离情别恨，浓云如髻。塞北城头，江南梦里，竟无余子。任游帆去了，横舟问遍，英雄会，佳人意。

却笑粗茶细脍，咏国风，书生知未？洛阳难舍，长安应见，宏图志气。岁岁年年，欺风傲雨，豪情如此！愿雄关逆取，将军拂袖，匹夫挥泪。

八声甘州·赴厦门途次韵幼甫兄巴陵怀古

倩谁人碧水洗青山，免我避龙城。幸期期昨夜，关关堂榭，终现初晴。故友新朋可数，屈指太分明。二八经年苦，白发都生。

孰忍胸襟寥落，念芙蓉恨老，锦瑟伤情。若非池中物，羞问几方萍。谢红颜，信英雄事，劝匆匆试剑远林坰。应知己，志随鸿雁，语寄琴筝。

惜黄花慢·不靠谱的爱情故事次韵一叶诗友

似浅还浓。遇那人季节，数点秋枫。友朋四五，扶肩接踵；无非过客，同是归鸿。远山终是溪边路，忽相倚，月下清胧。持手间，鬓云欲散，眉语交融。

别时依旧如风。问菊犹落落，梅亦丛丛。径深何往，可凭青鸟；飞泉催瀑，晚霓流红。急更未索春潮信，怨谁弃，雾锁峦峰。梦逝夫，遗才不解珍珑。

昼夜乐·立冬偶忆次韵柳永之忆别

桃花总向枝头遇，数不清、千重聚。匆匆一叶相交，错过江南愁绪。梦里寻她晨与暮，若期期、蝶狂如絮。又是落英时，倩和谁同去？

春秋次第叠相诉，试几遭、终相负。画梁燕子惊蝉，王谢当年未住。帘外云烟欺柳断，望的的、尽无情处。新雪莫相思，可携相思度？

汉宫春·满血复活回京再来

误了江南，把红花绿海，并付琴弦。吴音太软，道不尽碧云天。秋风怕骤，算从头，毕竟无缘。鸿去矣、七八童子，追风犹胜青颜。

故国鹏程而已，或翩翩一翅，已过千山。城头看明月落，欲老还难。笙歌缦舞，唤黄莺、悄语关关。知兴替、王堂谢榭，无非三里清寒。

2014 年

六州歌头·新陌室铭

心如陌室，风雨意阑珊。秋雁懒，长亭远，倚栏杆。忆青颜，愧赴黄花阵，玉街恨，君休问，终南近，相思尽，早蹒跚。大道无途，问礼邯郸步，错染江天。觑中州驰马，不似旧烽烟，且试悠闲，扫眉看。

此朝可隐，清谈困，歌舞闷，且虚眠。江南醉，潮头睡，两三弦，岂成欢。画堂轻王谢，讥故燕，莫知年。千古事，常如是，忍欣然。月在柳梢，篱外菊香冷，解语南山。曰情如逝水，老迈不应怜，梦越阳关。

满江红·题玉兰花树以和幼甫兄

细数归期，三百瞬，荣枯明灭。怜玉阶、拟层层谕，丧心人阅。残柳仍残江南絮，落花更落菩提叶。折空枝、年少肯轻狂，千军夺。

刀剑弑，天下物。君与马，黄金骨。刻空名于树，谶图于月。王谢楼高痴燕喜，孙庞酒冷恩情拙。正匆匆、催雪覆江山，柔肠热。

水龙吟·冬夜感怀

知天下已无诗，咿呀尽是关关叟。唐时冷月，宋时月冷，蓑翁饭否。一样春风，几般秋雨，新辞如旧。问檐头燕子，归来归去，都不似，江南久。

壁上青山难走，画空空、愁随杨柳。寒蝉切切，妄言鹦鹉，捧心秀口。鼓瑟情长，揉琴韵短，知音或有。却云烟缈缈，添香无处，枉怜红袖。

摸鱼儿·甲午本命年次韵辛稼轩更能消

惜红衫入江南雨，红颜随雨流去。长思千里无人识，胡马怎关天数。饶伯乐，图中骥、扬蹄为有通天路。语中无语。算不得相思，伤时恨柳，沾一点残絮。

青山怨，我与青山皆误。飞花狂，落花妒，吟哦只记洛阳赋，纸醉云台如诉。谁起舞？画不出，秦砖汉瓦长安土。闷骚何苦。学一曲阳关，归舟晚唱，嬉笑错弦处。

念奴娇·携女探母感怀

昔年忘矣，数家国、谁解潮升潮没。故事从头，听不尽、无限江山一瞥。冷焰横空，残旌堕地，都作寻常说。春秋公论，花开花落时节。

遗恨过往轻狂，小儿孙对面，夸星吟月。紫绶红伶，名利处、满眼珠光明灭。宝马丰田，千金能换我，孽缘重设？鹿归天下，一枪曾试风骨。

永遇乐·大雪节气感怀

胡马曾驰，破千军处，秦铁衰矣。偶遇秋晴，心高梦浅，洗醉东流水。缓琴疏鼓，狂萧苦笛，学斩凤屠龙技。怯江湖、波深浪涌，又倾半斗陈泪。

虚名大雪，痴人惊惧，一抹轻霜而已。冷雀寒鸦，僵蛇呆兔，可饲凌云志。恨难成勇，过犹不及，何虑冠朱衣紫。或应问，心怀左右，道分彼此？

八声甘州·有寄次韵柳永对潇潇

寸心量万里恁情长，花落肯薰秋？惜青眉略婉，红颜尤倦，懒下西楼。问得风霜何自，未语喧声休。可点东窗烛，斯泪横流。

错认乡关何处，说离魂归梦，与恨同收。觑苍原胡马，草暗不堪留。背南山、细藏残菊，皆北望、沧海可驰舟？江天阔，待阑珊后，莫记前愁。

八声甘州·后宫次韵柳永对潇潇

忆双亲黛目总朦胧，别后两三秋。视宫墙如尺，传更如缶，只恨雕楼。若水欺花厌柳，残梦醒时休。常伴江南醉，难辨清流。

西子八千别院，问帝心何往，玉册谁收？洗眸边脂粉，和泪莫须留。羡春光，罗衫初泄，岸上寻，莲动系横舟。帘中久，念昭阳事，浑不知愁。

金缕曲·冬至感怀

至者春秋矣。解微言、纵情万物，致知三耳。梦断常怀青衫碎，每惧风寒如刺。王谢燕、休啄故纸。曾羡江南梅雨冷，遇江南、更羡长安泪。城内外，八千骑。

谁怜杯酒能消睡。换清茶、可歌可咏，洛阳滋味。犹虑堤头杨柳间，问罢江山不二。听鼙鼓，敲残壮志。大漠识途唯匹马，别阳关、再画阳关翠。君与我，可终始。

齐天乐·自贺有怀

问谁施我春秋卷，诗书怎堪零乱。浪荡经年，逍遥半晌，君我时光须换。无心拍案。羡窗净池空，雪清霜暗。把酒噙杯，且吟梁父曰何怨。

回身渐虚渐远，任南山菊冷，西阶人满。躲却浮华，安排岁月，细数余生近半。相思恨晚。驽马识终南，试青山砚。点画无常，草三千籀篆。

其他

排律·甲午年终总结

龙蛇不堪别，相期百岁看。春开驰午马，夜尽品辛酸。

又识洛阳纸，重凭坝上鞍。长车驱百里，妻小喜同欢。

落日沉千岭，徘徊问两难。同行唯鹭岛，横走罢长安。

求道从群老，吟诗赋万端。卅年思砚席，一线束衣冠。

曾写平南策，还书勤礼刊。常惭求逐禄，犹悔念加官。

小女应无虑，高堂未敢安。经年逢骥尾，事事付三叹。

五绝

题照

日澜千缕结，案冷数局深。应悔红尘乱，谁怜透骨心。

口占谢文谷兄赐字

临窗携一塔，伏案悟三生。落笔青山动，天书汝写成。

小年

问年何以量，嗟尔悲欢数。秋水不足吟，足时春已驻。

无题

诗讫无人咏，掷之云上峰。可期明月近，偶和两三声。

题北林兄戴胜鸟照

远人觉故晴，寥落在沙汀。应是翻飞后，临渊不敢鸣。

咏霜

十里素颜虚，三秋青史补。应怀愧雪心，毕竟曾飞舞。

七绝

马年将尽有感

莫误歧途羞马尾，可持钩月挂羊头。年逢尽处怀霜雪，明夜银飘白鹭洲。

七绝·梅开

君梅开早我梅迟，追上浮云献一诗。不许江天浑异色，百花同命且同时。

题友谊关

雄关永镇莫应忘，兄弟从来好阋墙。莫笑越人多薄幸，曾将西子送吴王。

初学琴有述

宫柳如烟雪渐微，纷纷齐问毂中饥。误弦因怕周郎谑，急诏门神速掩扉。

送友人

二十年前别意轻，惜无缘梦早重逢。阳关纵唱千千叠，转过青山悔识荆。

弦仙钱

其一

愿把三生赎一弦，琴如运命曲如仙。何妨指点三千偈，说破天机换酒钱。

其二

周郎不顾错调弦，且踏浮云做散仙。岂肯输天低半尺，轻狂十万付榆钱。

其三

怜我苍苍未识弦，乱弹白雪向孤仙。相思未减琴中恨，不费风流枉费钱。

其四

知己如何须问弦，春雷焦尾不输仙。玉杯半倾应怜醉，万缕相思重一钱。

其五

万里魂牵只一弦，同辞明月两重仙。天涯何处无须问，误写当归仅半钱。

其六

梦澜仍数两三弦，携入云台尽似仙。只把江山云外挂，这轮明月不如钱。

其七

一径梨花半径弦，春迟寂寂老来仙。谁堪觑破相思局，可写秋辞上纸钱。

其八

阳关别后叠三弦，飞下祥云岂尽仙。望远不堪帆影动，思君自诩是青钱。

其九

今夜何妨拂几弦，婉兄诗兴可诛仙。正愁睡眼依稀处，又见青蚨送制钱。

其十

醒来琴上已空弦，昨夜佳人又遇仙？杯上残红余醉冷，貂裘不复五铢钱。

无题

休羡云台稷下庐，听琴应入故园居。何妨诗酒同杯饮，莫问因谁醉晏如。

咏玉兰迟开者

楼高百尺不知危，遮尽天光天可欺。去岁残花今仍在，休怜窗外玉兰迟。

咏柳

2015 年

春迟不顾月初晴，左岸依稀半尺清。昨夜酒深杯碎处，缘何白发悔成青？

有怀

一水牵裙不忍回，往来谁是旧青梅。情如沧海相知远，深晦浮云倚老槐。

游园

不觉熏风正洗尘，白堤十里尽佳人。红颜为与花同影，冬月胭脂留到春。

雁门关

万丈雄关雁立飞，残阳草木惜成灰。可怜薄酒羞酬宋，洒向秋山不肯回。

花事

砦头风起正生尘，不及迎春复送春。却喜落英君忘扫，残红留与葬花人。

春风

仿佛江南隔几重，吹云声里鼓汹汹。春风一夜皆秋意，可虑晨来又是冬。

咏情人节玫瑰

朱颜赤蕊两相闻，御街雕栏冷落春。收拾残红终酿醉，临杯不饮惜花人。

无题二首

其一

仍从江海识红颜，逐浪滔滔湿鬢鬒。不吝风华天地外，青花别后可知还？

其二

红颜恨老惜蓝颜，飞白翩翩送柳鬓。镜里桃花枝半折，已无春意肯清还。

再题无题

可怜杨柳羡花颜，不负春风吹雅鬓。白发盈天遮别醉，三生留念几生还。

雨

谁催急雨向桃花，且借嫣红漫染霞。莫叹流觞殊易醉，因春已倦旧人家。

题友人照

胡姬出画碧莎萝，方寸凝寒江雪篌。应忆长安轻别后，唐诗三百不堪和。

题照

婉转眉头啼杜鹃，春深谁向蕊中眠。顺风十里同相问，可是前生未付钱？

题照

曾怜西子正飘摇，因怕惊心不忍娇。暂借罗裙三百丈，江山遮尽露蛮腰。

粽子

2015年

粒粒珠粱慕逸居，蒿蒸云霭出三间。家家黍粽怜青叶，口齿须无一页书。

和友人

一带青山接远村，纷纭尽是旧王孙。美人留得腰如握，断肠时分正断魂。

配镜

总笑佳人错识荆，庐山面目寸心生。明眸久睐无真迹，倒借不平看不平。

送友人

青樯白浪数重山，飞下浮云落寞间。历尽三生余一步，可怜万里唱关关。

过普乐寺山门不入

修身穷尽十菩提，舍得青云胯下低。羞面山门迟不入，当前一步最难移。

青龙观

白水青龙入碧檐，祸福千古更须占。叩门敢问来生事，连中三元少莫嫌。

贺友人寿

坐忘浮云不肯回，几家青鹤正同飞。双成本非凡间寿，十八佳人总是谁？

赠友人

羌笛琵琶竞落梅，秋岚瑟瑟出青帏。相思最重无言处，因恨经年不忍回。

北京初雪有怀

长安昨夜几人愁？十里云低压玉楼。敢问天涯家国事，一朝风骨竞白头。

答友人

几处烟花一语中，江南应在落花东。问君肯识追红径，错与瑶琊说忘情。

冬雨

疾风快雨冷汀洲，伏案临窗别赋秋。抵得心寒因酒暖，稍添春色上眉头。

五律

谁白李白一眼

白眼观心镜，诗通白骨圣。双白可相询，三清如可证。
何妨蜀道难，犹怯唐皇令。烛暗酒中欢，呼来明月映。

无题

幽云性本真，同好适相亲。邂逅怜新醉，神交若故人。
曲高犹落落，吟苦岂芸芸。又续兰亭赋，霜轻也湿巾。

闻某人于帝京掘地十八米有感

兄亦雅人矣，黄泉不负卿。情深须十八，心广若三京。
陷尔芳邻步，嘘之吾辈坑。终南从此误，代表悔狰狞。

早春有寄

目际犹苍黄，归鸿掠并凉。吟眸花皆画，散鬓发如霜。
一揖春来馆，双飞梦出墙。王孙休葬雪，寒月正相望。

初七有述次韵若婉二兄佳作

望乡君念叠，立雪汝衣单。暮发三丛菊，朝闻半尺兰。
秋吟难永乐，旧赋说建安。孤叶遮千里，双娇忍一弹。

元宵

颗颗皆如月，团圆岂太多。为霜须慕白，入夜可消磨。
自诩怜高洁，余心冀唱和。期时应顾盼，满纸尽呵呵。

三八节祝女士们节日快乐

赞兮红颜矣，风光十亿家。佳期才闭月，今日更羞花。
飞下瑶池玉，呼回王母车。愿随春水暖，不敢问芳华。

忠实观众

沽名然一诺，毁誉赌无俦。敌粟莫可食，遑言商与周。
秦城屏赤县，明月弃凉州。刺脊四五字，难存心上头。

无题次韵解峰兄春日偶见

弱水浮秋水，无涯或有涯？凭梅应寄月，怜桂莫催霞。
吟咏三千草，踯躅一径花。东山难比岳，天下不须嗟。

游湖

忽入藕花洲，春荫远稻畴。湖清鱼浅薄，云重鸟轻浮。
苇断因寻路，帆横好弄舟。日斜归不得，月下只吟秋。

公生明

至公何所冀，至正岂难欺。盛世无勋贵，良人少别思。
朱门应不扫，白发总如知。游者多滋味，无缘置一词。

游白洋淀怀古

乡远老桑蚕，平湖十里岚。三军曾卸甲，两宋有余惭。
胡马烽从北，唐音韵向南。燕云归不得，留恨作清谈。

春题

十八弄潮儿，三千烦恼丝。日澜樱易落，风劲柳应垂。
吟苦羞词老，行难愧道痴。梨花期半折，句句不堪题。

紫丁香

春风不展眉，羞与故人知。富贵谁垂紫，萦回汝结缡。
阑干遮落蕊，璎珞饰横枝。因故帘犹卷，园南恰可窥。

手

玉竹二三齐，春深不肯携。红颜何籁籁，白眼岂睒睒。
指点桃花别，托思胡燕栖。来时应弄水，皴染是秋泥。

遣怀

忆昔好色时，五陵多弄姿。望尘差可及，追酒不堪悲。
白露浔间没，青原垄上骑。长安多断路，休问梦中儿。

遣怀

逝者久无言，凭之玄武门。今生难得醉，昨夜错销魂。
误国应同悔，齐家孰与论。蹒跚因白发，不敢入黄昏。

2015 年

临端午忆屈大夫

众醒犹独醒，独夫可纵横。泣楚惟三户，过秦岂一鸣。
君非谋国者，诗亦擅才名。濯足何堪酒，流觞仅濯缨。

端午

常忆屈夫子，来寻万古囚。座中垂泪尽，帘外放歌休。
鱼岂食君粟，龙应避楚雠。资忠人与国，相敬九重州。

诗咏莲花比君子

柳下夜将芜，良人叹契需。秋池常恨满，北塞莫流输。
高洁因忠梗，悲羞拟转辂。故园宁有识，香遗入陈酴。

次韵北林兄赐作

拈花君已悟，惜别向鸿飞。落碧秋山远，流黄北雁肥。
青莲伏断剑，司马裹征衣。相问泛舟故，可偕西子归？

初冬怀江东故物

因读故人诗，酡然不解颐。葬花秋尽处，拂雪月晴时。
道绝三千错，尘生十里歧。莫言无一物，凭物可追思。

入冬有怀

一叶拂须眉，悠然独觑之。故人应问对，老骥竟归迟。
别雁霞晕外，惜秋霜重时。尘生无是是，知己已知知。

雨转雪过梧桐大道

凭栏几度愁，御街故人游。相见莫相问，可怜如可留。
梧桐谁解意，蝴蝶若含羞。雨缓因情重，花飞疑是秋。

七律

新年第一律元旦发笔次韵

上位循弦下走弓，岂凭天命问西东。龙腾四海心无浪，笔重千钧智逞雄。
戮力同行应发奋，辩才无碍莫谈空。三羊替马驰前路，万众归心赴六同。

冬怒次韵杜工部秋兴八首

之一

故国烽烟纵若林，嗡然不尽怒森森。鹰扬大漠三千里，雁落寒阳半寸阴。
指点明君平北策，眉含西子浣纱心。犹疑谁伴江山老，金鼓闲敲一夜砧。

之二

孤山横倚暮云斜，远眺长安别翠华。白发能盘双凤髻，青龙难渡九河槎。
如知湘子三关泪，谁唱胡娥十八笳。应问少年因底怒，隔帘独恨碎红花。

之三

胡马鬃长掩落晖，胡人刀下铁关微。千军怒向城头掷，一剑轻回陌上飞。
易水罡风何凛冽，长安喜鼓久暌违。情非燕赵无人勇，不羡封侯羡髀肥。

之四

不识烽火却识棋，久看黑白不知悲。风飙长街萧萧后，泪漫孤城攘攘时。
上下双行徒觊觎，徘徊十里忍驱驰。经年惜子何能决？漏夜留钟可独思。

之五

青山依势入青山，万岭千山眉宇间。衰草凄黄凭浪子，墨岩凝碧谢雄关。
留怜寄语噙朱纸，推案抛诗夺赤颜。谁忆远山犹点画，相思已散四时班。

之六

春申滩外数人头，潮腾波乱瑟瑟秋。名都子时通鬼蜮，新年昨夜信闺愁。
翩翩何惜伤桃李，落落无为数鹭鸥。故老谁怜门倚处，魂飘只向各乡州。

之七

昔年惜未竟全功，误留残喘东海中。欺我蓬莱青鸟懒，遗之瀚漠白毛风。
千舟不发胸襟冷，一将难求顶戴红。欲告中原初定事，乃翁忘勿告谁翁。

之八

浮生渺渺复迤迤，问道终南失路陂。谁点落梅眉下靥，我携残卷案头枝。
久尝甘露心无碍，频梦桃花味偏移。夜静常惊更几断，楼檐柱角竖冰垂。

2015 年

托马斯·皮凯蒂之《二十一世纪资本论》开卷有寄

又隔浮云二百年，问途老马久欣然。人如逐利三分利，运可求天一线天。
谁倚朱门怜黑手，我张白眼羡青莲。西门再做君生意，君笑荒唐臣笑颠。

名将录之吕布二首

其一

英雄运起古凉州，乱世浮云总是秋。能御美人如宝马，却吞名利下金钩。
敢凭单戟邀三杰，常领千军赌一筹。虎女谁怜身后事，白衣飘上白门楼。

其二

曾挥刀斧斩雄师，更忍污名弑主司。不避身前千镞箭，为怜背后一娇儿。
谁讥三姓忠魂少，我叹独狼乱世悲。画戟惊天天莫胜，人如赤兔供驱驰。

赞国足

屡蹶应羞叩乃翁，望空绮念久怔忡。一方绝地三生晚，半尺晶屏两射中。
莫笑浮名重织梦，可怜诸子再乘风。若非知耻能携勇，休把卧龙做小虫。

甲午末有怀

耻说浮云白马轻，番番浊浪洗虚名。听枫不觉听风渺，拍案何如拍岸惊。
音乱犹知千节律，局残谁数几纵横。陶然一瞥梨花苦，既入天涯只独行。

甲午年终诗社聚会有怀

朝闻江海可施为，立雪经年喜有师。两岸猿鸣驰鹜志，一堂春色故园诗。
隆中紫绶常合鼓，槛外青山缓落棋。曾许洛阳千令纸，花间执笔谨修辞。

减肥

饕餮每逢颠倒时，寻常卦算又相欺。古槐一梦黄粱炙，司马孤儿白肉糜。
问鼎何如擎尔鼎，髀肥应与胆同肥。惜春时节红袍紧，莫可轻纵老肚皮。

读木婉清诗友吟花佳作有赞

玉清贬落误红尘，犹记仙葩四五春。炼句岂如拈句意，吟花仍许似花人。
痴儿多饮江南醉，游子独噙域外嗔。已是经年谁唱赋，长洲笺里几逡巡。

无题

可怜同调不同伦，却笑痴儿羡古人。万里图穷须忐忑，千金纸贵费逡巡。
春秋儿戏先贤醉，南北梨花我辈贫。诗酒不堪天下事，朝闻格物夕忘身。

无题

年尽浮华叠两悲，红颜白发恰同时。锈残冷箭三重刃，枯死梨花八万支。
商女犹知捐白眼，书生安敢缚黄鸡。或余长舌玲珑甚，说悔魑蛇未可知。

闻梅花已有偷开者

望春期月不轻来，常把霜寒错认灰。物外身游疑是梦，井中耳语恍如雷。
但凭佛偈三声喝，又忍神威一再催。今日梅花未经雪，可怜檐下正偷开。

腊八

霜月寒窗入雪行，乡关扑面若熏声。斯人孤傲三杯脸，诸色膏腴一碗盛。
往事蒙尘来事秒，远山经雪近山晴。不堪乙未谁知己，且祭三羊素手羹。

不低头次韵亦舒兄甲午武夷有寄

童山飞雪白头新，不忍折腰羞滥巾。避世谁知谁避事，求仁不悔不求人。
岂凭白马行千里，应效青羊赌一尘。怕识江南歌舞地，三生空许半生贫。

无题

终年伤别莫从师，千里犹难忍一辞。狂自醺时安可解，怕从醒处不能诗。
小生逐臭东西册，老汉茹毛李杜皮。不识桃花真面目，只凭对镜问胭脂。

理发

三千白发久难堪，羞被红颜谑两端。愁绪经梳应气顺，柔思遇剪可心酸。
梨花满地沾如雪，秋水从头洗到肝。不敢登高天勿近，光明顶上已微寒。

悼大学同学李要团君

经年一别不堪悲，天妒英才忍夺慈。敢问云台谁点画，久闻玉境汝施为。
青山飞泪奈何雨，白发钟情未展眉。弱水三千应入醉，故人涕下泣无辞。

怀古杂寄次韵工部咏怀古迹五首

其一

秦时胡马逍遥处，汉际蛮刀指顾间。魏晋有才吟白骨，隋唐无类羡青山。
五朝代代因兵解，二帝期期借耻还。别后崖山无可说，枉凭诗酒下雄关。

其二

梦蝶青牛诸子悲，传经问道悔从师。儒生万念坑留下，竹记千篇火尽时。
千古独尊千故事，一知应许一沉思。可藏方寸于心底，只语屏天究可疑。

其三

佛自西来问道门，米轻三斗稻香村。菩提树影莲花妙，太上云台落日昏。
不识前生应顿首，早知冥寿可还魂。老僧莫笑凡尘小，庙外楼斜孰与论。

其四

独爱四篇风雅颂，苞茅不让大明宫。望江屈子辞天外，临海曹王赋梦中。
李杜双擎封命妇，苏黄一纸愧家翁。诗从此后无常醉，唯有梨花与旧同。

其五

名将多情伤白发，悔觅封侯愧名高。白登一辱羞臣膝，青冢千年识凤毛。
卫霍纵横称两汉，关张桀骜惧三曹。止戈不许干戈动，醇酒佳人可代劳。

立春近矣

历书催我可迎春，窗外风寒声不许。了若童山肆意空，期无残雪容君去。
斯心排解渡秋虫，何故沉思伤逆旅。知己如云聚散之，应时年尽忽酸楚。

题中缅公路旧事

路转斜阳偏照坟，仍余烽火旧年轮。满城白柳扬春絮，万里青山识故人。
一烛擎光思壮国，单衣裹背慕求仁。怅然往者倾身处，化雨飞花莫洗尘。

问樗次韵杜兄之佳作春樗

曾问江南识栎樗，矜夸自诩僭亲疏。落花不羁纷纭后，仪凤争鸣混沌初。
愚弟余才羞辩日，慈兄辞醉喜观鱼。道分左右非歧路，留取焚残合页书。

答樗

知己应知我愧樗，逆旅飘零故人疏。布衣天下轻余子，白发云头慕太初。
耻效经纶讥逐鹿，恭行格致好渔鱼。轻狂自哂应非是，读破当年刘项书。

咏梅

老干经霜不忍枯，忽从西角向东隅。一声珍重催芽嫩，两鬓斑斓念蕊孤。
且拾残冰应润土，或埋冻雀可肥株。旬时渐有香浓淡，仅为寻花肯识途。

与妻相识二十年终入新居有寄

廿年汗雨种苞茅，几度秋风破吾巢。老杜何求三别吏，小刘应许一风骚。
与妻同渡千千水，挈子常吟个个谣。耻说相思羞白发，当时明月照今宵。

咏白海棠次韵红楼诗

昨夜狐疑暗叩门，可怜秋水尽覆盆。凌云不染长持素，隔岸如殇惜断魂。
莫羡梨花争一径，曾携西子泪双痕。胭脂羞杀真颜色，隐入西楼说月昏。

春露三首次韵杜兄之佳作清露

其一

因雪从冰涩且寒，忽凝秋水映春栏。寻常风动帆携楫，偶尔潮生浪击滩。
我羡珠珠多潋滟，谁怜夜夜早阑珊。多情可学朝阳暖，化尽清流余泪酸。

其二

月落成霜化已寒，珠光飞下玉雕栏。出梅几蕊须藏白，逐浪一波能上滩。
零落恰堪遮落寞，涅盘安可渡盘跚。流觞易断杯难断，自问心酸是酒酸。

其三

梦断西楼久畏寒，避秦应入喘牛栏。羞馋若渴凭浪饮，搏命相交任险滩。
解释天机争桀骜，斟酌句读缓腾跚。知音只在琴筝外，历尽千难偶一酸。

除夕谢文谷兄赐联兼怀挈云诸友

故人赐我千金字，曾惧寒门撑莫起。白发承蒙惜别辞，红颜枉顾惊观止。
结缘一语识三生，传舍半间容万里。岁尽阑珊更替时，闻琴能不怀知己。

初一

烟花留味下空街，昨夜樽前嬉与谐。拜尽莲花求尔佛，燃倾鱼烛信吾侪。
满城竹屑青云路，一境膏腴白玉阶。忽忆洛阳风景里，高门曲巷过芒鞋。

初二

凭窗问雪意如何，一夜尽遮楼外坡。为我送妻平路径，因妻别我费吟哦。
膝边明镜皆青鬓，天下今晨尽白簑。初二归宁初四返，恕己三三醉中过。

羊角

常贺丰年草渐青，羔毛如雪雪相迎。临春挂角悲无迹，望月吟牛喘几声。
却上羊头争岁首，不闻沧海苦虚名。可堪磨砺锋如刃，莫笑追魂胜两睛。

遣兴

消磨三百夜当临，一念从之且惜音。何处愁思不如此，无人会意可同吟。
江澜凌月清光湿，池榭听荷细雨侵。莫问罗衫惊几度，当年花岂盛于今。

某节前致妻

御街华车散两俦，夜阑秋水恰初眸。蓦然一觉怜青发，倏尔三生约白头。
今夜余香须信手，当年明月已含羞。良辰早借更深去，汝设珍珑予作囚。

珍珑

纵横三百六天机，点点团团竞有为。域外无边心入境，局中万变计难施。
东西竹座惊随手，黑白兵锋冷向眉。看不破时魂尽破，如空事事付一推。

初四有述

熏风未至罗裙至，枝上梅残三两痕。任是春寒能冻柳，须无菊恨可销魂。
满帘琴韵约通夜，一暮竹声思闭门。昨忆江南弦断日，悔听秋水过前村。

初五有述

惜春时节不须叹，最是伤身些许寒。夜尽更深犹破五，酒醑局散可知单。
问情不必花间坐，忧国何堪壁上观。信手凭空虚一指，竟无不是悔当年。

羊年感怀次韵孟侬侬吹牛诗

陇外枯荣胡可愁，海澜不驯我操舟。离乡浪子还乡锦，下马酸生上马侯。
枉笑江山尤费血，可怜秦鼎亦伤谋。何妨负尽三千帝，只愧长安不愧刘。

春雪有述

谁料春归只是赊，可怜飞雪又呼嗟。愁依行柳皆衣素，情动离人更冻花。
千里轻霜三故旧，一城薄絮两天涯。因听昨夜猫来去，满径梅痕不忍遮。

灯节

这月涂霜冷蒜泥，那厢琴瑟喘如嘶。江山胜境同观尔，陌路歧途暂别兮。
化雪不知寒入梦，惜花可向醉成蹊。为怜今夜神无主，十万光明尽是题。

惊蛰

城头旌甲久徘徊，城下高车肆意追。落雪遮寒难适履，熏风入幕可交杯。
痴虫一振神仙醒，故国三分血汗催。雾锁柴门心太静，江山欠我一声雷。

怀古偶题

千金一哂尔何奢，小子无缘学大家。青石曾传前世鉴，朱门难许入云槎。
可怜杨柳多生絮，莫笑蓬蒿少著花。不惑而今知命晚，沽名岂效汉王嗟。

黑色星期五

妄言天命不堪赊，又喜春深羞可遮。昨夜玉兰犹抱蕊，此时铜臭正摧花。
琴残夜尽谁听韵，卷朽灯阑子曰邪。物我皆知如意处，扪心应羡几重纱。

次韵杜兄京华春色赋

跃马长安身后风，菜街红粉午时同。临渊漏网尤多事，立雪寒门徒费工。
劲柳不堪三里絮，阳关何忍一乡鸿。望中春水波犹暖，时映红颜出梦中。

春愁次韵杜兄之春草

须从山外上山头，又下浮云白鹭洲。一径孤芳穿野没，两边寒碧跨江流。
而今零落伤台榭，依旧苍茫别箭楼。谁问城高风急否，恰吹柳絮为遮愁。

学书有怀次韵云谷兄

笑我挥毫似蛇行，凌空催笔吓双成。半池秋水才溶墨，两处青山未请旌。
王谢江山谁万里？苏黄诗赋本齐明。期年凭案唯行草，只写轻狂不敢名。

再赋学书次韵文谷兄

草狂诗懒拄笔行，一横一竖十难成。江山泼墨羞青册，更夜流觞别赤旌。
残月如刀削字瘦，落花知梦入春明。篇章应掷心头火，碧海擎帆耻令名。

送春

送汝七分红叠袖，清寒不减鸾罗透。春山留指催云肥，残月凝眉伤字瘦。
婉转谁横一径痴，徘徊犹念三生旧。兄知昨夜妹知今，漫说相思红个豆。

无题

犹疑白发是重生，应悔红颜不识荆。附子出神三叠冷，当归入药一钱轻。
青云渡我浮云上，明月邀君丽月正。四十八年方聚首，原来今夜已残更。

赏米芾丹阳贴感怀

正楷躬行久倦妆，南宫逊慕好飞扬。龙吟壁碎缘心碎，酒漾诗狂遂笔狂。
一览精神昔论道，双栖福禄早还乡。纸宽三尺何须问，米贵丹阳羡洛阳。

樱花（入声十四辑）

七日风华何太急，流年辛苦谁堪泣。长安莫念碧云飞，辟谷应辞青眼湿。
白发如斯落逾千，红颜相尔数成十。凌烟阁上不欢歌，早葬此心方寸入。

智力游戏

智者相逢三百六，凡夫不问镇关飞。单张吊尽谁家将，满贯修成我腹诽。
开局不堪天地换，中盘应忍后王威。车横河上欺兵卒，炮打当头说是非。

扫墓感怀次韵蘅芜君之忆菊

正扫残梅入乱思，黄花香怯去年时。恍然信尔相思瓣，逝者如斯逆旅知。
可约来年青眼白，不堪今日痛心痴。回眸一瞬谁相问，哪片光阴是别期？

清明怀先考八十八冥寿

十里青城不足嗟，长街攘攘走泥车。可怜身后三千事，散作心头一亿沙。
碑上余悲曾刻诔，局边冷菊岂簪花。忽看杨柳经年绿，入梦何妨还入家？

医师节

休论羲农不敢违，慈悲余脉亦芳菲。死生命定须红十，福祸情深惜白衣。
父母之心留执念，郎中有意尽春晖。仁医恒德何堪问，莫使风华歌式微。

愚人节

嫩雨横斜谁乱吹？春风犹赞尔低眉。恰凭香老菊花谑，岂任枝寒秬草欺。
幕外峥嵘千嶂暗，琴头谐婉寸心悲。欣然一句三生许，道尽胸怀巧借词。

2015 年

牡丹花

谁因富贵试轻狂，白马青灯别洛阳。大梦凋残偕赵粉，小山倾颓顾姚黄。
因蜂向蕊分良莠，与蝶追花识短长。国色不堪天下觑，空枝摇曳认苍茫。

春风送友

蕊老枝头不许停，春风吹下葬红汀。休怜银絮三更白，应笑黄沙一夜青。
出梦常携花妩媚，还乡独忆叶飘零。别时明月七分冷，此处阳关须忍听。

猫

夜入西楼过老轩，修成虎步自邯郸。曾怜鼠辈东西窜，更惑人间左右冤。
智勇何妨悬九命，蹒跚应许中三元。休论黑白河心里，妙到峰巅不可言。

春晚有怀

花落斑斓出梦频，南园怜苦又含津。谁当胡马凭千骑，路遇流莺任一春。
坝上云霞休切切，帘中酒色正循循。栏干望尽江南柳，飞屑须留半两银。

雷雨有怀

忽逢急雨几重惊，两鬓苍然湿一丛。耳下浮雷犹落韵，望中残絮易凝瞳。
暮华吹面三分泪，镜烛流光四至空。掩得今宵皆默默，座前秃笔试描红。

夜归

隔岸停杯独挂簪，更声犹缓入高砧。远晴催落三明月，宿醉呼来一老琴。
不觉归迟惊妄意，应知别后问乡音。枯梅暗送阑珊影，可比春深似夜深。

邓丽君去世二十周年祭

春澜入夏猝溱溱，不忍红颜喑白颜。二十如烟翻作雨，三川离梦绕成湾。
此生已付香江月，来世何妨姑射山。昨夜楼台回觑处，恍然又似鬓鬟间。

夜雨会友

清扬夜雨漫谈之，一见应传廿载垂。江海忽闻千字觉，帘枕渐忍半行诗。
情醺三二谁因酒？语滞零丁不敢悲。道畔何多杨柳拂，春衣湿处未曾知。

遣怀

卅年余念忽成灰，我自醺然觉是非。闻道曾羞鹦鹉舌，绝情谁负杜鹃悲。
遥从沧海听博浪，愧向云台问采薇。月色堪怜窗外冷，留情只在丑时梅。

初夏闻山中有雪

岂如冤者择今鸣，未到菩提已莫名。谁扮梨花思露白，若随桂子羡霜明。
向山可学云深事，出世当从座右铭。遥看落花泥似雪，悔无香涩入青茗。

诗自言集

2015 年

国际家庭日感怀

昨夜烽烟羞可闻，笙歌莞尔自纷纭。不堪秋月伶仃水，尽是西霞掩映云。
一地鸡毛难识絮，半壶醋意竟成醺。谁凭茅屋凌风雨，独立江南六十分。

搬家二首

其一

今携万贯走泥车，不忍流年情可赊。四壁徒留天下直，一街仍是尽头斜。
盘桓诗酒三千错，整理春秋五十家。微有怆然门外柳，故飞团絮拟成花。

其二

流连十载落单车，不负风华闻旧赊。诗剑忍从鱼腹老，云霓终向雁头斜。
书因万卷难成策，夜入孤时别顾家。块垒能消新石砾，凭栏异处也怜花。

悼美国数学家纳什

万物皆痴尔亦痴，独将陈腐化新奇。输赢岂在寻常误，是非须留身后疑。
一世囚徒曾自醒，半生狂士已深知。莲花数尽三千瓣，恰到菩提寂寞时。

叹息

偶从沧海一回眸，岸上已无难系舟。昨夜悼亡亡酒冷，而今歧路路人愁。
须怜师友曾相诲，又叹诗文安可酬。李杜江山图二醉，三千辞赋不堪羞。

次韵唐寅落花诗三十首

其一

昨夜题头辜负春，一家修得百家贫。我怜秋水何须智，谁共青山不必仁。
花落西楼香肆力，弦翻白雪冷伤神。凄清不过桃源冢，尽是商周秦晋人。

其二

晴光渐冷渐窕悠，春上横眉雪上头。梦自云台催月满，心从沧海入江流。
落花不问谁埋骨，钓叟何期尔下钩。三字诗成无处悔，囊中尽是畔牢愁。

其三

流年不尽止瓯臾，四季更轮辨有无。花落经旬红向白，莺啼隔日碧成朱。
三生豪气轻一哂，千古才名出万夫。应喜尊前如朕意，回看王土断肠枯。

其四

不惜桃花惜落时，崔家谁负妾家儿。两厢闲泪应知己，半生余恨几忘私。
白发离离缠柳约，青灯熠熠照檀施。于无情处留情久，可写诗文入篆丝。

其五

经年幽婉他山中，琢玉犹堪两袖风。满面情同悲喜恐，一街灯向绿黄红。
落花葬晚因缘吝，悬月吟残本性空。谁载明朝帘外事，轻帆可肯过江东？

其六

半尺江湖走七真，昆仑上下许封神。玉霜曾落江东菊，胡马犹闻塞上春。

独忆花残南北客，常听鼓脆万千尘。夜来忍得青衫醉，应作荣华不屑人。

其七

濠上清泉菊影横，春澜拂意未曾轻。不羁犹醉黄粱事，相忆应凭白首名。

三顾弦伤千面偩，一声花落九重城。谁堪识破秋风计，明月心头不肯盈。

其八

一夜熏风换一晴，江南心事不堪生。黄沙致远春无恙，绿袖遮香蝶可行。

向壁常思三叠柳，对花时唱数声莺。今宵可觉心潮落，残月携来几晦明。

其九

更深烛困已星阑，柳雾仍携三两团。花落不惊因邂逅，云横尤散正迷漫。

乍听胡笛迟论剑，又拾青钱怯买欢。不识洛阳谁卖纸，可留尺幅画长安？

2015 年

其十

入梦时空醒亦空，沉思不肯与人同。夜澜愁向眉头月，春短情随目外风。

花落留香三尺白，酒醅连句一杯红。长吟正似君来去，拟得相思无语中。

其十一

可怜孤雁久闲惔，楚客南来衣莫添。因食落花颜可玉，且遮钩月影如帘。

云横岭带听寒漠，风下芦丛失静恬。又见离人萧管绝，莺声玉手恰相拈。

其十二

鹦鹉西楼说雅规，梨花香在落英时。入秋常觅栏干静，向北须凭雁阵迟。

弃国千年应齿冷，修身一念若眉垂。不知亘古春秋辨，问道应先知问谁。

其十三

侠少谁从汗漫游，追云尽向落霞愁。欺花岁月江南戏，慕柳波澜塞下秋。

常把英雄吟作别，岂因青燕唱相留。忽闻琴瑟昔曾断，千古幽冥问九丘。

其十四

绣口香吟故纸堆，梅花落尽粉云颓。金钩一饵悬宫月，玉液十钱充案杯。

如影随形应渐老，因诗击钵可常催。流年轶事相思里，偶有幽兰窃窃开。

其十五

江山俊逸漫豪夸，好展欣然向阮家。少学邯郸才七步，老看骐骥散千华。
清秋叶落随心落，满月花斜共柳斜。雨后夜阑难入梦，正听丹井有鸣蛙。

其十六

春秋盛事慕参陪，弟子三千只一回。曾读诗书愁韵落，且看苑囿羡花催。
怜之春意如斯醉，逝矣涛声竟何来。白发恍然应觉暮，相思岂在旧交杯。

其十七

谁言富贵在云台，江上闲渔亦善哉。花落应怜香可葬，暮迟休笑月难推。
酸生下笔争横竖，过客留情寄去来。顾盼倾心犹识道，春痕聊刻入秋苔。

其十八

天机庙算一枯荣，最可相争恰不争。旬日徘徊忧国破，经时荏苒忆城倾。
惜花时节花常落，好事人情事易生。谁入南园修隔世，凭窗多取几分情。

其十九

谁取梨花换柳眉，缤纷不似落霞时。沾襟莫沾伤秋水，和泪同和出律诗。
仲夏愁时携点点，季年别后断丝丝。余香偶向篱中窥，去岁芬芳犹在枝。

其二十

自别春澜日日新，浮华世界好铺陈。风如落燕应辞阙，花欲逃秦岂顾人。
陶令不堪彭泽柳，牡丹辜负洛阳春。情多难抵桃源数，千古伤心付一嗔。

其二十一

平生种种一眸全，花落花开试所缘。一抹弦随焦尾和，八音莺向柳梢眠。
羞谈侠客无双匹，闲说圣贤折半千。或可因潮由月信，望波不敢下横船。

其二十二

错过江南八百春，寻常际遇又含嗔。竹声须问山阴客，菊影曾遮柏下人。
指点长云多识雁，踌躇寸步几沾巾。江南十里犹经绿，芳草无情恨锦茵。

其二十三

清明谁叩九重门，花落情疑向故园。拜尽长安三千寺，老来弱水一渔村。
释怀已觉生如死，解梦何须魄向魂。或取山河裁一寸，雄心直挂上龙旛。

其二十四

无痕一念便是痕，落花无色暗香存。惊心或瞥峰来谷，抚掌应催风入轩。
昨夜闻韶迷道首，来年辞阙谢皇恩。可怜三顾空论策，愧无愚忠说胥魂。

其二十五

云起云沉斜雁飞，花开花落病香迷。邻家丑宝何须窃，对面子规不敢啼。
垄上秋岚遮瓦雀，屏前玉笛唤优偈。终南多少青云径，五五通达三两携。

其二十六

任她东西南北游，一重悲苦万重愁。杨花向水轻浮尽，柳絮如云散淡休。
好运恰堪秦玉弄，衰人不费杞天忧。了清槛外三千结，拂落江南廿六楼。

其二十七

那年行色或匆匆，梦入江南禅入空。颠倒青山因半句，纵横黑幕竞三风。
八千垂幛惊遥翠，一脉英魂说晚红。谁问圆缺桂花落，但知秋月终到中。

其二十八

相思谁不为倾城，却怕城头吹角声。轻虏一擒追远醉，重峦万籁问虚惊。
簪花谁看终南近，折柳应怜恶贯盈，论道千秋犹觉惑，是非难数几输赢。

其二十九

故友初心趋日边，阳关远向九天前。黄粱有味枕中愧，白发多丝灯下怜。
谁入长安生世贵，莫从沧浪避来年。桃花惜落犹知己，俯仰江山莫信缘。

其三十

童子泥牛岸上吹，故人应未愧三遗。因风曾许吟双赋，向月何须置一词。
寥落江山秋意里，清扬鬓发北归时。飘摇又唱花千岁，裘马流觞几不知。

端午食粽有述

因风又入草边庐，包揽千年魂断居。翡翠心情犹裹醉，绮罗影像恰偏虚。
米中藏好梨花肉，坑下焚余贝叶书。又渡江澜凭一苇，个中依旧喂虫鱼。

遣怀次韵和北林兄之六月三日忆

曾许蓬莱一念间，青云辜负旧青山。却怜沧浪沉浮处，不吝霜霞霹雳天。
面壁三枪终失鹿，扬帆万里再行船。春秋每向街头醉，不敢轻狂又卅年。

遣怀兼以仄韵和北林兄之六月四日忆

长安叶落经年露，万载乡愁遮纨素。白发犹怜一斛珠，黄沙曾没千军怒。
春秋卷卷册中悲，燕赵赳赳图下悟。自昔少年走五陵，而今已识邯郸步。

采樱桃遇雨有述

春深入境岂由车，四百风云一树鸦。翡翠枝寒红可琢，杜鹃啼紧嫩犹遮。
汗青点缀垂三顾，齿冷参差肯半赊。雨急非因天下渴，正施口水种莲花。

闻幼甫兄赴台有述

忽闻幼甫在蓬莱，应是寻欢不肯回。频顾青山游子别，漫挥白袖状元媒。
当年追忆留三叹，今夜归帆拥一桅。莫恨苍然心似水，豪吟绝色有余才。

端午有述

漫忆春江总似秋，故人牵我向清流。楚骚半阕邀鱼食，明月三分惹客愁。
国破难行天下策，赋成应掷案头谋。杯前陈泪何须拭，独爱龙舟作酒舟。

遣怀

谁凭沧浪曰无求，远恨浮云尽入舟。贻笑此生堪觉梦，触情何日不含羞。
晚帆犹在江心悔，断桨曾经岸下浮。天命易知天命老，夜如星海月如洲。

遣怀三十韵

一东

呓语谈冰对夏虫，浮雷半日惜辞穷。畅怀又入杯如井，折节须回揖向空。
数载惊心安切切，三秋送柳岂葱葱。情休寥落归时晚，可遗沧浪于五衷。

二冬

藏夏三旬暮向冬，炎凉毕竟志相从。三千弱水由何渡，十万青山渠是峰。
或有笙歌召远鹤，恰堪星月照悬松。纵横指点隆中事，拨雾应知雾几重。

三江

凭栏哭尽旧家邦，仆射由来恨过江。意尽堪堪知慎独，情长念念惜无双。
倾城一顾红颜冢，拍案三声白骨缸。莫笑无人天下识，可怜麾下即时降。

四支

久对青山非所宜，一行一念岂当时。临江叹止长流水，扼腕知非不尽思。
万里存怜经别雁，半生颠舛悔凭龟。陶然恰似池中物，肯顾芙蓉秋后悲。

五微

时有怡情顾采薇，当年悲苦在征衣。何妨大漠追遗泪，须向春山解待机。
柳畔扶眉轩帝镜，亭前诏墨寿王妃。一声飞燕残阳里，尽是离人夜说归。

六鱼

久在蓬莱阁上居，倦听流水向蒙初。黄粱入梦识槐蚁，青鸟出澜衔鼎鱼。
霸道何堪君俯首，归心应羡尔来书。更深只向楼头觑，明月如花花不如。

七虞

故园又忆旧欢娱，童子呼来为酒沽。别后缘生天下劫，望中命定日边驱。
风来曾许归三省，匕见原来付一图。只向寸心争咫尺，春秋万里只须臾。

八齐

十里风扬白柳堤，吟花赋得落花题。青苇伤别遮南月，红蓼惜春染旧溪。
犬吠何如更鼓急，狼烟须向晚山低。子时坐问三三意，虚点江东盘外嘶。

九佳

入窗轻雨冷襟怀，才下朱门又湿街。雷动一惊伤白鬓，云深千里费芒鞋。
画眉春粉堆金窟，埋首西楼漱玉阶。漏夜听乏更鼓意，相思时候酒应谐。

十灰

谁笑春风不识梅，花因五里一徘徊。相思点泪洇红豆，遗恨余香入碧苔。
君莫疏离三十诀，我曾萧瑟十三杯。前生定了今生事，却问来生可堪猜？

十一真

了却三生不了因，休存六念只存真。佛嗔妙色千重衲，僧向无常四顾身。
凤恨谁知攀云客，情缘才忆惜花人。回头时候何须岸，更喜离帆一字巾。

十二文

竹林醉步昔登云，侥利浮名岂顾勋。天下滔滔皆浪荡，心头瑟瑟尽纷纭。
一宵谁问遮羞布，七尺不堪携画裙。又指江山无遂事，应留秋月献殷勤。

十三元

匹夫一怒一元元，谁让江山与六蕃。纵马擒龙啸汗血，夯情归命向轩辕。
洛阳催纸三千页，稷下修文十万言。文武不堪天下问，徒留诗赋羡梁园。

十四寒

又上西楼忽觉寒，拈花辜负玉阑干。湿人月色愁因雨，薰草檀香醉向兰。
今日说归年已半，南边问鼎镜须完。江山凌乱勤梳理，且正衣冠莫指冠。

十五删

乡愁廿载又潸潸，情入膏肓肺腑间。一瞥惊云消耸阁，万般痴念动阳关。
凭谁怂尔春愁歇，任我陶然客梦闲。庙算无常天命识，或应涂染别青颜。

一先

从容岂在的卢先，道义无缘上铁肩。亘古沉思殊可解，胡天静坐总无缘。
欺心不改三三劫，留情须算五五缠。纵是梨花争白雪，佳人须让两千年。

二萧

塞上秋风不禁娇，孤城三十六遥遥。痴儿漫笑清如水，虚月初怜独在霄。
愁向御街堪八咏，魂归幽府可单挑。江南入梦何妨冷，一步江山二尺焦。

三肴

暖阳高上杜鹃巢，斜岸风凭下柳梢。停住山光云慢落，支开涧雨暮初交。
崔生一诺花应恨，孺子三千术可教。赢得来年春困处，且凭诗吊赵人郊。

四豪

三尺轻浮费羽毛，云高一线识微毫。青龙点缀神仙氅，白虎张扬将士刀。
千里鹰城犹带血，八方鹿葊恰奔劳。可怜司马无歌赋，尝尽酸甜说老饕。

五歌

愁上眉头露上荷，风轻犹可动秋波。帘遮残烛东西走，弦弄归琴三两和。
蝴蝶应从青菊倚，阑干总被玉人磨。一声鼓剑登临缓，拍遍江南奈尔何。

六麻

知天命者远天涯，劫后半生谁肯赊？沧海唯余帆与浪，楼台何咎梦生花。
千年沉落橘中秘，一径幽从槛外斜，独恨江山多妩媚，坑儒豪气亦坑爹。

七阳

千回万转觉仓皇，怒海惊涛孰敢当。五法循闻徒郑重，一归失意竟张扬。
楼台向月谁高卧，燕雀离云尔晦藏。寥落不堪今夜醉，摔杯号令几炎凉。

八庚

凤头骥尾意皆平，十里春秋白石生。月岂识人人识月，卿须怜我我怜卿。
单骑问鼎因狂悖，众法倾心若瞽盲。不可一时无大戒，三秋断处墨痕轻。

九青

自退胸怀半舍亭，两厢春色散若形。聊看衰草折须折，敢问故人醒未醒
郁热三伏今是末，纵横四野滞时停。耻怜秋水无携处，一二回眸误作星。

下平十蒸

洛阳秋雨笠如灯，走马欺花谒灞陵。昨夜栏干谁倚断，那边风景岂相称？
烟云卅载消磨尽，弯月双钩浪荡应。惜别莫怜杨柳折，一枝在手证心冰。

下平十一尤

故国相思商与周，青莲红粟食如偷。千军百战凭三户，一路双飞输半筹。
自诩崇文知李杜，可怜神武愧曹刘。春秋莫问炎凉事，只把青衫裹五侯。

下平十二侵

千古圣贤何处寻，仁山智水久登临。诗书翻掩明前后，鼎鼐调和汉古今。
不动金刚凭佛怒，大悲菩萨悟龙吟。纵横天下屈人下，辜负初心即本心。

下平十三覃

秦时风景汉时谙，莫问蓬莱近可探。燕赵豪情终断袖，潇湘悲雨竟投簪。
狂生好古学矜独，孤子求全忘活三。白雪弦中应顾尔，周郎已别旧江南。

下平十四盐

周风楚雨久纤纤，玉盏流觞揭翠帘。阡陌终须归大寂，楼台未必尽高瞻。
应随杨柳低头过，莫向桃花屈指占。语入酣时辞竟蹙，三分筹策半由签。

下平十五咸

江山换酒换青衫，匹马追风追远帆。道法通玄难入道，凡心敛锐岂非凡。
近乡十里应含愧，去岸千寻犹畏谗。吟罢黄粱终梦觉，闲听王谢旧呢喃。

咏蓬莱岛

云烟深处有群贤，青鸟声声说旧篇。赢得三生真富贵，更无一个活神仙。
归期指点终南路，醉意扶将李下田。入海曾经千尺浪，楼台尽是古人捐。

蜻蜓

御街流火对疏巾，莫是青衫旧识人？借汝一肩三十里，偕君同转两千轮。
随花肯入相思局，附骥应怜未了因。不问尘缘何处绝，回眸已是去年春。

拔牙

昨夜牙虫肆意飞，老饕不吝减秋肥。刀裁媚骨声如刺，斧琢骚词醉失机。
一语浑然愁可觉，半生悲者痛渐微。醒来却问空谁补，风入西墙月入帏。

眼镜

风光寒透几层看，横侧轻浮远近难。凹凸形骸何必觉，平常心事恰堪完。
清明世界三千度，放浪胸怀十丈宽。因不多情情转薄，凝眸忍得冷栏干。

遇雨有述

黄昏十里不应遮，谁雇惊雷催慢车。梅子羞尝三尺水，梨花哭碎几重霞。
丝丝绕耳青衫湿，步步牵肠白鹭斜。文墨漫天挥洒处，更无一语可传家。

承德七咏

棒槌山

云上浮云峰上峰，风如往事尤从容。独孤一柱安湖海，司马千军问鼎钟。
左右桃花遮杏子，二三白鹤入青松。兰台久蠹穿天物，几片流霞可供缝？

普乐寺

山门不闭百年悲，偶有流云向佛思。迟下楼台欢喜后，慢归童子别离时。
三生休问尘缘了，一瞥应知世事移。松下常吟深处悟，若非白发在东篱。

观莲所

观莲依径入萍洲，一脉红花绕白头。鸟韵缠弦飞绿蔼，鱼歌击鼓入青畴。
应无余勇来回鼓，恰有陈香南北浮。忽忆同观谁共许，当年枝蔓只添愁。

晴碧亭

柳岸晴光半里亭，三三童子古稀龄。闲琴拂了凡尘老，丽唱呼来彩凤听。十万佛音鱼颔首，零星娥月鹤梳翎。曲中谁悟隆中意，坐罢晨昏不肯醒。

避暑山庄

为避炎阳西北游，二分暑气八分愁。百年老铺零丁月，一望胡天十六州。原上萋萋新草碧，心头惴惴旧人忧。梨花须向海棠别，不觉江山正近秋。

安远庙

乘兴追云到此歧，观音不肯度凡眉。纷纭世事难相叙，寥落尘缘殊可欺。胡马留香妃子笑，昆刀切玉故人痴。相思说尽斑斑泪，应谢龙吟一念慈。

普陀宗乘之庙

佛自山南哪重天，休认方言作妄言。四推信咏菩提悟，三念高歌老衲禅。来世千轮应慢转，今生五谷且多缘。观音舍得慈悲水，洗净热河八百莲。

无题

立马千言不敢言，挥毫尽是柳欧颜。连三中的无非命，得一知心即所缘。身后交讥应羡瞽，尊前泼墨岂忧谗。当年谁许终南径，出梦槐粱已恍然。

响潭水库

西山云雨正逶迤，浪迹萍踪或可知。十里湖光晴后觉，半天秋色暮中悲。绕堤风柳阑干透，归鹤霜枫蝴蝶窥。镊步徐行凭岸侧，那边情景未尝疑。

静园感怀

立雪不堪门下悲，未名风雨竟多姿。静园时入燕园境，十字争如一字师？昨夜秋风应破壁，当年茅舍岂追思？可怜王谢三千燕，飞上楼台顾卵危。

八月感怀次韵琬青诗友之七律八月江南

莺声断续末伏天，老树蝉痴未许眠。枯笛缓吹春梦里，清茗急饮乱云前。
应随浪迹皆行者，偶遇归霞却默然。不惑谁知三界外，钟情已是旧尘缘。

初秋

原上青黄胡草饥，荣枯可学旧沙弥。一帘余梦羞伯爵，万古流名惜仲尼。
且向青闺蝴蝶去，莫随白马牡丹垂。黄莺懒问封侯事，只唱阳关数阙辞。

过玉渡山

转山望断五方云，挥麈犹思来路深。风过眉头消冷暖，泉因落处念浮沉。
黄栌九月怜秋早，白发零星映岁频。临水觉寒舟去岸，无缘谁渡断肠人。

痔疾有述

沧桑心事不曾悲，半尺楼台久滞思。欲解三秋听溷处，须怜五谷化生时。
再经风雨因缘尽，一别江湖到底迟。回首千千皆似缕，洛阳应问纸中疑。

次韵婉兄赐诗教师节并致谢

白发难禁快马鞭，斑斑飞雪过陈年。当年亦是痴桃李，今夜何妨伪儁贤。
因惜洛阳三寸纸，可怜稷下半分田。秋高已忘青云谱，故把阳春拨错弦。

赴外甥婚礼于西什库教堂有述

谁携佳侣出玉京，天道同心岂偶逢。才羡双成双邂逅，犹堪一遇一从容。
拈花笑尔三千客，伏地倾之百丈声。看尽长安秋似锦，竟无半叶不钟情。

秋风有怀

江南终日雨斜移，且把蓝衫肆意披。雁赴长云应顾彼，鱼横断水岂忘之？
苏黄笔意伤无趣，王谢门楣聊可窥。一夜折花三十里，那风或是薄情儿。

2015 年

遣怀次韵安可心诗兄佳作

直如来处不应弯，明月逡巡识汉关。千古因循伤薄面，一心落拓却寒山。
可怜八斗轻轻学，不吝三生切切删。闲客闲来闲说古，安然莫问古人闲。

无题

梦觉阑珊顾已悲，西园错步向东篱。这厢柳怨青霾里，何处梅凋白露时。
点缀枯蝉闻雅意，流连孤燕过横枝。谁传道法心无碍，千句犹难论一题。

读史有怀

青史篇篇刺不臣，刮得忠骨枉嶙峋。佛欺老妪佝偻谨，民似群氓鼓噪新。
万物从心如一物，有鳞入腹亦无鳞。阑干由他登临拍，辜负苍龙有所真。

清华附中百年校庆返校与旧同窗相聚有述

恍然昨夜酒醺时，怒马鲜衣凤满枝。稷下师徒同一老，江东子弟讳三迟。
万千梦旅谁曾遇？卅载流光不忍辞。却喜煌煌冠冕者，当年同是逾墙儿。

校庆又见恩师有怀

画阁明堂珠玉盘，萦怀坐忘入当年。师尊上位谆谆者，桃李偏厢了了然。
十八青莲缨可濯，三千白发恍如还。临渔可结岐山网，为向终南问两端。

新林院八号

灯黄茶碧酒斑斓，耳语轻吟信口弹。几处秋深难入醉，谁家月冷好寻欢。
梁林虚有襟怀旧，王谢空留画壁残。因念故人青鬓湿，此间风雨入窗寒。

贺恩师赖茂生教授七十大寿

皓月青颜欺古稀，金风报与羽人知。一言承继春秋传，三畏因循桃李师。
稷下桑田存古道，程门晴雪喻天机。陶然可向东篱径，不让南山松鹤枝。

萍聚

曾恨萍踪不可追，转蓬万里竟飞回。四方星聚多情诀，一脉薪传无字碑。
顾我拈花常笑佛，凭之推案莫思归。江南又湿眉头雨，却上心头复展眉。

早冬过玉兰树有怀

依稀徊径晚听鸦，残叶留痕拟落花。风急满枝飞白册，霜轻三尺杀青芽。
楚声慎入长安梦，燕子何须王谢家。昨夜竹灯燃不尽，明年春色恍如纱。

严冬有怀

祥瑞年丰兆莫猜，飞云流水冻于腮。风寒入骨三千脉，雪色醺人二两杯。
儿女嬉声红绿染，鱼虫缩背往来催。江南有信吟梅雨，敢劝春光慎莫回。

寒风有述

落木苍然别赋春，青山目外总无垠。几番明月吹残月，半路离人信妄人。
缩背三千轻落拓，凝眸七尺汇精神。风如刀俎寒如铁，可替江山一洗尘。

年终总结

又是隆中问计时，三分角色任驱驰。花间提笔应知韵，槛外舒怀未上眉。
解得霜天烦恼结，迟来冰月动容悲。阑珊尽处徘徊久，过罢今年不许痴。

小词

菩萨蛮·红颜劫——悼歌手姚贝娜

红颜总是伤心色，落霞飞下江南魄。无力说相思，相思几忘悲。

钟情犹未改，夜夜噙天籁。泪染玉雕栏，秋水霎时干。

虞美人·鱼

荷花也醉芦间月，波上清鳞热。曲行乱荇莫纵横，一入香泥不复问三生。

浮生只念池中物，休劝游龙没。观其自在佛心留，看破一澜秋水忘金钩。

浪淘沙·友聚次韵

万事费钩沉，阅古知琴。久听白雪恰双临。帘外谁消霜满地，弦外谁吟？

长夜已千寻，路断于心。梨花当面不应侵。我把江山留一寸，说与当今。

2015 年

089

鹧鸪天·次韵云子兄佳作

落霞斜飞入晚晖，青山如笔画新辞，江南有信闻佳雪，再抚琴长十二徽。

邀冷月，送云飞，飘零天下醉同归。春江问柳谁情重，做旧桃花已是非。

唐多令

重忆旧东篱，惜花飞下枝。避孤寒、又上青梅。耳畔轻弦应是错，因无事，故多疑。

岁尽雪残时，报春误几回。向西楼、慢入香闺。几处尘生缘玉步，羞人语，只休提。

蝶恋花·近春有怀次韵冯延巳之鹊踏枝（谁道闲情抛掷久）

入雪惜春春别久。去岁留花，今岁花如旧。半阕新辞难令酒，桃花不让胭脂瘦。

岸上清寒尤恨柳。白絮盈天，我羡青衫有。不肯陶然先卷袖，催吟落在嘤嘤后。

画堂春·立春

余冰犹冻柳间鱼，青梅飞下寒梧。几枝早杏出相扶，误我诗图。

已忘远山遮目，不堪明月呼奴。且携西子入焚余，此步应徐。

菩萨蛮·立春花开

洛阳花下识春早，枝枝梦断花间少。学染画中秋，可怜花正忧。

相思难两处，且任相思住。下次莫迟归，红颜吟不回。

小重山·立春迎春

纵马迎春不许花。青山休辜负，暮云斜。满城宫柳妒香车。屏帘动，休认帝王家。

心外已如霞。凭栏谁拍案，唤惊鸦。应思往事不堪遮。留好句，唱咏与龙蛇。

青玉案·立春咏春

思春入梦应期许，不相识、曾相遇。为把江南留一缕，画中涂艳，知弦入曲，谁问听樵处。

长安也试青云住，却恨终南别无路。莫肯寻花争逆旅。天机如此，多情耳语，休让闲人觑。

行香子·红豆

点滴红颜，飘逸青衫。乡愁远、目外归蝉。声声尽诉，一路寒烟。乍见时节，还疑似，落花难。

初看如画，看罢如咽。觉相思、皆是空言。曲中意懒，琴下情传。天涯望断，催心事，入江南。

虞美人·洗马次韵蒋捷之少年听雨

前生洗马江淮上，饮血千军帐。今生纵马梦澜中，一任春花秋月夏时风。来生洗马芙蕖下，万物同尘也。三生洗马太多情，谁让秦关汉垒月常明。

青玉案·元夕次韵辛弃疾之东风

驰如流马擎如树。动与静，风携雨。琴断痴弦行断路。霜轻云淡，秋长春晚，无视胡娥舞。

谁看今夜成丝缕，万盏千枝散花去。过往相思皆一度，谜中应隐，灯前可恕，恰是牵肠处。

浣溪沙·清华一景次韵一民老师

才向青山借景开，拈花取影愧檀腮。思春应报午时回。

二八胭脂谁惜别，三千骥骜尔重来。清芬一念壮斯怀。

蝶恋花·感怀次韵 zou 兄佳作

知遇何堪相遇扰，念念闻香，知己同谁了。总恨平生书太草，华章错认金山倒。

昨夜已猜今夜老，幽怨莫名，填海凭痴鸟。敢向青云称独傲，落霞寸寸枯灯照。

小重山 · 大自在

自在如天别有天。青云休负我，负江山。谁将钩月拟成帆。因风起，梦断玉阑干。

诗酒久同欢。琵琶应瑟瑟，泪应弹。情伤都是旧人怜。凭一问，江海入流年。

定风波 · 小满有述

入夏熏风不足行，因愁拍案案头轻。谁忍落花堆似雪，香绝，两三童子正闻樱。

惜别更堪魂向北，秋水，灵眸一现误流萤。匹马曾凭原上顾，深处，千金胡草断乡情。

青玉案 · 遣怀

春愁拍岸声声顾。和残月、听宫羽。总在柔肠回转处。因风多怨，如花易妒，锦瑟谁堪遇。

而今又点江南谱，敲得阑干寄相许。白发青弦无定数。一池陈墨，半城新雾，不肯轻言恕。

忆少年 · 大观园有怀

相思恨久，相知若旧，相怜如月。楼台几更后，恰琵琶声切。

碧落苍然王谢句，正芊芊，翠华明灭。江南冷时节，把心情重设。

一剪梅·遣怀

怜取桃枝削作针。一织秋澜，再织春霖。不堪高处悔登临，一见倾城，再见倾心。

且拾梨花饰苦吟。画外难留，梦外难寻。纤萝一碧冷相侵，昨夜同情，今世同衾。

渔家傲·和幼甫兄访台大作

故国兴亡朝与暮，故人聚散歌谐舞。故事题来凭案驻。三两句，故乡风雨君曾诉。

相问秋山埋病骨，相看孤棹横高橹。相遇恩仇经一恕。聪明误，相思可共君携去？

小重山·遣怀

昨夜端阳有所惭。菊花香折半，子时甜。谁家星散吾家严。应献飨，拂了太公坛。

休咎别江南。江南须恨尔，只清谈。先从弱水过千三。听不尽，角鼓几人谙。

忆江南

江南醉，最爱女儿红。落寞浮沉千遍月，清凉温润一般容，相忆莫相逢。

长词

映山红慢·白马

　　彼岸催时，奔而已、休催白马。羡涂色于天，别情若寄，遗音如画。无心说破隆中卦，恨三分后欺王谢。羞落故园菊，腮红一夜谁惹？

　　凭此赋、虚点枝头，君莫试、缘知人诈。刘项事、岂关句读，错许清风如借。洛阳不雪程门下，祛孤寒、替千军射。且怜青瓦，问终始、长安永夜。

2015 年

永遇乐·初雪感怀

　　千点寒星，遗凉眉上，吹面如翠。露暖霜清，融情入梦，几处怀春泪。江南雨冻，晴光泻地，可上西楼观雉。莫回头、来羊去马，蹄声未解伴醉。

　　英雄洗手，区区曾愧，谁好饮金盆水？暮霭蒙蒙，鸾车飞落，题错终南字。鹿辞天下，龙吟虎步，演绎江山儿戏。换言之、天时未晚，尚容一试。

剑器近·冬日感怀

孽龙舞，昨夜事、江山余怒。且留剑痕如缕，血如注。接飞羽，逐铁马、中流击鼓。可怜杀心无措，佛无恕。

归去，暖阳曾识暮。雄关倦矣，赴万里、莫阻邯郸步。谁鞭胡马踏江东，引杨花入镜，白山青发应妒。点睛何处，肆意寻春，愿寄兰亭与汝。却难下笔因知趣。

沁园春·立春感怀

残雪犹凉，冻露如珠，旧叶仍枯。窥楼头檐角，渐翻轻绿，斜枝入境，正透新庐。薄逾青衫，直如墨笠，常见书生误读书。经年问，令浮云中意，只在须臾。

江南岂止姑苏，一万里纵横试我车。竟春归诸野，秋藏于路，谁堪落寞，君莫崩沮。造化生机，心容旁物，把酒应持玳瑁壶。因何事，愧渔樵山水，浑似当初。

金人捧露盘·立春再咏

一声雷，风淡处，数枝梅。放眼去、不恤莺啼。云倾若发，攒新愁还系旧相思。可怜君子，问以方、莫问谁欺。

松声怒，竹声共，弦管动，笛横吹。送别地、有凤如仪。阑珊兴尽，说江山相见已成灰。且休慵懒，辨城头、变幻王旗。

声声慢·匆匆那年

匆匆得得，絮絮绵绵，渐渐孑孑的的。一路相思谁问，落花消息。经年误把惜别，化几分、断弦残瑟。都不是，是非非，燕子二三声涩。

懂了三千春色，难记取、楼台画中曾识。袅袅翩翩，十八妙儿入墨。芳华莫看锦绣，算天机、物我皆失。越万里，只为饮秋水恻恻。

六州歌头·致青春

三生何幸，白马供驱驰。前生罪，今生悔，往生迟。数天机，万卷风流字，述者器，闻者寄，方寸纸，千金贵，入心持。立雪囊萤，都向终南去，暗自狐疑。状元双及第，落笔不吟诗。歌舞欢嬉，髀何肥。

问天下事，平生志，红颜讳，辩须眉。八万里，如咫尺，瞬乎移，发于奇。万物浮云尔，循其理，索其微。钟其意，迁其势，顺其思。易老冯唐，勿效竹林醉，辛苦谁知。折腰输傲骨，白发不堪垂，为者无为。

多丽·蓝莲花

又凭栏，更凭那曲莲花。莫凭栏、飞檐落日，归家不计谁家。且凭栏、或明或暗，沧桑里、错赴天涯。百里青云，三生白眼，可怜足下旧飞槎。掠长街、离情疏影，执念逐悲鸦。青春过、轻狂年少，欲正还邪。

忆孤城、阳关目外，野望虏马胡笳。忆龙池、别亭曲岸，镜中冷、秋水蒸霞。忆尽当年，红尘拂面，经霜欺雪恰如葩。屡回首、去途来路，江海慕龙蛇。浮华毕、应牢蓝调，来入黄沙。

桂枝香·香山寄怀次韵文谷兄香山寺怀古

惟馨是逐，尽目外目中，波峰波谷。谁道青山颜色，漫修边幅。春秋十万皆难忆，入西风、伶仃婉曲。赤枫残册，黄栌旧说，别情犹触。

惜阑珊、浮华断续。问鼎重斤石，量容升斛。天下兴亡事了，不堪危笃。敢驱胡马阳关下，怕听锋镝赴高麓。一朝风雨，两厢翁仲，洛阳谁卜。

京西有香山，其中亦有一香山寺，未知与文谷兄之香山寺可昆仲否？

蓦山溪·惊蛰感怀

虫儿瑟瑟，遗雪零丁白。遥问那重山，上枝头、谁怜青碧。出神离梦，去岁避而今，天下吉。胡可匹，三二酬春客。

长安酒醒，无处存相忆。暮起向残阳，说甚么、孤灯照壁。识秋如此，更尽月明时，云掩映，今夜黑，莫理君颜色。

摸鱼儿·三月八日感怀

月才圆、暗光流转，长安今夜谁醉。掷杯应伏三千刃，刀下几时心碎。帘外誓，这时节、浮云应可留余媚。飞红摇翠。却意马犹驰，秋鸿渐老，浪子曰无悔。

江南远，只许扬州入耳。阳春琴老弦滞。梨花争向枝头出，那曲平沙堪慰。胡笛脆，白头约、素颜如影眉如水。青山鲜矣。只万里归期，一生去处，休问甚滋味。

暗香·老母亲九十大寿感怀

2015 年

忒多岁月，一念留不老，红颜青发。故土远驰，聚散应怜佛心热。谁记当年旖旎，脂粉怯、风华犹悦。往事尽、凛凛翩翩，何处落花歇。

三叠，独切切。十里莫问秋，楚楚如折。国兴国破，家事休提悔轻别。唯羡阳关隽永，浑似我、江南多郁。俱忘耳、凭九秩，竟容万物。

莺啼序·二月二

江南莫欺二月，让春风送醉。掷杯处、伏刃三千，一夕花折如弑。玉兰借、轻狂缀路，飞霜拂面空枝喜。畏清寒、噙酒含香，不堪迟泪。

意马情鸿，北塞惜别，向青钱问计。落英冷、栖遍梧桐，凤凰多少声碎。认茫茫、云横陡径，逐长夜、离原犹翠。叹楼台，遮尽流霞，却伤余媚。

凌烟在望，鹳雀尤鸣，故人未可识。倦而已、洛阳多梦，慕者陶陶，鄙者皎皎，略无滋味。

初晴恨雨，残梅怀絮，柴门曾许相思过，又从头、再为红裙跪。凭窗觉懒，醒时不敢多情，醉时或可无礼。

浮华攘攘，过客滔滔，却令名久讳。问左右纲常谁论，料峭经年，坎坷终时，竟留前戏。

千金匹马，三生孤雁，斜阳应往云下避，不须听、谁解局中秘。抬头休觑江山，指点珍珑，亢龙肯悔？

戚氏·清明

忽闻啼，雪薄霜冷幕应垂。白絮纷飞，黑云纵恣，任君知。痴痴，且低眉。春来婉转怯春迟。阑珊处处谁恨，灞上渔火醉成灰。向客遥指，凭栏应见，杏花一脉参差。入江南嫩雨，燕北残露，萧落如斯。

哀矣，病草萋萋。寒节弱季，寄客正堪欺。阳关外，怨魂愁鬼，也学相思。且听之。呼吸怅惘，因风起者，几户声嘶。百年忆错，万里行难，白发终觉荒颓。

莫揽江湖恨，怜生惧死，满目沧凄。愧说黄金若纸，让烧天野火送余悲。字中可数留情，八千弟子，江水无滋味。更洛阳犹憾东窗贵。经事事、胡马驱驰。恰笔停、写倦青词。唱三阕破阵可劳师。换襟中志，途穷夜尽，再念宸慈。

哨遍·清明游清西陵怀古

2015 年

古者往之，今者去之，这古今谁见？心碎时，何处可凭栏？觑楼台风轻云淡。万里间，金戈几经游戏，燕云十六曾望断。伤暮鼓循弦，晨钟和句，休提明月常转。顾汗青应耻惜红颜。仗剑曰忠邪两难全。鼙鼓敲时，柳笛吹斯，或应诘难。

冤，秦雪犹残，草长枝蠹飞霞乱。花落空记取，乌啼三月春婉。那一伙明君，两厢食客，轻狂却道埋时浅。生浊气如云，沧浪逐日，闲人分说评点。吊几声浩叹赞与弹。扫此墓何如扫江山？误苍生、不过千万。生时宫阙横覆，率土皆王冕。没时依旧宫城耸立，枯草荒沙是伴。可烧金纸当榆钱。买长安、一尺余念。

宝鼎现·一百零四周年校庆有怀

二三淑士，八九童子，来寻春色。须攘攘、人间诗意，词老江南羞弄墨。谢百岁、更华年余四，忽觉翩然是客。不尽意、身前影后，绕结三分虚饰。

又筑华夏千钧石。往来间、冠紫睛白。豪气鼓、蹒跚步缓，休谓邯郸闻道急。敝履尔、或襟怀如畅，谁问平西旧策。恕己矣、忠而忘志，万里江山一域。

谋国赖此才高，常恨日澜轻如帛。弃浮名如絮，犹鄙高门肉食。独念念、或难长泣。又向天狼射。把酒说、今夜杯残，饮罢长安枯涩。

水调歌头·老同学聚会有感

卅载不堪顾，只肯对流觞。凭栏相忆万里，年少徒轻狂。白发能昭秋月，谁问清光如雪，旧事昔曾忘。指点桃花界，吹断遍枝香。

红颜醉，青衫碎，正牵肠。半生恣意而已，谩说赋千行。昨夜簪花手懒，又觉江南垂念，郊送翠亭长。留二三知己，唱作向高阳。

永遇乐·抗战胜利七十周年感怀

烈烈鸿勋，怆然垂涕，如赤如翠。铁马流云，红旗闭月，万里遮天地。平生壮志，华年浩气，犹怯靖康余鄙。怒从头、江山血泪，不堪傲娇终始。

滔滔遗恨，翩翩空舞，诉尽江东旧事。瀚海波翻，千钧寸土，岂许奴儿指。富而忘礼，崇尤阙谬，莫入桃源倚醉。恕难已、声声自问，可容韬晦？

洞仙歌·赞清华北美舞蹈队众仙子
次韵苏轼之冰肌玉骨

翩翩霞蔚，雨薄香如汗。恣意窈窕觉春满。自欣然、玉袂如舞如飞，曾往者、解说花惊心乱。

昆仑犹上下，八骏神驰，腻雪流光入霄汉。挥手肆妖娆，弄蝶噙芳，听不尽、莺声婉转。却算得清芬百年才，这时节凭谁与江山换。

二郎神·六一有述

萌阳尔，数幼齿、欣欣如荟。入乙未芳华多袅袅，清光里、桂花如绮。休问阑干霜可忆，不敢对、余寒讵几。别有恨、青莲暗动，咫尺天涯谁似？

若此，生生欲绝，别时无醉。赋弱柳轻扬飞下者，堪一笑、差相追记。都说少年愁是梦，试而已、青春可恃。向来处归之，且辨东西，何分难易。

望海潮·仲夏有述次韵柳永之东南形胜

红颜天下，青衫时节，当年几度风华。王土孤臣，青骊赤骏，驱驰万里邦家。着意数黄沙。任谁可轻尔，来去生涯。顾盼倾心，拍弹多婉，岂容奢。

由来惟念元嘉。却艴然故国，倏忽烟花。三户楚狂，千骑虏逆，可怜十尺宫娃。学步亦牙牙。写赋洛阳纸，余血如霞。犹忆长啸似戟，侠义不堪夸。

满江红·抗战胜利七十周年有述

藏恨含羞，余甲子、十年萧索。临怒浪、楚帆如戟，伍潮尤赤。立马钟山魂不觉，卧薪黑水臣从逆。亡国者、莫怨他人倾，良心贼。

汉家子，胡可敌。鼙鼓绝，旌旗立。问英雄何在，鸷雕谁射？倚棹说知江海志，扶犁锄尽春秋稷。须万里、休负少年狂，孤军帅。

念奴娇·大暑感怀（平韵格）

绿辞红韵，染谁家新梦，多少徘徊。一别阳关三唱后，如说如诉如催。白鹤流云，青龙临涧，相问几声雷。莫思凉沁，万般情致偕归。

嗟尔沧海无忧，艴然何汲汲，神武英姿。再笑江湖斯可傲，弄玉凭笛横吹。极热而寒，轻浮难起，风雨坠芳菲。四方知己，此生何处翻飞？

八声甘州·清华附中百年校庆感怀

忆当年虎步走邯郸，沧海数声箫。话三千稚子，半生锦绣，万里迢遥。业武修文若此，闻道竞朝朝。师者应无悔，些许妖娆。

学得筹谋庙算，恨浮华易落，世事难消。念同窗情重，青发渐疏凋。对平生、痴言桃李，近栏干、拍遍百年豪。应同问、觉春秋远，孰与山高？

水龙吟·八一感怀

沧海扬涛，帆影白、鲲鹏点缀。原上碧、草长鹰疾，蛇龙激越。八八虹旌飞舞急，三三步伍从容接。问庶民、谁是大英雄，风云决。

江山矗，擎日月。南北望，豪情发。视繁华如镜，鹜枭无物。甲午流年皆是泪，靖康故事犹堪郁。借今朝、盛世伟人出，金门谒。

水龙吟·减肥感怀

度量恣纵张扬，最知轻重伤心事。月盈月缺，烛明烛灭，沉浮难已。半老皮囊，双成袍袖，弄潮犹似。念羞花而瘦，惊蝉亦哑，须吟尽、三秋水。

正羡黄粱脍炙，更何如、鱼羊滋味。马非白马，鸟皆呆鸟，可怜伴醉。饕餮无缘，鸿鹄遁志，几番穷技。笑痴儿问鼎，携鹏万里，令千钧碎。

摸鱼儿 · 立秋感怀

罢今宵、洛阳心事,炎凉无他缘故。花残犹笑猩红杏,枝上几番来去。君莫妒,可识得、青衫七尺何襤褛。不堪风雨。向燕赵悲歌,长安道上,独自说秦楚。

偕司马,万里如追逆旅。江山何劳周顾。断肠痛自伤心处,抵得相思无数。君且住,昔回首、可怜衰草遮行暮。斜阳做主。把列戟三千,旌旗满眼,换一曲梁祝。

水龙吟 · 九三感怀

碧空可阅江山,赤旗十里驱云处。汉唐遗烈,明清余恨,沧桑尽恕。昨夜楼台,今宵琴鼓,殊难中矩。把西风按下,秋声催起,君须识,烟波怒。

剑雨枪林一顾,问谁怜,青衫南渡。千年是问,万邦来悦,天朝周御。司马情长,侍郎气短,玉阶鸾步。算流年暗换,亿民同愿,挺元龙舞。

永遇乐 · 小雪节气遇大雪感怀

云暗倾城,霜承残露,鸾阁凋敝。兔走鹰飞,离人逐步,乱霾堆寒霁。白山如练,苍原欲墨,谁写洛阳秋意。却依依、池沿陌上,恍然春色如拟。

多情莫恨,余情休问,未必无情终始。八万楼台,遮羞含怯,说破长安诡。瑞祥金粉,寻蕉覆鹿,换得衣朱冠紫。好去处、眉头化雪,却疑是泪。

贺新郎·遣怀

病酒因吴语。雾中看，江南梦缓，洛阳花著。肆意邀云云滞尔，冷月凄风暗渡。凭十指，吉期可数。老马殊途应不识，向天涯谁送阳关赋。轻别者，更难聚。

二三童子听琴处。笑青山，霞浮霞隐，甚多歧路。愧说故人施余墨，装点明窗画柱。曾对酌，杯中何物？偶忆春残休戚矣，更秋残又让春残妒。三尺薄，却难举。

高阳台·清华大学图书馆北馆落成有怀

2015 年

墨砌云台，香拥翠阁，煌煌十面倾城。赤壁青檐，凭窗万里来迎。倩人立雪程门外，正斜阳、独照中庭。竟如言，此处长安，万卷希声。

兰亭唱和追王谢，信江东故旧，尽入营营。浮霾轻霜，堪吟昨夜罡风。问津肯学平西策，却欣然、掷酒而兴。致知乎？读易行难，一页三生。

其他

桃李行·清华附中百年校庆遣怀

桃李春风复秋风，吹尽长安两鬓青。昨夜才别江南月，江南安肯送归程。
座中谁识三千客，稷下犹记隆中错。潸然如现满眼痴，忽向武陵说落寞。
卅年风雨已销魂，百载沧桑更无伦。江山孰与才人出，簪缨如雨冠如云。
一别难数多少载，再别应向长亭外。依稀谁复认旧袍，悲夫桑田与沧海。
故人音容去复还，青衫白发与红颜。相见难许明年聚，拍遍金粉玉阑干。
烛前杯酒映寒月，灞上金刀飘如雪。落花曾在枝头肥，知己飘零相忆切。
昔年曾上青云楼，怒马轻裘不知愁。论说天下如在握，把酒不吝下轻舟。
学文习武寻常事，问道求真平生志。昔人诲者今诲人，不敢辜负师尊敕。
名满天下须几人，八面风高总是春。扶棹扬帆弄潮者，犹念当年授业恩。
一去长风应万里，三唱阳关可往矣。又上云台入凌烟，江山谁不夸桃李。

2016 年

五绝

闻文谷兄赐字有怀

闻君赐字来，日日循天问。笔意未曾知，寄怀须雁阵？

阿法狗战胜人类有怀

探微十九枰，坐照入神惊。对面无人语，灵机不动情。

早春有怀

怀旧因诗暖，怜花和雪开。相思闻雅意，三月暗中来。

题友人画

素手调胭脂，拈花写妙姿。凡心应入画，画外看成痴。

题图

绿霭暮晴初，江岚入晚庐。故人寻野径，婉转授渔鱼。

送友人

孤掌双飞燕，一啼三莫名。妄言壶底事，罚尔口禅行。

无题

夜来谁向隅，万里竟如图。杯酒堪遥寄？醺然不觉孤。

七绝

题友人照

于思千面遮红颊，翡翠楼头歌玉屧。春色别裁如有神，佳人曾许三秋叶。

咏悟空

河清直俟圣人怜，翱翥犹须五百年。谁见西天浮霾里，箍中听得是真传。

阿法狗再胜韩人有怀

谁借东风拂业尘，两方端坐再忘身。推枰莫问棋真假，从此伊人是路人。

春约步韵琬青诗友

谁怜秋水入春慵,敢与江南比绿浓。不问归心何处系,约花休在夙期逢。

和琬青诗友之春雨

故园秋意两三重,人断愁肠愁可缝?何处冷月相遇处,苦把流觞化雨浓。

春谑

秋水三分一瞥间,罗衣红袖拢烟鬟。美人偷了春光去,甚字多情不肯还。

清明又怀

飞花千尺惜红樱,陌路三三赴远城。不敢多情疑驻步,长安无雨也清明。

桃花六绝

其一

四十九年临石鼓,百三里路数桃人。熏风好色欺杨柳,让与红颜独占春。

其二

一江山色鹤冲天,满眼青云半暮烟。莫恨桃枝空似戟,花期已误万旬前。

其三

三尺浮云名与利,一池春水洗秋颜。凭栏恐看缤纷后,尚有余香在远山。

其四

春晚风迟落寞中,飞来燕子亦匆匆。乘云算尽桃花运,错过芙渠别样红。

其五

谁系舟车入境深，万般风景笔端沉。残红浪起桃花海，一叶轻帆是本心。

其六

南山近看东篱下，春意长晴四月今。谁将玉手挥作别，带走桃魂秋后吟。

题友人画

十里杏花酒意催，篱间画里惹青眉。美人误入春光里，千里江山换不回。

游鸡鸣驿二首

2016 年

其一

千年青史黄粱里，一路红花白发东。谁解鸡鸣更鼓信，春秋冷暖问田翁。

其二

谁赴东篱问老翁，南山隐入落花中。藏兵尽在金城北，屠得西风似暖风。

咏包子

雪雾蒸陶灶后醺，余香泄尽谷中荤。包罗方寸容天下，齿冷衔来半口云。

题友人图二首

其一

侧目春衫偕酒薄，痴红浓淡看眉头。谁将春色留三里，可待秋凉拂一休。

其二

一尺春澜三叶秋，纵横依旧是鳌头。江山不问南山事，只在东篱看菊羞。

题友人照

碧洗春澜不问晴，江南最恨雨中逢。枝横两径无人处，逐鹿心思可独行。

题友人图

云暗风闲憩晚红，归思相映落青丛。纷纷扰扰无情事，尽入故人山水中。

题图

青山曾许流云驻，恰是红颜托梦处。马上谁怜三两人，将军不忍周弦顾。

大董等餐有怀次韵高骈绝句

洛阳花盛柳枝长，味在流觞鸭在塘。暑热谁堪心腹冷，凭窗空等一炉香。

送友人

沧海何辞万里还，他乡明月可同看。别愁离赋难为句，掷取随缘上上签。

和琬青之窗花绝句

篱外纷纭徒费猜，狐疑谁扮故人来。梅花准拟窗花懒，自放幽香和雪开。

五律

清华新食堂有述

壮志食如云，大师饥若此。徘徊酒肉门，络绎贫寒子。
白发湿青衫，一餐驱万里。烟云可断肠，因噎而欢喜。

理发

问镜比谁羞，遮眉过鹤洲。因催三月草，竟忍一时秋。
顾尔欺红颊，倾之惜白头。且留千尺柳，顶上覆乡愁。

题友人照

玉人临泾渭，顾我试春衣。惜别三千里，酬情半句诗。
徘徊言路短，吟咏二音稀。相诘如相问，莫怜司马知。

腊八遣怀

月冷莫相望，明眸冻易伤。眉弯千叶柳，头白一时霜。
四至皆萧索，双亲已渺茫。粥粥无可拟，耳热俟其凉。

诗社雅会有述

雅聚桃源里，或寻秦晋事。一言三和之，秋水春知己。
向者悦天成，陶然钦至理。吟咏莫流觞，闻琴应醉矣。

贺老母亲九十一岁寿

元夕贺黄庭，童颜近百龄。一鸣鸡唱白，三善鹤衔青。
德寿延松壑，馨风歌鹿鸣。儿孙福禄喜，万语颂康宁。

早春

江南别散舟，柳岸半重秋。因遇薄烟雨，相看双寸眸。
涟涟青节气，怯怯紫冠旒。十里花如水，兰香出蓼洲。

诗自言集

2016 年

遣怀

云深无处觉，循道不由衷。因慕黄山柏，来寻白发翁。
行鸿惊绕膝，归鹤默含胸。十里须轻别，江澜顾盼中。

遇大鱼有怀

临渊结紫庐，相看自相如。即兴殊无忌，余年大有鱼。
三餐怜囷廛，一梦入玄虚。问酒何须尽，杯空六月初。

遣怀次韵婉兄之幽居

覆鹿包茅耳，金风岂禁言。春秋难尽抒，车马不敢喧。
谁共丝弦误，君应桃李源。或闻秦晋事，养羽自翩翩。

咏别

莫入长安道，绵绵杨柳老。三生惜用情，万里过如秒。
问鹤向苏门，追云经杜草。凭帆沧海时，汲汲知归早。

示儿

浮于沧海者，期尔弄潮时。万里归程戚，双亲望眼垂。
入云经雨急，离岸解帆迟。不忍春秋意，须听桃李辞。

秋初有怀

最怜吟咏者，相恨几参差。李杜神来尔，苏黄谁过之？
羡君持妙笔，揖客谢微辞。莫问蓬蒿子，临秋近雪时。

秋热有怀

折腰非为米，因尔好谦恭。花落秋知已，弦听夜软侬。
子时常恻恻，丑类竟汹汹。应在缚雷处，虚怀笑岁冲。

秋闷有怀

噤声三百里，夺目一方雷。闲云蒸暖树，孤雁入斜晖。
浊酒谁应醉，曲弦君莫挥。熏风虽识字，不敢认珠玑。

游盘山二首

其一

长安未显崇，高麓向京东。袖冷偕孤鹤，襟长系远鸿。
留情天地半，失意有无终。因入秋深处，怡然悦大同。

其二

谁纵扬州马，陶然入渺蒙。江南娇可拟，濠上乐无穷。
断雾千峰底，虚名一念中。炎凉应自悟，不肯谢秋风。

遣怀

凝翠入秋禅，皮黄三两篇。堂居凭黑面，野望度青莲。
白发卿何愧，红颜尔亦怜。莫求金富贵，且上紫虚悬。

腰伤有述

且掷青衫去，谁堪白发行。折腰因斗米，俯首饰群氓。
懒问洛阳纸，羞尝瓠叶羹。晶帘何必卷，岚雾满秋城。

霜降有怀

栏干循野望，熙熙灞亭长。才饮三春露，犹逢四季霜。
枫红疑是火，柳翠恍如妆。应是离人泪，偕冰与雪藏？

闻飘零兄北京置业有贺

长安不易居，却喜君高卧。花落掩莺啼，髀肥逢虎饿。
或怜明月虚，莫惧秋风破。立雪有程门，终为夫子贺。

帝都秋深有述

秋高不觉寒，金粉玉阑干。月白尘非雪，花轻叶是兰。
效颦西子蹙，伴寐北京瘫。欲学神仙醉，云深无处看。

游国科大雁栖湖校区有怀

终南其远矣，碌碌且悠然。稷下闻于道，云中悟尔禅。
群英携雅识，独旅向高贤。湖畔舟行处，秋晴又一年。

因雁栖湖雾谢龙兄

致远若君者，青山随尔行。雾中斯可悟，晴处岂多情？
三顾因弦误，双飞入劫争。散舟无系处，出没恍如兄。

贺文谷兄佳儿学业不凡

吾友有佳儿，可凭千里期。严于龙虎辈，志在凤凰姿。
碧落天成耳，青云自立之。傲乎沧海远，帆棹莫轻垂。

贺柯洁胜弈次韵婉兄大作

纵横十九剑如秋，血溅灵台岂末流。二尺江山生霸气，毫微胜负掩轻愁。
悲欢尽在隆中计，黑白分因盘外头。弈罢折腰谁细论，推枰不肯试封侯。

射

因怜十指扣环环，谁引长弓射小蛮。老骥余才图易识，故人残页句难删。
无心错点江东醉，多口常欺稷下闲。六艺修身唯一得，拨云却是旧红颜。

咏蛾

青楼千尺供纷飞，指点秋虫羽化归。展翅因循孤雀劫，留痕尽入暮蝉饥。
蛹皆成梦消寒暑，蝶可羞花误是非。逐月曾怜天下黯，岂凭扑火为增辉？

冬月有怀

日下寒云洲莽莽，酒深三爵依然惘。因将明月惜如卿，才赴高楼思既往。
千里曾闻角鼓声，满弦皆是孤舟响。故人问我几重山，一叶遮时安可仰。

乙未年末有怀

又是凭栏辞岁时，晨来福字立门楣。今生得意三弹指，昨夜无题一措辞。
福祸缘随应已悟，春秋轮替欲谁知？羊猴岂效寻常兽，各取桃花八百枝。

看戏

台上风云断续来，流金飞玉逐花魁。听琴弄耳弦三尺，击鼓惊心舞一回。
粉墨遮人青到紫，春秋隔世喜如哀。何须掩面倾孤泪，莫信伶人且信猜。

咏窗间福字

福上心头半尺红，明窗昨夜贴霜丛。东西寒月升犹落，内外春书看不同。
似可相思双淡漠，到而未倒一朦胧。春迟未及花如锦，先写空言慰早鸿。

2016 年

痛悼家姐仙逝

天忍惊雷袭向隅，徒言生死竟何如？倏然一瞬阴阳隔，悲矣三生福祸殊。
如母怜慈长与赐，为儿孝慕久相扶。泪垂千尺无须远，姊在云乡弟在途。

十二属相之咏

鼠

子曰三人有我师，众生十二首何卑？洞中岁月孰无过，耳畔笙箫悉可吹。
尔辈常如儿辈懒，聚时犹念别时悲。流连应效封侯者，莫窃寒门百衲衣。

牛

丑妇应怜无米炊，青田辜负凤凰饥。欣然濠上观鱼者，阒尔江南喘月时。
十万繁花经咀嚼，一边孺子费矜持。出关谁问君臣事，且避刀锋老面皮。

虎

大王额上字如椽，风起寒林亦凛然。十里独行惟傲视，千言一吼断枯禅。
万夫辟易须伏地，百兽惶然却乞怜。三顾笼中犹往复，寸方尤是朕江山。

120

兔

姮娥昨夜恨谁窥，暖玉因寒不忍离。逆耳长听天下谤，舒怀且忘腹中讥。
月圆一举吴刚斧，酒畅三人李白辞。悔赴桂花千里约，应留红眼看英姿。

龙

携雨来寻万里涛，御城门下列周遭。沉云渺渺千重壁，大袖翩翩九五绦。
十里秋吟弦未绝，半城烟柳絮难高。此生本可浮江海，却被君王绣衮袍。

蛇

歧路逶迤千里封，宁从渔火莫从农。僵虫有味阴山北，冻雀无缘紫塞冬。
春草遮睛须夺目，清流润肺勿捶胸。腰长十尺浮云上，脂粉三钱可扮龙？

马

胡天边草逐秋肥，百二雄关足下灰。狼顾金城商女恨，龙行易水燕人哀。
因怜吴垄携牛喘，才赴昭陵跨鹤来。伯乐无图谁买骨，千金赐尔葬余才。

羊

春寒初起譬秋凉，休与羔毫论短长。俯首难为风恨草，沾襟不复泪望乡。
昭君入塞须怜白，苏子归心岂慕黄。最喜离人原上走，披衣尽是两足狼。

猴

觅祖何须托乱神，西天道法久生尘。八方路断孙如敕，十万年前许是人？
观镜应知青帝恨，扶鸾莫问小儿嗔。申徒沐后能言者，冠冕浮云忘己身。

鸡

缘何一唱可惊天？金甲罗裙顶紫冠。欺凤何须尴尬处，争鸣只在仿佛间。
谁怜商女知忧国，我恨书生好妄言。三尺翎毛轻若羽，鸿泥点缀旧江山。

狗

武陵年少走轻狂，声色无缘费主张。吠日消磨真骨气，看门窥破旧皮囊。
能随雅客欺寒暑，错看归人识印堂。三尺奴才知妄意，原来无语是忠良。

猪

视尔庞然万事空，无忧无恐大英雄。头悬八戒因循者，步踏三观踉跄中。
褒贬须凭肥瘦辨，流连应与祸福通。名从此圈相知后，一物穷时天下穷。

清明有怀

顾盼春山竟忘尘，薰风吹散绿萝裙。流云浮影趋前辨，远刹纶音别后闻。
十里杏花轻纵酒，一乡烟柳黯销魂。日澜拂尽寅时醉，莫笑华年白发人。

清华图书馆北馆落成开馆有怀

万里何如万卷长，重檐飞拱斗琳琅。痴生句短春秋册，老骥途穷日月乡。
愧自青衫应立雪，惜无红袖可添香。三分杨柳七分雨，桃李枝横羡栋梁。

赠友人

友人自珠峰归，同游俗景，有怀。

君自西方久住持，流连瀚海拂低眉。奇峰暗雪菩提冷，化境飞花格物迟。
一念一逢唯步步，三生三笑岂时时？攀高欲逐登龙客，恨有浮云不敢辞。

过天漠

阳关叠处黄沙薄，秋水晴时红袖开。大漠三声轻别去，孤烟十里暗飞来。
驼峰夹映千峰翠，雁字斜噙一字才。因有故人同饕餮，须无老马再徘徊。

与挈云诗友聚有怀二首

其一

凭窗谁与醉中违，今夜流觞血上眉。知味樽前茶是酒，拈花笑外喜还悲。
莫怜狂士辞千里，且共佳人舞一回。寻月应从弦外去，浮云如我已相随。

其二

浮生出梦岂忧迟，隔径桃花向月垂。好客拾琴弦易断，隽思入赋句常悲。
振衣不觉红颜冷，怜病应从黄老回。寒暑去来犹羁苦，摇落春花忍轻随。

观海昏侯展有怀

太武江山不忍观，旌旗十万废衣冠。可怜后辈萧萧矣，不似前人凛凛然。
霸道难成三世业，浮生犹赁五铢钱。藏金独领风骚事，千载光明照白幡。

咏妇好

烽烟熏得美人妆，千载犹怜商武王。故国胭脂红自血，江山面目白如霜。
中州亘古魂来去，落日余霞道短长。不问雌雄多少恨，安阳说破好阴阳。

春深有怀

茅舍夜来春意漏，江南雨嫩玲珑透。三餐秀色可还情，一脉熏风难入袖。
归鹤留声断此前，新梅寻影别时候。青衫应裹醉书生，因羡书生知念旧。

十三陵摘樱桃有述

驱车携友向清徐，细雨平飞湿碧襦。含翠枝横香髻鬟，怜红粒取冷珊瑚。
五陵纵马情如忿，十里寻花醒若愚。唱作不辞惊帝梦，因怜口腹不还珠。

拔牙有怀

造业何尝因铁口，江山庙算余痕久。夜来难瘵惜红颜，缘尽易伤经素手。
百战犹怜血漫池，一吟竟效声如吼。莫留齿冷在心头，无耻精神方不朽。

遣怀

岂如昨夜念痴儿，十里街行万里迟。因雨凭栏三顾彼，为君伏案一听之。
菊横篱外应思远，弦断江南莫读诗。六月谁堪花似雪，青梅已驻鹤膝枝。

游植物园过雪芹故居有怀

长安十里拨青云，唯见终南避晋秦。月色长吟吟月句，花泥莫葬葬花人。
知秋叶落凭风雨，好古辞穷惑伪真。总为寻芳惜客卺，最无情物是红尘。

登圣莲山

谁持璎珞竞纵横，三尺白莲云上行。一路青山应媲美，半行鸿信可传英。
来时碌碌期多恨，别处依依罢不争。莫数千峰难望断，凭君俯仰看神京。

九月八日感怀

帘外丽人十里倾，云檐翠瓦蔽金城。玉街曾向楼头跪，银面休提槛外惊。
八亿神州尧与舜，三军壮志竖如横。秦皇汉武千年矣，不及长沙一楚生。

闲弈

闲坐浮云叹髀肥，鸿鹄犹在弈间违。为分黑白敲云子，因恨输赢羡玉妃。
万里江山争半目，三分谋略入双飞。推枰笑说杯中月，盘外清谈忘是非。

入小学同学微信群有怀

才入秋风又忆春，流年四十久蒙尘。青衫袖断难忘事，白发簪成不了因。
竹马曾经千里别，泥鸿犹似一班人。儿时应许三生愿，相遇何妨泪满襟。

秋凉有怀

透窗急雨竟匆匆，舒袖薄衣素领空。霜最寒心思雪白，月应照泪过腮红。
望南千里别辽鹤，袒左三躬祭夏虫。因念故人同遇冷，羞持青氅入怔忡。

2016 年

与婉若清扬诗友应和九律

其一
浮云暗卷一帘尘，佛曰秋伤子曰春。莫任惊弦三顾我，可凭弯月半羞人。
阑干拍得吴钩断，鹦鹉衔来楚户嗔。何惧书生襟袖薄，可烧青册照西秦。

其二
万古顽夫震作尘，一花一语一阳春。桃源有恨惜游子。菊径无缘别故人。
十里街长亭下愧，三生石冷毂中嗔。不知舌在张生问，莫论兴亡徒借秦。

其三
妙语新辞独出尘，佳人伤世复伤春。青衫薄袖难为体，红粉香丛辜负人。
搏命千军输一怒，拈花六脉戒三嗔。诛心应问心何在，万里城高不是秦。

其四
空空万物本无尘，染羽韬鳞几度春。庙算何欺檐下雀，街谈难醒梦中人。
江湖远者心犹远，风雨嗔之喜复嗔。姜尚子陵同一钓，汉唐易辨与隋秦。

其五
故国神驰期不尘，洛阳秋暖渺如春。万千尧舜皆青帝，十里芙蕖犹璧人。
诸野安然周粟熟，群氓莞尔汉王嗔。六州看尽江南绣，今日娥皇胜仪秦。

其六

谁将胡马逐轻尘？寄语诤言莫报春。半尺金瓯麾下勇，满腔碧血阵前人。
相知岂效三三算，再和应怜念念嗔。同是神州驱六骏，竞挥拙笔为锥秦。

其七

扶鸾请命汉唐尘，盛世初尝畏早春。四至风烟惊白露，六洲义气借红人。
桑林问律弦中顾，鹤径求归度外嗔。缚虎绳长须大士，蜀中将勇岂纵秦？

其八

烟锁长沙慕晚尘，五陵纵马惜残春。留香十里折花手，筹策三分问鼎人。
佯卧高阳槐梦觉，痴缠新月桂花嗔。座中泪尽青衫薄，商女无缘二代秦。

其九

青眉红鬓玉生尘，襦透裙轻半掩春。司马而驱三百里，令狐如媚一娇人。
摔杯不吝图中刃，折笔应怜画外嗔。酒尽更残秋月冷，原来今夜已无秦。

国足十二强铩羽有怀

青云白岭下轮台，冷面高擎照死灰。胜负欣然天命耳，春秋逝者素人哉。
八千陌路逍遥过，十二金牌踉跄回。一蹶且成足下恨，莫听箫鼓枕边雷。

悼泰王普密蓬氏

其名略可如沧海，其后难为沧海崩。与国同辉行万里，其情长夜痛千乘。
尔曹伏地犹伤世，其实怜才亦动情。莫论爱民同父子，其中悲苦证心冰。

观清华艺术博物馆达芬奇展有怀

惑于万物敏于衷，天赐灵台悟始终。四望游移三体外，智珠把握慧心中。
循源似可东西走，问政难为左右通。传道千年斯久矣，留香今日拜达翁。

秋雨有怀

岚雾浮烟飘渺迟，薄巾轻氅出东篱。情深入骨相逢后，雨细如绸未织时。
菊落仍余香在手，蝉鸣犹上柳舒眉。离人莫恨天留客，再送离人十里痴。

烤全羊有怀

六六桃花九九烹，胡弦今夜对秦筝。三羊开泰食秋色，半路出家吟晚晴。
赐尔全尸何酒冷，听君片语岂言轻。佳人舞罢青衫湿，座上书生愧似卿。

遣怀

青云白发惜同时，秦晋衣冠千古疑。紫绶诛心名与利，黄粱扰梦喜中悲。
情非冷暖三秋隔，势岂输赢两字知。弱水渡人须早悟，花繁不在最高枝。

大元三都

谁凭镝矢赚胡儿，三唱阳关恨别期。小子弄才罗雀处，大汗好勇射雕时。
狼烟点染哀兵骨，马革周遮猛将尸。塞漠应留千里信，止戈报予故人知。

养心殿

王谢深宫不记年，长安道上枉流连。也曾弓马平天下，终被诗书立雪前。
治世凭心经纬故，齐家随性祸福全。八旗留得一旗武，甲午何须堕铁肩。

挈云诸诗友聚散有怀二首

其一

宫深深似海西头，菊露凝寒十里洲。暮柳长亭迎送懒，惊鸿断柱往来羞。
归时恰似别时醉，春水何如秋水柔？此处可删三百字，惟留一语赋离愁。

其二

小月高庭玉影单，因怜秋水过窗寒。听君一语羞为句，许尔三生愧解鞍。
红袖妆前般若苦，青衫座上住持难。杯深醉浅难成饮，枉说心酸是酒酸。

赠琬青之归去来兼怀挈云诸友

长安风骨入秋深，唯有青松惜寸阴。刺背何须金粉磨，咏怀应共墨痕吟。
书香浸脾花如字，鸿迹随缘旅在心。沧海催帆三万里，清波浊泪共沾襟。

遣怀

牵梦扶鸾算己身，命中九九百年因。秋寒入骨秋吟苦，月色撩人月影沉。
多病每因经白露，无缘何必下红尘。长安岂是从龙处，牛喘吴官揭逆鳞。

思亲有怀

最堪唱作是思亲，轻别苦离犹可询。此去蓬山休念旧，曾经沧海可安贫。
拈花难悟惜三笑，拂袖无缘付一嗔。控鹤扬州来去处，三千般若不修身。

读百家姓有怀（新韵折腰）

别处青山空寂寥，洛阳惜纸字如雕。吴牛道浅翻胡臭，屈子冤深唱楚骚。
白丁遗恨程门雪，黄老垂怜杜屋茅。花落香残谁梦断，赵家汉子不堪撩。

只言境

虚看浮云南北驰，敢吟七步未成诗。只言片语无心说，一拨三弹八顾知。
平仄纷纭堪笑对，春秋茌苒莫轻随。凭君问我隆中事，指点江山尽是疑。

遣怀

空言万里不同伦，相顾孑然笑己身。一语难合姑妄者，三观莫恨嫂夫人。
青云辗转疑无路，白发嶙峋赌半輦。最爱多情眉上画，柔荑点指御城春。

五十自寿

岁在深寒月在天，春茅秋屋总相传。惊鸿绕径三千里，驽马嘶风五十年。
未敢轻名趋博浪，岂无豪气赴幽燕？江东莫问帆樯远，半百须留以待贤。

贺慕白兄大作付梓

洛阳惜纸此时嫌，一句何来胜万言。心血经纶天下事，衣冠俯仰案头绢。
修身已付诗书画，治国应期道德篇。愿得吾兄常诲教，长亭杯酒释拳拳。

二零一六 Play

十二宫城渐次开，凭签王谢旧亭台。三川普落及时雨，一马难修盛世才。
末路终分南与北，浮云莫掩霾中雷。朝朝今岁胡歌舞，听取弦余半寸灰。

遣怀

一径荒城问远眉，青山别了旧东篱。春秋道理松竹鹤，唐宋衣冠悲喜痴。
梁祝罗衫花可戏，苏黄淡句典如诗。应嫌岁末忒多事，且数来年诸事为。

小词

西江月·六月一日有怀

几处飞花怜我，一帘薄絮缠卿。谢家有女欲纵横，早向天涯
追梦。

无虑却难无悔，多愁怎笑多情？莫凭六月逐风筝，恨那青云
不懂。

唐多令·秋分有怀

听雨莫临窗，拈花识旧香。又纷纷、絮柳飞扬。一径秋分篱
外菊，这边苦，那边凉。

怜杏故人墙，帘翻昨夜妆。问相思、再问相忘。把酒休提杯
掷处，尔何必，予何尝？

菩萨蛮·遣怀次韵李白之平林漠漠烟如织

五陵风雨吹青织，落英伤处秋霞碧。帘外几重楼，云高不觉愁。

应怜三十立，斗米折腰急。拆字问功名，停时人倚亭。

忆秦娥·遣怀次韵李白之箫声咽

咽咽咽，轮台暮鼓三声月。三声月，初听如聚，再听如别。

孤霞行柳伤时节，惊云漫走春秋绝。春秋绝，拨弦而顾，一官双阙。

调笑令·遣怀次韵王建之团扇

扇扇，扇扇，玉纱金钗对面。流年辜负华年，谁辨心弦管弦。弦管，弦管，弦断还如肠断。

忆江南·遣怀次韵李煜之多少恨

归何路，柳色碧笼中。如梦而来惊额发，青云乱展入青龙，高处惜无风。

捣练子·遣怀次韵李煜之深院静

来处静，去时空，秋月春衫入袖风。怜尔断肠无线补，拨弦三两解梳栊。

忆王孙·遣怀次韵李重元之萋萋芳草忆王孙

老来曾年旧儿孙，嫩语咿呀竟失魂。千里莺声三尺闻。玉灯昏，更尽谁敲月照门。

如梦令·遣怀次韵秦观之莺嘴啄花红溜

秋水难侵春溜，桃折却嫌菊皱。相拭几重绢，一笔落花参透。依旧，依旧，点染那般松瘦。

长相思·遣怀次韵白居易之汴水流

泪曾流，血曾流，肯负江山低此头。青衫不许愁。
醉而悠，梦而悠，酒漫灵台未可休。别君君在楼。

相见欢·遣怀次韵李煜之无言独上西楼

青山青水青楼，愧吴钩。曾笑秦皇汉武怕春秋。
风欲断，云应乱，岂闲愁。莫让春花秋月染眉头。

醉太平·遣怀次韵刘过之情高意真

由真返真，催青入青。秦琴犹似楚筝，入惊弦一声。
倾之问君，君其左萦？玉杯掷在银屏，故人醒未醒？

生查子·遣怀次韵欧阳修之去年元夜时

江南十里秋，悬月清成昼。花谢与花开，都在相思后。
故人去处来，碧襦香如旧。却问断肠时，夜半谁牵袖。

昭君怨·遣怀次韵万俟咏之春到南楼雪尽

十八凭三除尽，六六谁传吉信。春袖臂间寒，汗应干。
银榭金街休倚，素手难淘秋水。白发颂南华，夜须遮。

点降唇·遣怀次韵曾允元之一夜东风

秋意匆匆，多情却恨心情少。落花惊鸟，莫让春知晓。
白发青衫，总是归人老。终南道，五陵衰草，倒是黄粱好。

卜算子·遣怀次韵王观之水是眼波横

叶落桂枝垂，花落梅香聚。赶在霜前辜负秋，肠断秋深处。
雪早不知寒，任雪忽来去。谁把银尘换取金，富贵君留住。

减字木兰花·遣怀次韵王安国之画桥流水

春波秋水，花落花开花性起。月色昏昏，烛尽灯残不忍闻。
望天无语，望地不知谁下去。一念穿杨，治世何须问子房。

丑奴儿·遣怀次韵朱藻之障泥油壁人归后

扬州控鹤纷飞后，十载光阴，千里浮沉，早把雄心化寸心。

因怜马瘦嗟来骨，大道难明，小道言轻，不负春秋辜负人。

谒金门·遣怀次韵冯延巳之风乍起

伤不起，伤却那眸秋水。听罢宫弦青冢里，识花难识蕊。

谁道铁肩堪倚，误与流光同坠。四至高墙云莫至，大悲因大喜。

诉衷肠·遣怀次韵欧阳修之清晨帘幕卷轻霜

离愁最恨觉秋霜，试错几重妆。不堪惜别无酒，因梦短，故情长。

曾几度，唤春光，更心伤。拨弦如发，折柳还眉，不似柔肠。

好事近·遣怀次韵蒋元龙之叶暗乳鸦啼

风入旧田园，云暗蝶惊花落。王谢那边犹豫，怕了凌烟阁。

桃源藏尽故人书，今夜又非昨。打虎不堪人恶，去了梁山泊。

更漏子·遣怀次韵温庭筠之柳丝长

马蹄轻，莺舌细，栏上花枝谁递？三十里，半山乌，归程学鹧鸪。

春衫薄，穿花幕，魂在凌烟旧阁。杯已碎，剑仍垂，江湖未可知。

行香子·冬至读史有怀

嫩雪柔霜，玉榭银藏。风流过、花落残妆。烛微问醉，弦乱听盲。让臣心悟，妾心促，朕心凉。

三生渺渺，十里惶惶。云横处、乍见龙岗。经寒入暖，至冷而阳。羡秦人勇，齐人懒，楚人狂。

定风波·遣怀

翠饼题糕昨夜尝，墨痕飞字韵犹香。因羡神仙同此寿，眉皱，莫非黄道是黄粱？

还愧故人无忝和，高座，又怜小女远相望。白发盈头疑是雪，忽喧，岁如奔马月如霜。

长词

水龙吟·大寒节气遣怀

暮云何处归之，残阳冻柳千重絮。青莲故事，黄粱余味，不堪直语。饮马东川，衔蝉高树，莫如轻怒。问故人曾说，流年应觉，浑不似，江南舞。

霜重却须情重，恰今番、落红如雨。潇潇入夜，悠悠回首，冰心难渡。万里晴岚，三分秋意，梦中犹妒。似惊鸿觅得，流霞若此，把东篱补。

水龙吟·端午怀古

恨春些许惆怅，常怜口腹唏嘘耳。人亡食粽，国亡食粟，殊难回味。十里生花，八方谐趣，皆如高士。笑隆中无策，只携诗酒，千年后，差相似。

应觉故人情重，惜江南、略欺余子。畏君无虑，畏民无智，畏谗无已。老鹤横波，轻鸿倒羽，纷飞何计？问浮沉胜败，春秋论者，管人家事？

2016 年

水龙吟·仲夏有怀

夜深几许思量，不堪帘外蒸腾狱。沉云暗动，熏风初袭，轩楼渐覆。把盏时分，流年如水，佳人如玉。问青衫谁掷，吴钩颜色，七分冷，三分酷。

曾向江南问夏，但秋波、温凉来宿。江湖梦早，中州驰马，鸿原逐鹿。金鼓银筝，揉弦入语，长歌当哭。尽平生义气，将心佐酒，嚼谁家肉？

水龙吟·遣怀

长安一夜秋风，小楼烛尽春衫短。凭栏恨久，倚窗思旧，殊难杜断。碧透空山，霞横野鹤。苍凉如患。把残云一扫，斜枝半折，江湖冷，山河卷。

应是黄粱入梦，恰留香，酒醺杯浅。邯郸步者，琅琊谋尔，谁堪细算。周粟含悲，秦箫弄玉，故人星散。愿驱驰万里，扬帆整棹，汪洋叹。

五绝

丁酉鸡年有怀

流觞三万里，歌赋半篇辞。觅得鸡鸣处，烟花在子时。

微信

传信情堪重，霄鸿擎不动。云头歇一时，再向心头送。

元夕观灯

元夕灯如月，纷繁比月多。归心无所倚，宁窥一秋娥。

闻新韭冻于雪有怀

岁早怜春韭，相期化雪飞。阳关歌不绝，三月或须归。

傍晚

烟柳透清辉，春池印月微。落霞知己者，羞与夜同归。

遇玉兰含苞不放有怀（新韵）

春水漂青橹，东风鼓白帆。迟归三月蕊，错等故人还。

2017 年

节日快乐

偶遇凭三顾，相思已万年。座中天下计，独信孔明言。

观鱼

余羡鱼之乐，鱼言未可知。西湖春水浅，同饮一方池。

游灵隐寺口占

莫恨西天远，禅心咫尺间。敬君如半礼，饶我再千年。

南屏晚钟

墨瓦铺金粉，青山出玉屏。平生心静处，全赖此钟鸣。

七绝

谢文谷兄赐春联有怀

故人赐字不须言，笔划千钧写在天。万里何辞归鹤意，携来春信过青山。

题桂翁诗友画作

玉岁金年亦久违，青坛赤蕊慕清微。诗成七步无须咏，留得佳音贺老梅。

玫瑰

洛阳烟柳未当时，九九花开十万支。月冷胭脂空倚断，此间玫瑰不相思。

怀古人三首

其一

佳人有句和难工，且向梅花借粉红。莫染江山因碧血，枝头明月懒听风。

其二

卿莫轻浮空折枝，洛阳风骨赖扶持。青山应赋三春柳，羞把杨花写入诗。

其三

借我春风三两钱，呼儿沽酒落霞间。夜来醉指花间月，吟债千文速替还。

春雨

丝丝春雨冻成银，谁把醍醐灌不禁。惟恨梅花羞耐冷，速将玉羽共披襟。

无题二首

其一

素手清芬王谢台，谁家蝶舞裾如飞。春风误入纷纭里，偷画归程寄不回。

其二

谁家诗赋动灵台，字上风光岂别材。纵是佳人遮不住，梅香千里暗飞来。

因萧云子令荷花早开有怀

说与荷花应早开，这厢才子盼君来。清池碧柳谁先暖，满页诗香尽是梅。

知味

鱼羹鱼脍试鱼肠，茅舍三间十里香。知味应知天下苦，一城夜柳雨中尝。

游杭州归程有怀

看尽西湖四月梅，却怜青鸟叠声催。归来不羡扬州鹤，已上天堂走一回。

归来有怀

万里青云只手擎，一音婉转一城倾。归来枉识西楼月，只倚东窗搞事情。

无题

忽觉秋曛赋远辞，佳人如玉玉如诗。明楼今夜红烛暖，最是情伤送女时。

题千年银杏

寒露秋岚百丈岗，登临一驻一苍茫。江山十亿皆秋色，迦叶三千不肯黄。

五律

家慈病愈出院有怀

冬月云高洁，秋岚暮色浑。岐黄究可恃，清白不须论。
福祸犹偎倚，是非终佚存。修身如治国，王道慕医仁。

贺云白佳作喜人

云岂霭轻浮，辞应夸汉周。白丁闻有道，紫绶愧封侯。
大勇唯年少，中庸可逆求。佳人佳作也，能不笑曹刘？

赞迪玛希

卿自九天回，九天云尽摧。莺声其婉转，鹤舞自徘徊。
大吕须无韵，微歌尚别裁。沉茫知入境，今夜只听雷。

遣怀

知己凋零矣，终南独忆君。红鸾衔细月，玉袖挽浮云。
枉顾何须别，相思亦可分。落霞应无羁，归雁共纷纷。

游航空博物馆

万世表高崇，长安博望隆。掠云惊惘雀，扬翅掩衰虫。
蜗径须怀远，鸿图岂落空。洋洋如盛世，翱入太虚中。

求贤

邯郸三百步，骀马千金遇。伯乐不堪为，仲尼犹可慕。
沾襟惜栋梁，买骨欺寒素。切切毂中虚，凭谁相念顾？

围棋负于软件有怀

余亦沉吟久，卿何任性为？推枰三顾后，拂袖一惊时。
无憾长龙死，仍怜半目亏。故人相问曰：谁可识天机？

失手有怀

春风曾识数，枉被佳人误。五岳繁如七，七星遮作五。
良辰独自愁，孤月凭谁数？十里或难追，千年皆一补。

童趣

疑是故人来，相携共嘻怀。百年无饰梦，一路向高台。
野老食周粟，寒窗羡楚才。穿云襄盛景，踟蹰不肯回。

玻璃栈道

玄黄不易居，洛阳羡草庐。入境眉头阔，扶山足下虚。
九天悬邻鸟，百步笑濠鱼。莫效云中子，区区一版舆。

赴杭州度假有怀

春深老病疏，细柳满清渠。恨不骑辽鹤，颓然入越车。
三生轻耄耋，一茎冷芙蕖。恣意天堂下，潇湘七尺庐。

登雷锋塔口占

宝塔号雷锋，浮屠百尺峰。登天须一步，好色已三生。
望海惜湖窄，凭栏羡雨清。佳人安在兮，留白莫留情。

杭州后八咏

春堤
春水绿荇深，江南倾素心。风轻吹断袖，云暖绕披襟。
柳岸分苏白，狼烟蒸宋金。却怜沧海志，湖浅不堪吟。
映月
凭栏王谢轩，燕子未曾喧。月老须三印，窗寒慎一言。
平湖追远麓，断柳忆澜园。莫问江东事，悠悠白玉潭。
断桥
絮岸临秋水，淼然无寂寥。残阳苏子柳，孤月许生桥。
曲意由心过，基情把臂交。最怜梅雨后，不敢渡骄娇。

2017 年

白蛇

偶遇风波里，竟留薄悻名。因君而执念，附子以还情。

三顾怜金锁，双飞恕玉绳。浮屠虽百尺，千古似云轻。

飞来

佛偈通灵隐，江南大道催。浮云姑散去，峭岭恰飞来。

泉冷濯天足，风沉吹暮槐。山门从此闭，入世莫轻回。

西溪

四至皆秋水，晴光顾盼间。吟春黄柳暗，释钓碧纱斑。

零落别金匮，须臾忘玉关。怡然趋岸远，俯仰莫高攀。

临安

自古临安道，恬然尽是梅。潇潇歌舞冷，凛凛画图颓。

胡马瓜洲渡，吴娃丽水回。江东才俊地，故纸愧成堆。

湖柳

三千堤外柳，尽是丽人眉。秋水映青鬓，春华遮玉肌。

知交曾落寞，酬和亦参差。不遇荆州令，何妨拟楚辞。

夏热有怀

别春何惜辞，睹物每相思。苦夏听蝉鼓，酸秋羡鹤骑。

浩然平远水，甚矣者疏枝。莫愧残阳冷，寒门好此时。

荷塘诗社雅集有怀

莫轻刘项诗，茶酒未同时。赤子应怜己，黄粱岂梦之。

飘零秋后醉，萧索字中痴。掷笔千言尔，留连陌上枝。

鱼头泡饼

问君君乐否，悬颈断头时。庄梦应非梦，毛诗岂尽诗？
悲怀徒念彼，妙手速调之。最爱汤中物，沾襟尽是痴。

太太生日有怀

素手炙糕饡，匆匆肉食谋。松竹疏白月，龟鹤间青洲。
再别千重秀，一倾三里秋。岁痕清且浅，莫问黍离愁。

遣怀次韵野云诗友大作

星随宵鹤隐，月没野云浮。俪语辞何老，乡音苦未休。
凭栏追古意，骑鹤慕悠游。杯酒长亭醉，潇湘涕自流。

与高中同学一聚有怀

盛暑远乡时，佳人弄丽姿。高秋咨鹤侣，叠秀羡人师。
近墨何萧索，离怀常蔽靡。长安无所驻，甲子记归期。

有怀

立马咸阳道，怆然披铁衣。胡音刁斗绝，吴鹤羽毛稀。
大漠天威重，良园民眷期。封侯卿可觅，不忍赴辽西。

遣怀

书生凭意气，肠断黍离悲。掘地识今古，焚书欺是非。
虚惊藏伪册，佯醉饮空杯。万载尊前过，愁怀不尽催。

秋怀

一入长安道，辽雁不识归。薄霜遮曲径，重霭掩空扉。
玉碎无须琢，花残独自悲。秋衣怜野老，月冷旧门楣。

2017 年

秋分游野有怀三首

其一

灞陵携老骥，十里碧云浓。一径难争秀，三凤愧入松。
残花红浅薄，归鹤白从容。疏雨纷纷后，碎霞落几重。

其二

莫欺龙蛇志，白象缀青狮。且拾芙蕖叶，须怜杨柳姿。
三秋皆混沌，万物恰疏离。方外无知己，江南入夜痴。

其三

日暮莲湖冷，屐停狐径岐。尘笼拘老幼，禅榻卧雄雌。
盛世殊难却，闲愁不自知。觳中如岁月，相遇断槐时。

十一秋游二首

其一

长安足下横，逃雁莫叮咛。日暖西山暮，云蒸北望晴。
半生酬一顾，万里惧单行。应待枫红后，纷纷拟落樱。

其二

盛世久萦怀，桑田不易归。修身其阔远，治国以精微。
大力勤伏虎，轻车善采薇。千金须买骨，万里逐如飞。

硬盘

平平缀两端，接地莫通天。或有千千节，何存万万年。
惊云消块垒，戏水落勾连。万卷皆如烬，相思付一删。

读史有怀

掩卷焚余者，烽烟千里过。春秋方矍铄，唐宋已蹉跎。
治世难期久，明君不忍多。神州应洗白，再画好山河。

七律

遣怀

天扶万物运偏轻，生死悠然惜莫争。浊霭易伤通肺气，瘴云难卜洗心经。
岐黄术止三生数，孺慕情牵几世情。愿替高亲尝六苦，但容一辩与神农。

人工智能

故人江山经换手，竟把神仙牵作狗。黑白纷纭岂效颦，是非颠沛终成友。
冥冥怜我忒多愁，踽踽凭之应慢走。陶令何须问织耕，秦晋流芳独钓叟。

遣怀

霜重云清若望尘，阳关冷月叠如晨。榆钱十万难沽酒，鱼鼓三声未报春。
帆棹不禁波荡漾，车骑犹愧道逡巡。岁终细数天晴处，忽恨江南是远邻。

丙申年末有怀

大道通玄入至涵，流云滞霭悉如岚。知行纵放难如一，理数幽深不过三。
鲁缟惊弦孔孟识，濠鱼遁尾老庄谈。周郎忍得东风恨，莫误佳人褪玉簪。

2017 年

MR 有怀

乱弦声动九重樑，瞬息隔如阴与阳。原罪七遮真面目，绝情五内旧皮囊。
入微腠理核中物，悬脉岐黄竹外藏。我拟穿云从此越，醒来应在玉人旁。

立春有怀

故国元元别后秋，江南雨冻北人裘。孤芳何故凭栏赏，三九因循踏雪求。
因羡思春春太早，莫怜望月月如眸。寻梅却遇东篱破，唯恨暗香去年留。

戏赠老粉红飘零兄有述

红粉情多转粉红，江湖何恤老顽童。齐家治国平天下，鲁缟穿云领袖中。
盛世初开三万载，清秋高冷一行鸿。凤凰拾尽梧桐叶，留得疏枝卧小虫。

早春有怀

吟雪吟冰吟晚霜，一琴一剑一潇湘。舒服月色卿无悔，便宜春风花太香。
指点流云遮独雁，安排扶草饲群羊。问君心意如何赋，可写长门入寸方。

遣怀二首

其一
原上离离接远村，终南路断几重门。应怜金顶思无物，何吝白毛余几根。
顾我清凉皆恨老，问君寥寂可销魂？衣冠禽兽区区尔，一领青衫掩屐痕。

其二
透月清芬照玉阑，招之未至恨婵娟。舒眉三寸应无悔，唾面五钱须自干。
可咏南华惊妾梦，曾怜西子惹卿酸。恍然尽入黄粱里，醉亦缘悭醒亦难。

遣怀

雪残花嫩冷秋晴，绢破襟寒冻柳莺。半卷青词禅意远，一城烟柳乱云清。
花分五色登徒子，径入双歧白马生。不识沧浪缨濯否？春山何物是枯荣。

遣怀次韵 wenbing 诗友之七律薛涛

旧雨成丝润物新，春偕岸柳两边匀。红笺梦绕衿头月，碧水痴还裙下臣。
文胆凌人三笑尔，情花毒予一忘身。莫怜知己稀如玉，毕竟相思只一人。

求画

佳人有笔惊如椽，欲以诗偿莫问钱。一字一图嫌纸贵，一图一句恨心酸。

幽兰入画疑香鬓，痴燕归巢谑暖男。十里青山皆是墨，研磨半尺可描天。

杭州八咏

食鱼

堤外青山拱若迎，楼头钩月钓来烹。惜如白蟒娇无力，怜是青龙化不成。

十里愁思缠桂酒，半池清液绕吴羹。当年提马应留恨，商女拈花耻报名。

灵隐

大隐山林不足居，飞来明月照灵渠。半城烟絮堆金柳，十面枯禅说木鱼。

浪迹清流图一悟，涛声暗涌愧三闾。千年道场何须佛，众法高玄尔与余。

孤山

晴云暗卷玉湖围，浪涌金堤两脉推。云掩青岩曾放鹤，岸惊白雨正迎梅。

江山独坐羞吴语，骓马骈行羡楚才。唯取蓬莱三寸地，不容沧海锦帆来？

岳庙

故人心事已拳拳，汗史空悬吊白幡。铁背青衫慈母线，金牌黑手健儿冤。

佞人何吝千年跪，大将须担四字言。甲午靖康知耻矣，而今沧海是中原。

钱塘

曾是清流不敢回，孤帆向海似曾哀。观鱼岂尽姜公钓，抱柳何须介子推。

四海潮生天地也，一声心动祸福哉。唯怜此夜邯郸梦，八百健儿龟步来。

游湖

绿藻红萍膝下浮，江南莫系李郭舟。穿云十里随心折，赛雪三分惹玉羞。

或可问鱼谁乐乐？须如映月可游游。轻帆野棹惜无用，只借东风吹鹤洲。

画舫

熏风三月爱湖居，华盖佳人玉袖舒。雨细时侵荷笠晚，风轻略入柳裙疏。
凭栏萧索期追鹤，横棹迟疑耻问鱼。霞落归心凭远岸，望中苏柳系舟车。

怀宋

故国悲凉断两秦，铁骑突羽百年尘。靖康不耻风波恶，武穆何冤刀斧嗔。
此去湖山忧汉楚，何来辞赋羡苏辛。留名不讳临安地，殿上已无尝胆人。

肠镜检查有述

宁断愁肠莫断魂，江南辜负两行春。内观识海膻中悟，上晓天机额下闻。
六腑缠绵方寸壁，八荒恣肆死生门。灵台未许佛来去，肯换皮囊修此身？

2017 年

遣怀

平生浪迹愧凭帆，自有熏风吹不凡。幸得佳人羞惧内，惜无大度可忧谗。
青龙雨碎司空壁，白鹤云飘诸葛岩。王谢无缘驱燕子，春泥一口几人衔。

游十渡笔架山

墨香文胆久无踪，域外空留笔架峰。长门吟苦相如窘，铜雀歌残孟德庸。
一去丘山三五里，再成赋颂百千重。神仙渡我江湖海，我替神仙把个风。

赞寿面并贺友人生日

芳龄寸许恰堪提，枉折江南八百枝。红杏楼头拘白发，黄粱梦里惹青眉。
看瓜群众因何老？对面佳人岂不知。又掷浮云春去也，徒留铁口醉吟诗。

端午有怀

高阳帝辇御龙车，浪迹舟行出墨书。莫念苍生凭百问，应怜屈子顾三闾。
愁肠续断投秦火，忠骨飘零饲楚鱼。因食江南三粽米，青腰折与醉芙蕖。

夏夜

花如脂粉暗香横，桐叶流萤随处明。竹影熏风疑笔动，蝉声曲柳拟弦鸣。
倦扶疏月玲珑倚，醉上危楼踉跄行。红袖青巾黄佩珏，罗衣烛泪共三更。

观画有怀

笔墨缘来不忍观，春秋兴致总难全。风花雪月移情处，天地人妖肆意间。
形色三千心可摹，悲欢一世画无言。谁留醉眼隔杯看，偌大江山毫末端。

咏荷八韵

荷花

似有江南雨在眸，一湖脂粉暮烟稠。嫩红惜柳千条坠，狂绿欺荷半尺浮。
星月散成无数瓣，鸥鸿携去几分愁？少年自诩佳人故，不愧明珠愧暗投。

荷叶

故园十里久沉浮，遮目何须柳叶羞。碧水飘萍银鹭起，金钩断絮紫鱼游。
撷来半尺青云路，赢得三生绿盖头。最羡长安新米贵，裹尸犹拟粽香留。

荷藕

秋初风起尽凋零，湖浅犹难避冷萤。七窍玲珑心在底，半湖潋滟念如馨。
君应藕断如肠断，吾岂云停拟雨停。且出污泥同咀嚼，竟留一孔咏黄庭？

莲蓬

红收花落碧成杯，醉雪吟来百子回。雨径从心鱼可跃，云梯向月桂何哀。
庸医入味同甘苦，盛世无谋近棘槐。放纵江山由他去，青钱只取半双枚。

行荷

浮云骤雨小舟横，曲径花墙蔽晚晴。十里青鱼随桨落，半窗黄鹂向荷行。
孤帆既入荻丛没，疏影须从燕语生。望尽故人无以问，残桥垂拱或知情。

闻荷

应忆芙蕖别有香，相思心血岂堪尝。风衔一脉胭脂热，云掩孤枝翡翠凉。
闻道争如夕死者，听松尽在水中央。何须青眼空相悦，说与离人恨故乡。

观荷

宫墙十里与乡邻，误入芙蕖看不真。风弄娇荷摇柳影，云催羞燕惹竹鼠。
正阳照水湖光奢，斜月撩花菊气嗔。看客岂知稼穑事，观心羞见采荷人。

抚荷

冷骤晴光因夏雨，寻荷慎入大明湖。穿云不负团团叶，沾露应期转转珠。
折茎如腰因五斗，拈花入毂向三隅。归来欲偷清凉意，股掌纤纤取一株。

遣怀

莫散千金拟酒钱，乘龙不吝玉城天。三生霞暖菊阳后，一路云驰槐梦前。
伏地听蝉花落处，凭栏问柳月欣然。谁怜儿女终成眷，红线如椽尽是缘。

遣怀

鸿信何曾潮信愁，故人辽鹤共前俦。满园花径忽如雪，一夜风声顿是秋。
鼓瑟拾弦相顾盼，倾杯沥酒尽沉浮。年年柳色无须愧，灞上新枝折似筹。

知乎答问有怀

故人邀我赴高阳，不敢轻言怕断肠。拼却折腰赢紫绶，犹堪拂袖觅黄粱。
清芬十里凭千里，华盖八方是一方。周粟三分难果腹，黄金马骨换雕梁。

次韵和解兄之蜘蛛

其一

谁解愁丝不似丝，向隅千载畏人知。芳尘砌雪苦提惹，情网擒龙般若痴。
相遇何如相恨早，望秋应比望乡迟。归心懒把阳关忆，只认潮头作了期。

其二

西楼晚照透东风，来去如云掩映中。王谢心情难得燕，汉唐骨气可怜虫。
愁思绕栋明明隐，壮志凌霄每每空。网得富春江上月，一花一径一匆匆。

中秋遣怀三首

其一

轮台夜夜仰青眉，十五婵娟弄玉痴。桂影幢幢三界斧，莺声呖呖一空枝。
临天画饼应无缺，望月参禅殊可疑。因羡浮云秋意浅，楼头才露璧人姿。

其二

莫笑秋娥驻若愚，半池烟柳媚娘孤。青衫向壁思千里，素手偷光露一珠。
魅影浮云新世界，晴窗薄雾老江湖。花枝又遇倾城月，暗许知心不肯扶。

其三

秋月寒时水亦寒，清辉映柳玉削肩。一城云霭犹神似，千古风华亦凛然。
紫气横空殊寂寞，红颜入骨自婵娟。桂花依旧人依旧，再照江山十万年。

寒露逢雨有怀

清寒轻似柳云空，衰草区区掩凡虫。冷雨难行三十里，熏风只入半城中。
花泥红径哀如菊，鸟噪青峰独向鸿。又遇离人经顾盼，长亭亭外转秋蓬。

题大觉寺无去来处殿

佛曰空言肆意追，木鱼敲破百年悲。江山义气无来去，岁月流传尽是非。
大悟惊弓飞鸟隐，小怜恨月落霞违。一方知己茶中意，且饮留香半作梅。

浅冬有怀

半指残阳落欲迟，熏风透雪渐疏离。临屏默立花千骨，隔岸空横柳一枝。
如此江山如此夜，奈何歌赋奈何诗。轻吟莫许三生愿，只爱今生炼句时。

冬日有怀

洛阳烟柳已如尘，循岸枝残三两根。隔夜黄鹂难释梦，今朝紫绶最倾心。
休提老病折腰客，且羡轻狂断背人。诗赋情多谁尽数？凭栏一颂可凌云。

遣怀二首

其一

万卷经纶灿若霞，他乡寒月玉楼遮。斜阳千里终扶正，浩叹三声可辟邪。
塞外莫寻青箬笠，江南谁唱旧琵琶？寻常句读难吟咏，梦入广寒传桂花。

其二

一脉秋光照玉枝，两三星火正迷离。思春笑对芳菲晚，恋旧悲从肺腑移。
切切蝉声今夜赋，纤纤柳线此生衣。辛酸莫恨春晖暖，汗下唇边与泪齐。

遣怀

君问江山不似山，残阳落处有余烟。梁园难舍三千夜，赵瑟无端四百弦。
揽月偷光槐梦浅，凭栏看剑雁程偏。乌衣巷外沽名者，谁在江南自惘然。

小词

荆州亭·遣怀次韵吴城小龙女之帘卷曲栏独倚

谁道玉楼莫倚，笑尔青云遭际。贫贱不须悲，自诩鸡头凤尾。
又忆佳人婉委，曾把五弦挥起。三顾未成音，终是幽兰嵩里。

清平乐·遣怀次韵黄庭坚之春归何处

骄人难处，最恨行同路。老马残阳无歇处，姑且偕君挺住。
东篱径外须知，相随两个黄鹂。翠柳何堪折取，采薇莫向
蔷薇。

阮郎归·遣怀次韵欧阳修之南园春半踏青时

浅思深觉弄潮时，关前马不嘶。浮云追月上峨眉，猿向金顶飞。

朱雀起，翠霞低，双双佛耳垂。袈裟犹似旧罗衣，人如两界栖。

画堂春·遣怀次韵黄庭坚之东风吹柳日初长

画亭秋晚落霞长，牵连七尺残阳。惊蝉吹散翠裙香，谁看谁妆？

素手曾赢双陆，红颜恰属三湘。应怜西子短衣裳，且慢斟量。

摊破浣溪沙·遣怀次韵李璟之菡萏香销翠叶残

冷月高檐画烛残，秋风渗雪旧栊间。岁暮愁来应一醉，怕难看。

半百早知天命妄，三生已付锁窗寒。薄面不堪飞露湿，几时干？

人月圆·遣怀次韵吴激之南朝千古伤心事

邀春来共心头月，篱外几重花。浮云扰扰，流霞皎皎，隔世人家。

相思如雁，相知如鹤，相问如鸦。一眸秋水，三生故事，相忆无涯。

157

菩萨蛮·早春有怀

斜云渐入江南绿，眉如淡柳心如絮。系马任江山，红旗何处翻。

故人相遇晚，兴尽归帆懒。恨酒不盈杯，流觞卿莫催。

定风波·二月十四日送妻归宁有怀

昨夜元宵食几枚，轻裘暖雪出深闺。犹忆春情眸似水，完美，江南烟柳正徘徊。

谁顾弦中沧海意，牢记，廿年已是老夫妻。又到归心追雁去，无语，熏风吹面只依依。

鹧鸪天·遣怀次韵云子兄之清明

顾尔江天几处清，逍遥莫悔奈何行。三生来去依然去。谁向长亭十里迎。

春雨润，月华明，青词白赋只平平。恍然竟觉黄粱暖，万载须留一念萦。

桃源忆故人·春花

携来野绿枝横处，碧翠几番朝暮。毕竟青芽褴褛，或饮江南露。

芳名莫问须弥树，一夜星红如雨。再看晴窗西麓，谁解花无语。

浣溪沙·丁酉清明

春水秋波青满堤，孤山行柳半疏离。菊香沁雪惹莺啼。

生死无非禅内外，往来尽在鬼东西。三千般若数归期。

桃源忆故人·遣怀次韵秦观之玉楼深锁多情种

欣逢夜夜花痕种，脉脉清波相共。莫惜枝头龙凤，玉钗青丝拥。

一番更鼓娥眉动，扰我微醺如梦。不问佳人轻重，拨得梅三弄。

眼儿媚·遣怀次韵刘基之萋萋芳草小楼西

东楼又在翠湖西，云柱画檐低。可偕樱落，可从婴戏，可伴莺栖。

一江去水谁堪掬，且顾白沙溪。相思入梦，相知在案，相遇如闺。

贺圣朝·遣怀次韵叶清臣之满斟绿醑留君住

樱残野树离鸥住，向汀州斜去。惜春总在别时愁，却无关秋雨。

往来都是，初心曾许，把青词轻诉。夕阳颠沛正催归，又难言归处。

柳梢青·遣怀次韵朱彝尊之障羞罗扇

流萤轻扇，鸣蝉闷噪，易听难见。画栋飞檐，雕窗横拱，苔痕青遍。

翠屏掩映春山，却依旧、长霞恨远。最是多愁，闲情谁许，无缘当面？

浣溪沙·西湖有怀

苏白堤柳拂素云，悬帆画舫棹声频，青荷片片碧罗裙。

看尽西湖三十里，未逢半个有缘人。此间春水濯凡尘。

西江月·遣怀次韵司马光之宝髻松松挽就

仲夏依稀云散，伯琴缭绕弦成。知音谁复羡盈盈，际遇岂容天定？

千面终须一见，三生何止七情。黄粱计短误君醒，落个江山清静。

惜分飞·遣怀次韵毛滂之泪湿阑干花著露

掩卷不堪尘染露，竟忍青云一聚。白首凭谁取？故人千里何堪觑。

不到长亭伤别绪，只在霞晴月暮。遍数无情处，莫留丝缕携愁去。

相见欢·立秋有怀

纵横千里清凉，莫临窗。看惯花开花落拟秋妆。

人依旧，春山瘦，玉楼藏。濯罢青衫银鬓向沧浪。

西江月·游奥森北园有怀二首

其一

十里春堤如梦，半城秋絮非花。生涯何计赴天涯，犹是终南虚话。

因羡青衫诗赋，才携红袖人家。三千桃李不足夸，点染江山入画。

其二

失意可添秋意，苦衷恰似初衷。故人相遇不相逢，说罢江湖珍重。

傲骨千金可易，虚怀一字难容。落花应与旧时同，莫让葬花人等。

浪淘沙·晚秋有怀四首

其一

落日隔窗寒，谁解秋怜。霜轻染罢玉栏干。偌大珠帘翻不得，老了红颜。

天意恰绵绵，微雨如岚。长亭纵有故人牵。今夜凝眸眸已醉，梦了长安。

其二

最恨晚来风，日落霞中。西楼未隐月当空。把酒劝君三万里，犹在江东。

天意也匆匆，言却由衷。归来相遇不相从。倦了蝉鸣霜降后，烹那秋虫。

其三

酒老不堪尝，终日徜徉。竹风菊影暗瑶窗。浅梦疏怀梁上客，莫盗愁肠。

天意正茫茫，大道仓皇。举头不识月如霜。揉碎江山魂不散，却有余香。

2017 年

其四

枫冷玉妖娆，街上寥寥。疏狂意气不曾消。几处花残无野趣，另有风骚。

天意已潇潇，月矮云高。栏干倚醉误明朝。八斗衣冠凭五斗，许尔折腰。

江城子·遣怀三韵

其一

丝竹声入故人居，愧东隅，羡桑榆。罢了流觞，杯底尽焚余。抚遍阑干闻桂子，圆缺月，往来车。

长安弄玉自玄虚，说贤愚，道荣枯。十里烟花，何处辨归途。莫数华年多与少，千万次，只须臾。

其二

洛阳烟柳掩胡尘，一逡巡，再纷纭。别有心情，何处是青云。望断惊鸿飞又起，终不似，万年人。

拈花却被落花瞑，了前因，识离痕。放荡心思，误把柳枝分。纵有浮华能度日，终不似，万年人。

其三

八方风雨掌中轻，太多情，又无名。心事如潮，江海向东行。谁理祸福凭庙算，杨柳意，半枝横。

终南白鹿认三生，月初明，日犹生。满径芙蕖，却叹藕无声。七窍通灵应悟己，留一孔，凤难鸣。

山坡羊·大觉寺秋怀

春山如黛，秋山如魇，飞虹枉入佛心驻。赴万里，方寸处。相知却悔曾相聚，月海星河谁伴汝。秦，犹可侮，汉，未可侮。

2017 年

长词

水龙吟·用韵和飘零兄之波村冰雕

故人万里惊鸿，僧敲梦外东篱树。冰心碧透，霓虹艳绝，波城浪域。素手携晴，玄眉映月，蝶游云旅。问青山何远，红颜何近，终究是、风流遇。

恣意江南遗爱，竟潇潇、纷纷如雨。拂霜怯冷，拈花怜媚，乱弦休顾。诗酒难筹，霞杯易醉，流觞应慕。算楼台七尺，焉能容我、三生命数？

贺新郎·腊八有怀

月寒风尘起。念江南、扶摇千里，瞬华而至。因愧折腰腰未折，舍得丹阳珠米。说历历、浮云如事。莫恨负薪难赴火，把周粟换与秦人耻。同祖耳，不相似。

谁烧青木蒸秋水。羡严生、濠鱼渭钓，最难终始。应谢皇恩如沧海，洗尽初心在彼。休热酒、西山颓矣。入夜惜无更鼓乱，笑愚槐学错黄粱技。粥可饮，勿轻喜。

沁园春·水木论诗戏怀次韵北国风光

昨夜流觞，金粉轻琢，玉带独飘。说江东故事，楚歌犹恨，城南旧唱，秦火如滔。鹦舌曾尝，凤鸣若泣，何苦青楼不肯高。容跪启，恕微臣愚鲁，未解妖娆。

红绡可换黄娇，莫辜负金莲三寸腰。笑温侯酒冷，谁堪匕现，屈生志短，只会离骚。千古英名，半生豪气，羞与庸人论射雕。风流尽，任吴钩去老，吴女来朝。

高阳台·家慈九二大寿有怀

天地同春，松竹有寿，滔滔九秩风云。应忆江南，梦中杨柳成真。梅花落尽眉如画，向南山、篱外生尘。爱桃源，十里清波，毕竟非秦。

晴光瑞雪窗犹冷，念三生福祸，几个儿孙。岁岁相期，是非功过无论。奈何世事承平久，更难知、治国修身。最情深，休问归心，莫许来人。

八声甘州·春分节气有怀

曰江南休问几重秋，渐暖渐清流。似风催杨柳，春分寒暑，月落汀洲。冷雨初侵翠袖，知旧去年衾。谁向西楼壁，从此多愁。

燕赵无关豪气，尽阳关寥落，汗马轻浮。诺今宵酒沁，不醉不遮羞。莫相思、丝丝难断，却相思、君似不归舟。怆然事，蘸吴娃泪，再拭吴钩。

摸鱼儿·谷雨有怀

忆潇湘、薄风稀雨，杨花如絮如雪。菊芽桃蕊千重紫，篱外扑萤拈蝶。经几处，聚与散、相思容易轻初别。离愁难说。念一径残英，半池浮梗，十里柳眉叶。

扬州路，望断浮云若缺，江南随鹤而没。凭栏应是多情误，犹似佛慈禅悦。伤往昔，愧秦晋、襟怀尽付书生拙。墨香猎猎。续后世前身，俗缘了了，终不悟凉热。

念奴娇·海天一洲遣怀

青波银浪，眺潮生潮灭，云沉云起。独上玉楼临墨海，欲写长门千字。指点鸥行，推敲鸿策，徒费洛阳纸。心怀九界，不知天地一体。

乘鹤莫下扬州，因怜商女，毕竟花残矣。秋水无穷帆影绝，目尽六洲如彼。谁化鱼龙，翩翩而舞，肆尔风流戏。盛名堪符，却难同致终始。

望海潮·天一阁

千年垂范，斯文高麓，焚余巨策鸿篇。燕北绝愁，江南故事，沧桑万里如烟。留寄古人言。爱金石编简，青册流传。邺架煌煌，读书行路，讵何难？

青川白鹭苍山。倚楼台切切，歌赋拳拳。原上五陵，垄头十面，书生不理衣冠。今昔尚奇观。大道通天地，更讳空谈。唯愿清茶冷酒，同饮半壶间。

2017 年

八六子·虎跑寺

酌清泉，玉杯金液，龙吟虎饮江南。忆十面芙蕖切切，几方鹦鹉关关，凛然佛禅。

雕梁终是残垣，树影莫遮花径，山门且闭人缘。道可道、寻常路甲难悟，读经题壁，弄文联句，何如鼙鼓传之万里，诗书忘此千言。没屏风，黄粱是醒是瞒？

八声甘州·初夏

令菊寒柳嫩碧箩清，十里燕亭长。恰风微云散，蝉言蝶舞，尽入晴窗。春短休提春暖，谁赋满庭芳。应恨楼头月，照我轻狂。

相问故人何在，忆凌烟白露，倚木黄粱。笑繁华明灭，悉似旧炎凉。唱离歌、弦中秋色，楚韵谐，归处莫思量。念今夜、拈花如彼，独谢朝阳。

贺新郎·芒种有怀

春尽余秋雨。竟潸然、似悲还喜，欲归而去。花落藏红腥如血，暗种明年际遇。杨柳暗、心驰乱絮。华发青云池易渡，怕江东弟子三千怒。家国事，只私语。

披襟直赴凭栏处。窥高台、画梁金栋，可藏猫鼠？铁马伏波催帆影，沧海惊传渔鼓。欺小雀、难经寒暑。羡尔轻狂拍案拒，是谁家明月飞来舞。天下愿、莫轻许。

贺新郎·遣怀

懒赋平生志。爱春残、花枝乱舞，柳眉空拟。半百阴晴犹不定，离散江南桃李。闻道后、朝生夕止。稷下学经经俱忘，把春秋大义从头理。夫子曰，恕而已。

曾怜儿女欺余技。仿南柯、樽前如梦，案中无计。沧海催帆凭浪激，谁渡浮云若水？潮有信、尘沉尘起。竟许少年愁莫顾，纵川途万里须轻视。念汝者，故人尔。

贺新郎·夏至急雨有怀

恣意风雷暗。羡沉云、时浮时落，恰如心胆。极热忽逢冰化雨，萧瑟秋岚一念。横万里、红尘浊焰。满目俗缘焉可避，信江东意气终成憾。天已绝，地应陷。

折腰今日伤春艳。苦蝉鸣、三冬情债，菊花谁欠？揽月因怜星光冷，更恨嫦娥清减。门下故、知交泛泛。胡马欺人芳草断，与舒弦涩鼓相放敛。拂不尽，岁痕浅。

贺新郎·人工智能有感

　　心动年如秒。快哉风、擎龙萧瑟，出云清渺。万载神通凭六慧，七窍难经一窍。向学者、稀稀寥寥。天授灵台天自取，枉红尘埋处三春老。多少事，竟知晓。

　　最怜无用书生诮。写春秋、千言何稽，半筹难表。三顾谋残诸葛愧，流马驱驰正好。惑大道、区区扰扰。托与机关消茶酒，更江山后土托君扫。浑不识，匣中脑。

八声甘州·遣怀次韵柳永之对潇潇暮雨洒江天

　　恰良辰岁岁竟同天，一梦抵三秋。念生生如此，十年之后，依旧明楼。万里风波犹似，心乱几时休。莫问隆中事，独爱清流。

　　谁笑帆轻棹缓，惜冯唐恨老，周粟秦收。让青云七尺，星月未曾留。赴前程、长亭应短，驭神骢、沧海纳千舟。书生志、换壶中酒，洗鬓边愁。

水龙吟·夜愿

　　恣情帘外春风，纵横勘破人间卦。无名过客，有型愚妇，似真却假。追鹤期期，听松汲汲，惊弦而罢。赐三生与尔，昼迟夜永，凭谁恨，尸如画。

　　岂尽携君赴远，念经年、痴吟天下。青衫襟断，黄粱兴尽，枝残星寡。绕树羞花，推云羡雨，循图知马。掷宫商角羽，声声俱裂，恰随风化。

贺新郎·挈云四周年社庆有怀

知己二三子。问青衫、红尘染处，翠华堪洗？四载同吟唐与宋，更学秦强汉智。破万里风烟而至。何吝浮霾千丈里，共一杯浊酒同终始。道不尽、真欢喜。

拈花与尔皆纵意。卧沧浪、匹夫天下，庶人道理。明月临轩分丝缕，篱外金兰可寄。休落寞、忘年儿戏。自恨轻狂君不识，却逍遥竟与君相似。弹这曲，挈云志。

其他

五古·遣怀

人生经一世，羞过百十载。回首恍然间，可思不可再。往者无知己，来者无宿债。奈何桥下水，三生石上拜。同行这一遭，缘在俗缘外。

五古·忆诗友

忆君何所之，应醉明月里。千呼唤不回，月圆恰容尔。莫惜桂如华，花落悲余子。

2018 年

五绝

拏云雅罚有怀

吟咏不逢时，罚君君自知。无人随我夜，晨起再吟诗。

无题

岂是劳心者，无为即有为。鱼樵相唱和，鹿野约君回。

爆肚冯

深巷千重味，行街一脉香。儿孙相对嚼，羊肚蘸牛肠。

诗家的营养学指南

加碘入诗易，凭锌化骨难。书生无所食，三两煮青莲。

赠文谷兄

物在有无中，君归南北域。如梅可待春，春不凭君赴。

赞蕙若诗友双藏佳作

秋水藏天授，春光羡月滋。余才应可借，赊我半升词。

咏鼠标

掌上轻如缕，眉头魇似缠。花开因一点，莫论有无缘。

玉

坚以青田凿，寒从白露侵。摩研虽自器，岂若琢之深。

遣怀

纵马青云下，观鱼碧水间。因清清冷冷，故意兴阑珊。

七七有怀

又逢家国耻，无虑黍离悲。盛世皆如意，匹夫应展眉。

萤火虫

满窗星似落，一径暮如氲。绕膝飞流火，撩花花不嗔。

观雨荷 次韵无弦诗友同题佳作

流珠一叶莲，秋水落云盘。簌簌谁持缶，胜如不语禅。

咏水有怀

最恨江南雨，最怜濠上鱼。最咸游子泪，最远故人居。

天

风雨知寒暑，炎凉叹古今。阴晴黯如月，此夜正逢春。

天

曾疑天有泪，化雨欲相倾。却被离人阻，云深难再晴。

日寇投降纪念日有怀

难雪靖康耻，又逢甲午羞。滔滔沧海啸，今日斩貔貅。

拐弯

云街连北角，花径接南隅。只在闻香处，无人相与扶。

归雁

173

攀龙羞本性，骑鹤愧前身。最爱云头雁，归心一个人。

乘高铁过齐鲁有怀

飙风齐鲁际，近孔莫驱车。未见泰山直，岂因红袖遮？

早餐

水煮黄金缕，油炸碧玉根。知人此生短，饲己两三文。

遣怀

秋风不我如，吹雪一城疏。莫待江枫冷，微红浸火初。

题图

因觅菩提偈，忽逢游子吟。趋前难问讯，怕是故乡人。

汽车

一鸣难寸进，百里可纵横。喘尽吴牛月，逐花花恨侬。

伤痕

秦槊不堪遮，吴钩容易断。伤春唯此痕，泪滑芙蓉面。

斗鸡（新韵）

黄口犹知斗，红颜奚可凭。阵前儿戏事，不惑是双赢。

牛肉面

香裹菩提树，肉如璎珞鸠。面丝银似缕，最暖是汤头。

秋游颐和园之谐趣园（新韵）

园在园中卧，桥如桥外横。秋深花似海，枫落一池红。

杠杆

一点犹难觅，千钧却不妨。欲称天地重，万里未足长。

胡子（新韵）

美髯何足喜，桀骜岂须眉。似铁根根矗，飙飙薄面贼。

大象

仰止如峦岳，斯文不远游。无形终有道，至境是盲流。

河马

口外已无口，怀中似有怀。断流因一吼，不负铁牙来。

题图

水绕山青处，山横水白时。观人钓山水，入画自难知。

读薛涛《十离诗其二：笔离手》有感

惜墨未堪讥，锋毫值一挥。绝尘空笔意，俗手耻相依。

炖豆腐

细火慢思量，油盐浸断肠。不堪秋水沸，熟与一人尝。

遣怀

孤月桂花深，凭窗无共吟。秋寒常瑟瑟，忧惧远冰心。

投票

一票求不易，万诺岂空词？投以问臧否，庙堂知不知？

君莫问（新韵）

赤地无名火，青山不尽空。与君同放肆，君莫问吉凶。

琴（五首）

其一
面壁对晨昏，知音不待人。何须勤拂拭，弹罢自无尘。

其二
十万往来意，三千生死音。拨弦知雅韵，平仄只由心。

其三

故人弹广陵，散入洛阳城。莫问弦多少，愁来总是轻。

其四

宫商传古韵，平仄赋新愁。伏案相思绝，凭栏莫倚愁。

其五

宿命七八卦，平生三五弦。知音未尝顾，我已倦清谈。

读赵佶《燕山亭·北行见杏花》有怀

耻日燕云志，靖康羞己名。非关秋梦冷，最悔不南行。

2018 年

似曾同日生

似曾同日生，缘在此年中。偶遇因诗赋，何尝论始终。

题图

袖断疑无趣，雪残愁似霜。纵然常执柄，手莫试炎凉。

七绝

无题

春雪秋霜携冷归，兰亭又望故人悲。长安晴雨无人觉，忽道江南已著梅。

清明次日晨有怀

春愁无计可逃秦，岂料冤情被雪侵。昨夜已封明月口，桃花又冻一千斤。

雁栖湖边的灶台鱼

本是江湖龙戏水，却来钟鼎水中煎。云蒸五味谁知味？只品衣冠不羡官。

游故城怀古六首

2018 年

午门

龙开九五可称孤，城内森严城外疏。应自此门推出去，修身一笑万年狐。

御花园

赤子谁堪识御花，三千薄面旧曾嗟。汉宫欲锁千秋月，偶尔春光出帝家。

大殿

云高千尺压神州，御座沉沉尽在谋。堂上高朋呼万岁，匹夫檐下不低头。

钟表馆

青史千秋伏朕躬，江山藏宝入深宫。坚船利炮香江外，紫禁森森早送钟。

景山

悬首孤林仰古今，明君未必是明君。清风拂尽琼林醉，霜月楼倾一寡人。

烤肉季

湖畔清风柳欲翻，花香总被肉香嫌。弦中酒色分南北，尽是江东载马船。

骤雨逐云有怀二首

178

其一

十里心情半尺怜，长安又遇妒人天。青衫湿尽非因雨，惟恨浔阳断续弦。

其二

情急忽逢雨急之，故人莫问几重枝。愁来又许三秋愿，漫散江东不过时。

题照

芒鞋如马笃行之，入夏风岚忽过篱。携酒穿飞输一醉，玉足醮似踏春时。

樱桃

满树晴云碧玉妆，熏风吹夜误流殇。甜盈入口知何物，一脉春华送暖香。

为北林兄题鞋

邯郸惜步莫怜鞋，轻许长安拾玉阶。高麓云深无踏处，回头终是此生侪。

六一有怀

竹马横鞭稚语奇，老夫徒羡小人姿。痴儿胜我三千岁，我比痴儿多一痴。

咸鸭蛋下酒的故事

清风识数不翻书，腌得琅琊榜上珠。下酒何须沧海粟，一词一句醉当初。

高考日有怀五首

其一

龙门有槛诗三百，马骨无缘赋一词。终是长安多紫绶，唾余犹可供深思。

其二

曲柳折腰不肯梳，沉吟总在道边庐。富春江畔垂钓客，亦是当年濠上鱼。

其三

六月相思是本心，诗书读罢已难寻。年年今日皆风雨，不为清凉只湿襟。

其四

长安久习登龙术，曲水初闻折柳心。三十年前曾攀附，一城菜鸟复登临。

其五

五车秋水洗怀才，八斗春光照杏腮。不信江山孤独赏，小生也取一枝梅。

观越王勾践剑有述

2018 年

吴越君王不屑哀，只怜西子靥难回。摧心何用三分剑，一念江山万念灰。

玉

昆仑孤冷雪相侵，和氏留痕琢已深。风骨何须颜色配，故人如玉素心沉。

风花雪月（新韵）

风

风惹梧桐雨惹梅，芸窗未肯闭深闺。千山暮色皆挥去，一点红烛不敢吹。

花

花是佳人竹是媒，无香无臭也无悲。轻狂不忍空折去，留下蛮腰半尺肥。

雪

雪在青山一线白，故人因果不须哀。炎凉只问身前后，莫管谁埋谁不埋。

月

月下空濛蝶正眠，三更不醉五更寒。惊飞燕子刘家躲，王谢江山谁肯还？

180

炸鲜奶

嫩玉金装贵似侯，琼浆心火不堪流。欲消块垒秦坑浅，鼎镬原来不费油。

背影

孤霞渐入暮云驰，落日横斜照晚篱。背影已无三顾意，当年谁念转身时。

水

烹茶酽似三千赋，沥酒醇如一世言。万念溶来成百味，无思无物最甘甜。

遣怀次韵文谷兄佳作

莫道天光压水光，万般风景入诗藏。残花纵有余香老，不尽相思葬点苍。

贺蕙若生日有怀（新韵）

十五红颜倾几城，蛾眉皱起玉山青。良辰莫问桃缘数，只羡浮生是此生。

风雨

约来风雨洗心情，喜见风狂雨亦疯。待到雨停风散去，却怜风雨也凄清。

拖鞋（孤雁出群）

人字中歧玉足分，穿云踏雪也留痕。等闲不敢行千里，因怕心跟脚不跟。

袜子

裹尸何似玉婵娟，余味深藏丝与棉。更羡浮华三尺布，当年也去裹金莲。

电梯

王谢高朋已入云，流殇上下坠如醴。升龙尽处原无顶，按住几分停几分。

时差

昼夜轮回岂计年，循东尽处是西天。时光错配何须问，花落花开谁在先？

维密天使（新韵）

红裙翠袖古衣冠，极简极繁各有嫌。一抹云霞斜挂处，江山暮色最堪怜。

怀故人（新韵）

忆来携手小桥东，柳暗梅香画境中。应恨春风吹落梦，又随秋水过长亭。

含羞草（新韵）

谁怜闭月故人怀，应是嫦娥结草来。合掌但求无二过，奴家心事莫轻猜。

题 zouzou 赠书未敢著墨有怀

金玉良辰无处寻，云台相送复登临。余生垒作书香冢，半字其中不忍吟。

三笑

樱唇贝齿柳眉长，烽火佳人戏大王。弦错回眸羞且媚，江山三顾岂周郎。

剪刀

衣冠颜色正婆娑，二月刀前奈我何？裁去罗纱三两处，风光收览或更多。

送女儿留学有怀

持帆沧海亦鹰扬，附骥青云堪自强。恰是秋高相送后，风经颊面转身凉。

秋游碧云寺步韵元稹之曾经沧海难为水

应怜白露依稀水，不识青衫仿佛云。故国衣冠何处冢，葬花人亦葬东君。

登长城一阶而归有怀

春梦秋岚未解怀，轻车直入白云崖。老残自诩英雄似，跃上长城第一阶。

赏月六首

其一

玉楼灯盏照空枝，更有银盘映液池。却恨嫦娥犹自悔，红妆不在月明时。

其二

墨染银轮雾染风，香岚不动玉痕空。桂花未解秋情绪，枉被婵娟留几丛。

其三

人赏清波月赏人，追云步履月难跟。霜寒略有相思怯，断了相思再断魂。

其四

流云花雨正纷纷，别有山河染玉尘。月色一丝拈来饮，醉深深处不识人。

其五

西楼月挂玉帘风，余墨留缘半字空。此夜故人同俯仰，我情何不似卿情。

其六

紫禁楼台碧玉宫，秦关悬月晚吟风。梁园空设菊花阵，何日唯唯做家翁？

老味道

2018 年

沪上薰风夜有颜，秦淮流味此中怜。秋深怕叶拈花韵，却喜轻喉唱旧弦。

刀币

繁华世事锈痕空，可换黄金槐梦中。别处烽烟生死劫，此刀不似彼刀红。

赠冰雪伊人

冰魄银妆素手扶，雪襟玉袖洒屠苏。伊谁漫落如花落，人倚栏干月倚庐。

雪

万花落尽腐成泥，一席遮羞十里灰。为赋青词吟薄袖，凭风向地印徘徊。

赠春灯公子三首

其一

春已萧然秋已沉，灯前方寸暗如荫。公车驰过长安道，子亦鸿儒守本心。

其二

洛阳花盛一时薰，终是秋深似语深。不解春风归处句，诗如李杜莫轻吟。

其三

海棠昨夜独纷纭，风雨催秋秋已深。因有香笺三两句，方知兄亦惜花人。

赠长安旧人兄兼贺海棠社二周年庆

成赋何须六百天，半城烟柳折三千。怀春只在秋深处，莫负长安夜不眠。

再赠长安旧人

青衫抖擞拂青云，花落何曾辜负春。莫恨江南无尽雨，长亭不送断肠人。

步韵和李白之山中问答

君在青山何处山，孤云寡鹤此时闲。花飞不尽流芳尽，醉入琅琊风雨间。

咏酒二首

其一

十里难寻蜀道真，空留风雨待君斟。玉杯映雪滴如翠，流水千年也醉人。

其二

五谷醺然藏本真，流殇应在月中斟。千杯老窖三生尽，只怪清风不醉人。

荷花池秋怀

人倚秋亭几处梅，鸿儒身后坐如槐。斜阳倦入芙蕖界，因怯残荷雨不来。

重阳

老病何伤秋月时，登高忽见古来悲。去年膝下承欢处，今夜樽前无小儿。

戏说北林卖徽

且取榆钱三两文，金言劝世愧花银。交情何似伯琴雅，赊与江南换一醺。

金陵有怀

夜来歌舞不嫌多，秋月临头对面过。当年商女应无恨，纵恨亡国又奈何。

登南京城墙遇险有怀

逐月风岚云上天，登龙不遇此生缘。金城去路无归路，幸有诗情借铁肩。

登南京解放门城墙遣怀

悬首应观大业巍，城开尽是紫云衣。登高却遇门留客，只虑驱前未虑归。

美食角

竹林深处流殇尽，别有余香方寸间。一饮一啄天已定，多吃那口最清甜。

共享单车

五陵御马自驱车，信手拈回十里花。约取双轮心共乘，你方骑罢我来赊。

素斋三首

素鸡
不恤煎熬任有年，雍容似在故人前。余香味尽醇如肉，扮作鸡时不叫天。

臭豆腐
香厚情薄岂堪怜，三分天下弃一边。熬过千般真寂寞，只闻滋味不能言。

素鱼
借得净瓶三寸水，芙蓉活我一池鲢。形神易似味难似，为拟鱼腥不避嫌。

家书（新韵）

少小轻狂尤自嗔，何尝半字寄双亲。而今墨意随心意，堂上已无拆信人。

摘苹果

每至秋深总畏馋，登高怀远复巡山。大王莫吝人参果，不赐长生只赐甜。

咏史兼悼李梦唐先生步其咏史原韵

君亦忧怀三顾时，隆中无计措诔词。修身难虑浮生事，说与今人太早知。

叹辽

封侯旧怨春闺老，不许辽东息征尘。留得余情歌赋里，幸君未遇射雕人。

人人网旧事

相敬以情人以群，凌虚织就万家云。抢来车位输赢戏，偷菜何如一笑分。

虎

寅时就缚卯时怜，王霸曾欺天下天。笼内不知窗外事，无风无雨梦青山。

犀牛

甲胄千钧难却敌，精神独角正无涯。秋光满目谁相问，望月何曾忆桂花。

遣怀

莫在长安街上看，往来尽是活神仙。追风追不过风水，不羡追风柱少年。

西泠不冷

罗袂休遮玉臂寒，西湖红粉旧曾叹。应怜秋水芦花冷，桥在心头渡不难。

大雪无雪而寒有怀三首

其一

避寒故欲远冰心，竟是冰心最暖人。赤子何妨襟袖破，畅怀可对暮云沉。

其二

荒村冷月野桥横，竹店梅窗透犬声。青史依稀难辨正，残阳斜似一孤灯。

其三

缩背蹒跚羡紫裘，终南一步上西楼。登高看尽长安柳，自哂当年不解愁。

向日葵

一径秋花落几行，千竿玉立影斜长。掉头不顾黄金屋，粒粒丹心只向阳。

平安夜有怀

生我疏狂养我骄，刁顽恣意未尝消。于今堂上虚高坐，只在平安忽泪飙。

2018 年

五律

风筝

观电视剧《风筝》有怀。

云高如咫尺，心乱枉须眉。我不惜伯乐，卿何思仲尼。
情长悬一线，命舛入辰时。志远凭心远，归期无再期。

189

遣怀

潸潸慈母泪，今夜在乡关。线断犹肠断，衣单更影单。
离魂忽入梦，遗句已成篇。红落应无数，葬花谁与担。

戊戌年有怀

不忍别黄鹤，空持黄鹤吟。期期乎过客，皎皎者佳人。
雪尽江南渡，霜余原上焚。三千烦恼絮，几颗放浪尘。

遣怀（新韵）

二月望青峦，丝竹动管弦。疏狂慈母弃，慵懒故人嫌。
十里何足揖，百年难尽欢。长亭终是别，从此不凭栏。

遣怀

怆然翠雪洲，濯尔碧华楼。花落红知愧，霞横赤若羞。
晚晴伤楚韵，晨旭映吴钩。北望皆春色，眉间独自秋。

读史有怀

千载孤秦帝，八荒独赵家。商臣知万里，楚户付三嗟。
月恨云无趣，云讥月有瑕。乌衣归社燕，碧树绕昏鸦。

遣怀兼赠北林子

知音相问后，我已哑千年。白雪何足赏，黄粱安可眠。
云横三界苦，霞蔚七星怜。又是流觞后，杨花蘸柳烟。

宽沟

无可逃秦晋，袖中山水真。兰池通海阔，菊径入花深。
茅舍三清合，俗缘一揖分。炙鱼犹在腹，来讽打鱼人。

遣怀

浪迹一如横，轻狂二月生。御街三十里，禁曲万弦倾。
拂袖讥冠雨，弹冠嘻袖风。竹林贤尽至，槐下睡公卿。

谢文谷兄赐字为风骚榜题名

风骚不问情，诗赋自来清。红袖香怜墨，青衫醉慕名。
挥毫三两字，赐我两三生。千古文章事，鸾台发一鸣。

虚伪

无意怜芳草，空吟原上篇。红颜君子睚，白发路人嫌。
大义轻冠冕，虚情饰老残。天机焉可泄，偷与小生谈。

遣怀

谁问幽州路，绵延百里开。相思期偶遇，对坐怕常来。
错约长安肆，羞登主席台。秋风知己否，菊畔只吹梅。

端午怀古（新韵）

落落嗟来粽，纷纷枯若禅。千金一掷后，五柳再生前。
君赐折腰米，臣当卖命钱。楚骚吟不断，秦火已烽烟。

依韵赠长安旧人诗友

知己得之易，凭弦三五声。青衫难裹革，白发不多情。
酒懒泉林覆，诗愁菊径横。灞陵谁惜柳，空折与人行。

游奥森北园观向日葵有怀

名园名亦远，菊径菊犹清。半夏殊无味，至阳何所凭。
举头徒费颈，瞠目可伤睛。夸父习猫步，易知不易行。

剑（新韵）

或试青锋刺，曾从白马游。烽烟今古戏，成败稻粱谋。
一舞催秦火，双杀羡楚囚。匣中吟不断，讥我不出头。

用韵和北林赠诗

去岁临安道，诗成行未成。秦淮三百里，吴子独相迎。
走马期同驾，骑鸾喜共鸣。轻狂能几载，潇放自来程。

柳岸观荷（新韵）

出夏解花迟，伤秋别有思。爱莲而羡藕，惜柳不折枝。
风静幽蝉噪，蛙鸣睡鲤痴。约期无二月，枯梗满清池。

2018 年

七夕之老夫老妻

云暮梁园自，街深孟母来。痴儿浮楚鹤，野老食周苔。
笑我青丝绝，怜卿素手颏。同心思故柳，一顾两徘徊。

初秋（新韵）

一叶三更落，孤山十五逢。月圆清且冷，云堕润如莹。
曲径花儿敛，浮窗燕子倾。知霜犹未雪，留以染红枫。

台风温比亚过境华东风雨成灾

云生天地远，风袭稻粱摧。昨拟怜秋雨，今思避夏台。
梁园何处歇，杜断几人栽。君自青霞上，悬眸又一回。

生日二首

其一

高寿岂堪夸，良辰未可嗟。垂髫常入梦，知命晚怜霞。
一夜菩提子，半生般若花。烛红烧不尽，尽处是天涯。

其二

母难伤怀日，高堂已化鸿。昔怜黄口雀，今是白头翁。
悦者镌高鼎，悠然思劲松。年年同一祝，悲喜有无穷。

2018 年

游紫竹院

本拟佛家院，由来道友楼。临渊修紫竹，仰月识金秋。
不忍荷花渡，何堪柳叶舟。御城无净土，大隐赴阳丘。

秋梦遣怀（新韵）

三更烛有泪，独坐镜如帘。入梦妆槐蚁，离魂和柳蝉。
引弦歌燕市，学步效邯郸。莫论秋深浅，霜薄覆亦难。

醉二首

其一

扶摇追太清，月在玉杯明。醉亦无关酒，醒何不解情。
敬花兼李杜，问饮或刘伶。微雨秋深处，青衫洗几重。

其二

月入玉杯明，扶摇追太清。敬花兼李杜，问饮或刘伶。
醉亦无关酒，醒何不解情。秋深微雨里，洗我旧衫青。

挈云五周年有怀（新韵）

忝为知己者，五载不足观。万里人同贺，孤心诗自言。
竹林遮未隐，松节拗犹坚。山水濯缨处，沧浪尽洗颜。

遇霜有怀

秋深无以尽，忽梦一楼春。似白稍过雪，微寒更若尘。
君怜扶柳意，谁冻葬花人。覆鹿嫌轻忿，湖山孤且贫。

京剧

春秋菊意横，涂抹饰群英。翠袖穿花旦，青冠耀武生。
韵谐三折戏，声遍九门城。台上风云动，遥观享太平。

李师师

玉帏罗幕遮，青发不簪花。羞月芙蓉折，欺君翡翠斜。
流连老夫子，辜负小鲜瓜。商女后庭恨，何关国与家。

观首博"大辽五京"及"来自盛京"展览

苍原曾失鹿，胡草向风斜。虎视完颜辈，狼行耶律家。
温柔乡在此，富贵梦无涯。肆马南山下，因何五柳嗟。

偶怀

阳关何足忆，三叠竟难留。梦远因人近，云轻被雨稠。
卅年悲楚客，一夜下荆州。向月方怜桂，乡愁是己愁。

庄梦

懂我我何求，诘庄庄亦周。问鱼鱼不顾，梦蝶蝶难留。
逆顺三生悟，依违半世修。致知两应忘，物外即心头。

老邻居

十里并儒闺，叠楼云共栖。春秋三辈旧，洞府一般低。
识燕白檐下，折梅青径西。门楣相对顾，自在故人题。

冬晴有怀

知己曾相顾，愧从千里游。风清寒塞远，月淡晚云浮。
望柳应离岸，追鱼不系舟。星稀焉可数，如问几重秋。

致敬豆腐（新韵）

肤白而貌美，久弃亦蒙尘。茹素因无欲，拈酸若有闻。
怯学槐梦客，羞作肉食人。刀下纵横处，割来方寸心。

遣怀

卿卿蒙不弃，我亦善相邻。天地无情物，君亲有隙人。
尊师殊易学，知己竟常嗔。万籁琴箫外，徒然守本真。

人过中年

逝川殊可追，陌路未尝歧。不惑终须惑，无为偏自为。
折腰躬愈半，刮目月常亏。时濯沧浪水，清流易展眉。

七律

遣怀

半入春城半入霜，江东不恤霸王殇。流连莫问是非纪，感慨皆来名利场。
应笑红尘难拂拭，却怜白发也梳妆。千金散尽滁州酿，梁园何处是孤芳。

观影有怀

书生意气百年哀，故国烟云满目颓。不问西东何处去，难言左右此中来。
大师莫笑楼台会，小子应拈一剪梅。盛世沧桑周粟耻，谁凭旧韵与新裁。

遣怀

凭君可砍桂如卿，又误初更是五更。花病三焦安可治，柳长七尺最多情。
西楼把酒惜无月，左岸拈弦听再鸣。冬至长安无雪隐，冤家尽在夏时生。

遣怀

玉盏流觞倚卧桥，西楼问月几重潮。才携秦鼎烹周粟，又上吴山试楚腰。
看尽冬寒千里雪，招来秋雨半城妖。乡关却在阳关外，一曲胡笳不忍调。

戊戌开年有怀

春迟毕竟有时休，柳岸菊篱白鹭洲。天地昭昭皆泛在，是非种种总弥留。
攻心术止于无智，闻道人知若寡求。大义浑然如一体，乾筹起卦与坤筹。

遣怀

应入澜园若楚囚，丹心方寸可容秋。五更夜泣愁如雨，十里花倾雨是愁。
梅怯春寒犹缩颈，凤鸣竹韵又从头。故人借我三千句，欲写风骚差一筹。

春雪有怀

沉云久旱吝浮灰，未解长安晴雨衰。歧路彷徨经白首，孤枝缠绕出青梅。
汉唐风骨傲如尔，燕赵情怀侠是谁？本拟将春敷在柳，竟将银絮扮霜飞。

遣怀次韵诗友大作

花飞花落柳东垂，一半西楼一半旗。搔首不堪脂粉老，低眉须避朔风迟。
三春原上潇潇者，十里云头惴惴之。幸有明眸曾善睐，天机漏漏岂难窥。

·

明前踏青有怀

衣冠车马踏青迟，新柳初黄燕语时。吊罢明前知己者，嗟来身后弄潮儿。
孤芳才尽长安市，千里魂倾精卫枝。残雪不堪春意暖，且融秋水觑东篱。

2018 年

早春有怀

扑面风情乱写诗，潇湘送雨过东篱。花香入目揉花泪，柳絮沾眉拟柳词。
为看芙蕖千瓣叶，且扶松柏一虬枝。西楼望断兰亭饮，赋得长安无字碑。

遣怀

灞上轻飙不计规，骖车忽入洛阳池。苏黄文脉前缘浅，王谢衣冠少主疑。
指点梨花惶似悟，心横市虎惑难知。莫须天下传檄后，一二孤民试楚辞。

遣怀兼贺挐云宣城春会

其一

欲别长安已畏途，桑园昨夜梦姑苏。兰亭笔热春如夏，萱室弦哀有若无。
轻雨拂人眉尽湿，长歌动魄臂应扶。洛阳孰与咸阳贵，望断江南问玉壶。

其二

青山十里不足归，千古松云久依稀。楚恨悠悠生夏草，秦冤籁籁觅春辉。
七三白发须怜鬓，半碗黄粱易减肥。愿与轻骑逐散鹿，故国风雨向安徽。

其三

宣城太守不知愁，换我田园作故畴。相遇何妨三击掌，无缘又是一从头。
青衫把臂诗书老，红粉缠头花月羞。因羡故人沧海会，空帆画在小莲舟。

宽沟游春有怀（新韵）

其一

才携妻女问前程，又遇桃源独自行。云白公卿迷柳影，湖青耕读喜竹风。
谁家王谢飞新燕，此处曹刘斗老虫。两岸春山遮远虑，慢吟轻咏且雍容。

其二

鸭不知春安可言，悠游总是玉池间。烹鱼味入桑园后，逐肉香浮柳岸边。
万里云烟熏白发，独夫风趣惹红颜。两番麻将不足数，添上竹林七个贤。

荷塘诗社十年有贺

诗书道义可相交，水木荷风润柳梢。吟草十年如甲子，鸿儒满座尽推敲。
红颜可赴青云路，白发须怜紫绶骄。一曲阳春君贺罢，再听歌赋入芳郊。

卖书有怀

洛阳心事总难休，只把新筹拟旧筹。纸因字贵凭诗赋，父为儿忙似马牛。
怕入秦坑先入秤，耻尝周粟又尝秋。千金一笑偷相换，万里何妨半卷羞。

春逢急雨尝李久堂豆腐脑

素手拈花识豆香，焦皮嫩肉久经尝。行人竞赴潮头宴，过客常怀别后乡。
急雨侵阶花尽湿，斜风润物柳应长。饥肠未可因愁饱，莫待三思玉脑凉。

向海有怀二首

其一

朔风逐浪鹤青时，鸥舞鱼歌向晚离。帆影犹遮沧海济，萍踪难忆大江驰。
千军往复忧秦火，三户兴亡弃楚辞。纵有神仙期万载，蓬莱路上蜃楼危。

其二

独上春山冀远游，故人弦下意轻浮。冥冥暗许来生愿，落落闲敲后手谋。
万里横波唯有韵，一枰孤弈已无筹。楼间明月犹相识，来问江南可系舟？

遣怀次韵冷诗友大作

遥指秋鸿似羽轻，五陵凄雨忍浮名。花怜柳暗临池倚，柳羡花香绕径生。
冷月观云云是墨，危楼凭槛槛如筝。余音千里犹知韵，留得长亭别故城。

刀削面

旧街攘攘往来行，尝罢浮云又顾名。肉食心思焉可鄙，面汤情谊略如倾。
眉头春色流连踏，刀下秋风断续停。就酒何须明月屑，餐前饮尽桂花羹。

五四游国博通史展览有怀

柳影菊香岂畏时，春愁不过月行期。虎狼列向千秋业，燕雀羞提一字师。
大梦难言心腹事，小乔莫扮栋梁姿。芳心乱墨留青册，传语江湖动手撕。

藏书

春秋不忌柳编焚，菊在东篱秦晋分。稷下竖儒应学步，终南邺架可凌云。
书香门第书眉冷，墨迹心情墨卷醺。万里何辞千言赋，洛阳风味纸中闻。

从文谷习字有怀二首

其一

羊鬈狼鬓聚柏烟，兰亭久废少人传。香封墨色云头艳，寒拢蛙声月下禅。
笔意森森横越剑，诗情隐隐润吴泉。挥毫欲写竹林事，却恨无锋可刺悬。

其二

千载逃秦墨卷遗，风旗猎猎笛横吹。苏辛豪气诗如此，颜柳精神笔立之。
三顾相托西顾耻，六军不发右军疑。今生用尽东湖水，莫问沧浪洗濯时。

看牙二首

拔牙（新韵）

虫洞三千医不堪，难容玉手补苍天。期期怕忍刀前跪，瑟瑟惊闻斧下瘫。
辜负佳人知冷热，可怜余子爱酸甜。他年或有无牙日，朝饮流殇暮饮泉。

补牙（新韵）

谁辨拔牙先补牙，千金无用玉成渣。满城铁角因儿马，五色石头托女娲。
将相何如诸葛墓，忠奸谁是令狐家。天晴犹似青天漏，三十年前是误杀。

与纳兰诗友论诗有怀

拗句三千未可羞，风骚岂尽让曹刘。无须诗赋无来处，不许篇章不自由。
李杜时常疏韵改，苏辛偶尔暗香留。春花秋月堪成对，却笑春秋一烬休。

遣怀次韵长安诗友大作

沧海凭帆须可渡，江山问计岂堪猜。青云碧落魂来去，黑发黄粱梦去来。
马骨欺人夫子吼，莺声媚柳路人白。千钧鼎重压龙颈，误了飞升半句哀。

与海棠社诗友欣然论诗有怀兼示挈云荷塘诸友

一词一画一相思，万语千言未措辞。唐宋诗文犹刻骨，秦淮歌舞莫调皮。
沧浪有泪当心濯，燕雀无常任性疑。自诩轻狂皆吾辈，亦邪亦正亦多姿。

遣怀

江湖故事最清谈，又是长安六月岚。吟草嚼来诗有味，居竹断罢墨应惭。
未曾放恣因花老，略有轻狂被酒酣。忍觑流殇千里外，临弦三顾醉何堪。

遣怀

当了青词作酒钱，一杯一句饮三年。酸甜苦辣难为口，合散悲欢喜负颜。
莫问此身何处醉，不知吾辈几生缘。谁怜蜀道天如径，滋味胜如二世仙。

读史有怀二首（新韵）

其一

汉唐风骨已无颜，望断长安未肯牵。入世三生皆勇者，临终半目最欣然。
求仁须忍人前后，斗智应知志两难。论罢千秋功与罪，惜无一语可双全。

其二

故人尽是隆中术，三顾何堪术太多。胡马锋镝君莫惧，燕山沟壑你来说。
洛阳花事悠然了，塞北羊群怎样了？隔着雄关扔一句，江山本是我家的。

2018 年

读史有怀（孤雁入群格）

谩翻青册古今疑，偶有勾连悟已迟。将相攀成文武配，君臣辩似是非歧。
春秋大义缘红粉，唐宋虚文饰白眉。指点山河随意吠，斯人不敢冢中归。

我在黄昏的街头

欲等佳人暮已稠，依稀花影透轻浮。风吹乱鬓风应乱，酒入愁肠酒是愁。
去意无关明与暗，归心只在别时留。潇潇落落梧桐下，偶遇相思怕转头。

黄昏四首

其一

风斜直下菊枝横，竹叶虚遮一线明。云翳侵花花满路，星岚推月月倾城。
西楼渐肆罗裙解，左岸忽传沈恨生。误信灯残初入夜，早寻春梦为卿卿。

其二

一江浮影晚波横，透冷穿霞断续明。醋意薰怀杯叠盏，酒香拂面泪穿城。
御街流火灯初上，金粉飞花菊又生。画辇轻车归不得，早寻春梦为卿卿。

其三

血刀胡马战心横,醉汉颓唐清复明。不肯日前倾乱阵,何妨月下守空城。
烽烟冷聚赪霞碎,刁斗悲盈白发生。十万辽西谁解甲,早寻春梦为卿卿。

其四

暗山晴雨乱云横,半是残阳半月明。欲点青灯无老蜡,来经紫陌向金城。
芸窗渐透莲香入,松径常随桂影生。谁借三更深似水,早寻春梦为卿卿。

戏作用三江韵

自古诗书出上邦,三平七拗五抬杠。贪杯最恨交通警,撒泼何须司马缸。
莫问天涯奔作独,且怜沧海坠成双。许君夜夜同追梦,破了天窗是铁窗。

2018 年

夏至

一线残阳入冷陂,余香弄火桂牵枝。桑园晚热伤槐梦,菊径晨清竖柳眉。
更尽樊楼何处咄,夜阑鲁馆几声噫。推窗不遇思红袖,从此西风吹过篱。

学于云学堂有怀

朝闻夕死致深思,每遇先生必有疑。李杜风骚皆是道,春秋礼义亦如师。
修词琢句推敲后,从古知今反侧时。最喜云中龙凤辈,同心与我共神驰。

鱼二首

其一(孤雁入群,拗救)

纵是凡龙也欲飞,浮游秋水暂栖之。庄生问计乐犹乐,惠子答疑知未知。
潜下萍踪残梦里,望如柳影半醺时。摇来首尾何须顾,只避高人垂钓丝。

其二

远径苍山钓客迟，沧浪水冷濯英姿。一江暮色疑无饵，满目春愁惧有危。
慕柳应知孤菊怯，化龙何畏小蛇欺。临渊羡尔空来去，汝恨今生不越池。

与无弦诗会有述

佳音莫论有无弦，李杜风骚岂枉然。倦自空言言亦腐，忧从虚境境难全。
凭君赐我三千句，容我还君十万篇。纵是程门花似雪，临风独立老疯癫。

因菊伯偶得新诗友红包一分有怀

2018 年

金粉娥眉玉臂弯，胭脂红冷冻青鬟。雕楼夜抹拈花色，鸾镜晨梳折柳颜。
缘尽一分分可剖？韵成八句句难删。为怜瑟瑟佳人骨，借尔东风不必还。

长江

四十八州穿峡过，二三处水对云开。凭君一跃潮头立，赏尔孤芳月上回。
万里鸿图衔首尾，五车豪气莫倾颓。源如蹊径虽无语，初出巫山喝似雷。

剑

四十八州凭此物，山河定鼎不须弹。汉皇辟易秦皇惧，大道倾颓小道残。
壮志消磨如刃薄，豪情寥落是心寒。吴钩换了吴娃镯，殿上无人喜拍栏。

月夜杂感次韵无弦诗友同题佳作

飞来明月半吟窗，花尽凋零心尽降。忆与佳人怜楚客，咏成名句谢春江。
桑枝影乱纤如手，菊径香匀俊在庞。欲折桂华无着处，蛾眉携我自双双。

优诗美地诗友雅集

秋水泼天天目开，蛾眉携桂下凡来。群英令酒滔滔尔，只手拈花烁烁哉。
吟兴三分池上柳，墨香一笔画中梅。去归知己复归去，万里寸心融在杯。

为鱼一哭次韵无弦诗友同题佳作

一页腮红相对哭，离人游羽恰同般。无如碧水消残月，可与黄鹂泣叠峦。
细柳垂丝空钓老，枯莲横叶早知寒。于今共洒三升泪，没入沧浪漱玉盘。

蝴蝶

化羽惜情梁祝逢，翩翩犹似紫霞丛。追香未及香如念，入梦何尝梦在空。
出月孤芳偕醉翅，歇云一抹类惊鸿。轻狂随处怜红菊，不尽飞花是粉虫。

遣怀七首

绿
又次春江携苦绿，觉来秋雨湿轻絮。白头犹是乱拨云，金领何须羞弄玉。
三五狂生笔下推，半杯剩酒樽前拒。问谁可与醉同欢，知己应凭无顾忌。

水
江南一瞥皆秋水，胡马凉州犹在北。论剑无非刺与隔，操刀终是磨成悔。
封侯拜将不寻欢，作赋吟诗难为鬼。盛世须多壮志谋，空言不与心头累。

行
陌路迢迢行复行，声声念念数归程。倚车千里思独鹤，拂面三叠怕九虫。
菊径香侵南浦月，杏窗红染后塘萍。长安依旧花依旧，唯有青云难再生。

舟

谁将苏柳系孤舟，向晚轻拾钓月钩。赋兴来寻槐树岭，诗情又下蓼花洲。
两厢暮色无深浅，一处蜗居难去留。王谢衣冠识燕子，青衫白领立风流。

山

且按东篱眺远山，桃源深处染浮烟。因学七子竹林醉，故惹三生桂柳缘。
入夏时贪残雪暖，出春常恨晚阳寒。夜来明月何须照，自有蛾眉早下凡。

作

鸿儒满座呈高作，欲赴扬州无老鹤。驽马千金徒费怜，惊鸿一展休从恶。
倾弦浅唱洛阳悲，持笔狂书濠上墨。纵是书生赋有神，薄情赖有佳人和。

伴

柳为筋骨花为伴，四百八楼朝暮乱。凿壁偷得上上签，临窗省却团团扇。
功名未就觅封侯，罪业难赎学向善。愿与时光换往生，来生却把时光换。

夏夜（新韵）

残阳渐落渐逶迤，碧透晴窗暗入居。竹盏微凉约柳醉，梅弦轻抖褪琴衣。
高朋偕月成三友，雅士如云聚一夕。半寸清风休恨贵，值得换我忘今昔。

古寺

方外山门久不开，禅林暗径又萦回。木鱼呐呐敲三界，铁钵铮铮乞五台。
知有高僧青衲破，悟来旧卷白头哀。此生莫问前生孽，明日缘由今日猜。

夏花

似雪缤纷冷若春，盛唐为伴宋相邻。怜红不忍飞来月，留白终须补在晨。
薄雾微云轻暮霭，陈梅老桂旧佳人。拼将骤雨沽如酒，散落东篱莫葬身。

烟雨江南（孤雁出群）

烟柳垂丝折几枝，送君又别小楼西。雨侵湖榭青襦湿，云掩山亭白鹭低。
江上吴峰千里暮，案头宋纸一笺题。南风吹蕊花飞处，忽被梅红涨满溪。

风（新韵）

春梦觉来无以闻，扶摇一瞬月相侵。叶黄欲落知秋句，柳绿难持断絮痕。
猎猎刀鸣锋未卷，滔滔江涌浪先浑。吹幡不动心犹动，岂止空穴陷妄人。

居城二首

其一

城在终南云下居，红尘三尺是龙车。官门未立程门立，御柳难书韩柳书。
欲卜功名桃卦险，却嫌学问桂薪虚。经年不理东窗外，诸事随缘付阙如。

其二

居然一梦肆疑城，愧有兰园不可耕。柳在长街枝易折，花如落月蕊难生。
苏黄文脉趋高麓，王谢官威没令名。留得秋茅休缩酒，羞随槐蚁与人争。

五线谱

秦娥弄玉五横箫，角羽官商徵自骄。花径留痕唐韵衮，莺声催酒宋辞佻。
七弦凤舞终襜褛，一曲龙吟待寂寥。线上知音生死诀，谁将心谱共琴烧。

遣怀

传信江南风雨稠，闲云杳与鹤同洲。三更梦浅惊秦火，一语词穷泣楚囚。
疑有灵犀秋夜冷，恨无朱笔断言休。别来纵有黍离赋，半字休提尽在眸。

同心情一起坠落（新韵）

凌烟阁上古今非，花谢尘寰顾已悲。携雨同行心似堕，乘风相向梦如摧。
休戚一脉无人共，十里炎凉肆意推。落魄青山犹未尽，临渊再问已难回。

夕阳（新韵）

骄阳不忍总当前，欲去还留自远山。天道有升须有落，人间惜暖亦惜寒。
花荫掩映芸窗北，树影横斜玉榭南。又被西峰拖一瞬，余晖羞与月同天。

手机（新韵）

素手清眉碧袖重，方圆咫尺玉玲珑。耳边絮语轻如露，眼底观澜彩作虹。
传信悲欢青鸟倦，倾心往复翠屏空。埋头不问樽前事，对面无情背面情。

草

玉阶细隙叶相从，高足多心踏几重。花下无名蒸白露，垄头有色顾青茸。
春风肆意枯原断，秋屋纵情暮野逢。因恨牛羊遮不住，却烧天火自汹汹。

茶

明前有味不应求。玉鼎金杯共一浮。携菊能吟三别律，听蝉同唱半城秋。
清芬秀色常吞吐，白发宏声偶去留。浓淡无关多与少，但凭心事喜和愁。

秋怀步杜甫之题桃树韵

唤取秋风逐径斜，菊残未忍桂相遮。枝横黄绿三分柳，叶掩青红什锦花。
月浅初更携老鹤，星稀重鼓扰昏鸦。长亭困坐非因客，为念空帏怕入家。

怀秋步杜甫之客至韵

愁因雁字南行草，屡写秋来秋未来。墨冷须研三顾盼，纸轻犹镇一张开。
吟花花落芙蓉诔，求醉醉凭儿女醅。醒对半城空折柳，枝枝胜似饮残杯。

遣怀

五十华年半百穷，南山看倦往来鸿。三才应运孤云外，四野承欢细雨中。
慎独何堪怀孔孟，探微究可辨雌雄。悠游世事春秋册，白发红颜终不同。

蜀相

莫羡春深好雨时，秋茅更胜武侯祠。何如今日同归者，不肯当年自取之。
六出无功怜蜀道，孤忠多计覆曹师。清风演义皆虚话，独哭离人那句诗。

七律领摊破浣溪沙·中秋

七律

未到青山红透时，烧天暮色饼如瓷。听蝉声落方谐韵，吹柳风来又折枝。

桂有阴晴寒露远，菊经水火暗香滋。清光满目空遮面，月在中秋不自知。

摊破浣溪沙

月在中秋不自知。只怜圆缺往来催。玉榭红楼皆不入，入清池。

有意化龙鱼跃跃，无心闻道语迟迟。因念他乡同此恨，恨分离。

秋深怀孔明

盛世滔滔期再遇，圣人凛凛约重逢。孤芳常在三秋末，万古难如一孔明。

秦火烧天疑有烬，楚狂讥凤叹无行。于今鲁缟清风透，令我长悲白月倾。

贺长安旧人诗友寿兼怀海棠花季

海棠春色盛于金，不负长安傲古心。而立觉来三十载，胡为醉后一千寻。

诗香欠尔歌行短，画境凭谁墨彩深。月与青山相错落，花兼吟客共逶巡。

酒

金池玉液翠留香，道是刘伶执意藏。五谷深沉熬作味，三杯放肆呕成伤。

醺然高卧何须醉，恣尔低吟未必狂。知己无非知量浅，同俦相敬一盏尝。

机房改造（孤雁出群格）

官藏邺架负天机，舍得还期必得之。朱户清光终有转，庾园好景莫须迟。
画梁竟夜雕梁后，面壁经年破壁时。已是秋深思雪尽，凌霜犹喜出墙枝。

青铜器（新韵）

浴火当年摹古今，神州奕奕画犹存。鼎如意气东南蠹，剑是精魂左右分。
周粟烹之筋有味，商龟卧处骨无痕。千钧器料何足论，铸就难服天下人。

遣怀

明月清如白玉楼，寒霜轻覆紫霞洲。因何拂袖空来往，未可倾心枉去留。
半尺红尘遮远意，一生紫绶掩良谋。凌烟阁上无人问，千古谁欺李广侯。

七律领摊破浣溪沙·庆生有怀

七律
盛世陶然钟鼎铭，江山又近古稀龄。梁园风雨偶相遇，司马楼台容易醒。
万里鸿图斯厉害，满城清絮孰飘零。良辰借此轻移步，白发悠游爱晚亭。

摊破浣溪沙
白发悠游爱晚亭。长生殿里枕边听。在野在朝无须问，问冥冥。
家国齐修三顾盼，江湖独看几娉婷。任尔万山枫似血，一山青。

怀古燕子楼

江北江南一水浮，红颜红粉共妆羞。笙歌曼舞牡丹席，草赋轻吟燕子楼。
伤世因非来世悔，杀人者是故人愁。望穿十里无情盼，烧尽关山白鹭洲。

咏蟹

又是秋深指动时，余香在口食君糜。须怜甲厚难遮腹，本拟刀长欲破肢。
肉致炎凉消块垒，膏兼黄白解雄雌。横行不过三三步，蒸作红人不自知。

金陵八咏

玄武湖

十里平湖久不思，江南学步亦怜龟。梁园暮色燕相认，楚榭琼荫梅有辞。
四季秋云遮远寺，五洲翠屿接清池。登高望罢薄如纸，怕试东风暗许谁。

莫愁湖

又下江南思莫愁，吴风楚雨越娃羞。胜棋一着朱明顾，忍辱三年勾践仇。
历久荣华轻白发，而今恣肆羡青楼。游春输与西湖柳，却因花落赢寸眸。

江桥

洪流万里不逡巡，陌路中分白马津。陡岸飞云南向北，斜阳悬壁夏如春。
万帆竞去芒鞋下，一语道来沧海滨。赢却三千真弱水，凭栏难渡有缘人。

孝陵

问鼎谁堪十万斤，天骄如鹿逐如尘。积粮固本尊夫子，挖洞藏锋谢柱臣。
大漠驱之胡虏遁，高台陷尔犬弓焚。三千里外儿孙孝，令祖孤悬一尺魂。

雨花台（新韵）

谁在云台晒旧封，少年何咨舞红缨。百年陌路犹寻径，一梦他乡作故城。
取义凭山同桀骜，当仁化雨尽飘零。石头城外石头碎，粒粒都因傲骨成。

秦淮河

秋月流光难自持，绕城碧水自逶迤。六朝废殿羞引舞，一曲后庭思胜棋。
商女何愁亡宋后，孤臣尤喜哭秦时。而今柳岸无枝折，满树烟花送柳词。

鸡鸣寺食素餐有怀（新韵）

鸡鸣三界未中听，却喜珍馐寺外烹。时有木鱼敲妄念，偶来素肉钓馋虫。
师从长幼尊良序，悟自杯盘盛不同。六觉如常分五味，禅心勿动一壶情。

六朝金陵怀古

六朝王气不足年，两晋衣冠别有天。南渡哀兵徒自省，北望游子莫相煎。
伐谋难断攻心侧，耀武何妨剃发前。高卧江东春梦耳，秦淮河上尽婵娟。

矛盾

万事皆休亦未休，最愁莫逾两难愁。途分左右歧中立，梦觉悲欢惘自留。
大将无谋徒胜负，鸿儒有道岂春秋。两厢尽是痴翁仲，我竖当中怎择优。

秋深赠相思诗友并祝万寿无疆

又在彤云稷下浮，廿年余几已无忧。应怜李杜老难遇，唐宋须知少莫求。
与尔青春同恣肆，如斯白发岂悠游。相逢共控扬州鹤，思念三生换一秋。

好狗狗

王谢堂前犬吠时，摇怜明月可相欺。已非胡马劳筋骨，却入程门学礼仪。
好客应期嗟食久，随人只爱稻粱宜。拘于秋屋本无虑，偶入田园仍欲驰。

七律

凭谁七字句勾连，起转须谐唐宋传。北斗空言诗自诩，江南遗墨笔何怜。
莫论平仄一三五，且试吟哦日月年。偶遇佳音休问律，便无拗救亦成篇。

咏杜甫

孤愁峻苦不胜哀，运舛尤伤故国颓。血泪何逢烽火续，襟怀应慕武侯回。
盛唐落寞惜文脉，老杜轻狂待圣裁。屋破休吟三别吏，秋茅难覆贾生才。

七律领踏莎行·重阳节

七律

岁深才送月横斜，烛短又怜星自嗟。老迈谁期伤折柳，痴儿何许揖归霞。
登高目尽长亭北，怀远心倾沧海涯。秋雨寒如春雨湿，清明未遇也飞花。

踏莎行

遇也飞花，别来无恙。清秋顾盼高丘上。茱萸又立碧云头，倩人谁在天涯想。
老亦无忧，幼何难忘。长安无处无观赏。去年堂下正承欢，而今面壁空怀怅。

蒙面歌王

下台嘻自上台时，观者茫然听者痴。声入九霄云不辨，花猜一二蝶先知。
每怜旧雨妖娆耳，共许新欢吟咏之。辜负相思遮玉面，敲窗何必是黄鹂。

悼金庸（新韵）

当年年少不知侠，论剑剑空空自夸。以武凌天天亦苦，因人涉世世何乏。
情浓易转薄情刺，怒甚翻为无怒杀。我本欲哭哭我辈，恰逢沧海泪如砸。

四哭（新韵）

哭岳灵珊与金庸

青眉何吝欺竹马，从此初心无再逢。剑下谁怜小儿女，风中不解大师兄。
爱初终悔恨难已，恨罢方知爱最浓。极致悲欢皆不遇，情痴哭尽哭金庸。

哭殷素素与金庸

妖女曾讥美女倾，入来情网更关情。曾随沧海寻知己，最恨孤山遇莫名。
逐爱曾如魔二代，携儿终是一零丁。相夫教子缘何浅，慈痴哭尽哭金庸。

哭萧峰与金庸

初似豪情侠大者，回天力尽亦从容。降人不似降龙易，误己何如克己明。
忠孝焉为两难事，家国无计一般行。千军阵上无生死，义痴哭尽哭金庸。

哭陈近南与金庸

荆州不遇亦英雄，竟比顽徒好事功。文武才超八斗尽，乖离命似武侯穷。
零丁洋上帆重坠，九五源头瞽复明。今日望台徒浩叹，忠痴哭尽哭金庸。

棋牌杂咏

围棋

弈如高士怡然卧，看破红尘尘不知。君亦无情砸挂后，谁堪回首烂柯时。
三三莫点青龙穴，六六难逢素手提。身后不知前几步，岂凭拍案抵深思。

象棋

乱阵奇谋角额低，一招能与古人齐。楚河浪涌伤舟楫，汉界风生滞马蹄。
炮袭孤兵君败北，车行千里步横西。谁言王者不轻出，朕在九宫如在闺。

跳棋

江湖各据本逍遥，却向芦花深处飙。死去活来前后技，隔三差五有无招。
君应庙算邯郸步，我自攀扶泸定桥。跳入青山休二顾，留情相忆莫相饶。

军棋

十里连营鼓角吹，各埋伏笔慎偷窥。六军动地张司令，三角防身李地雷。
炸弹轻狂择玉碎，工兵恣肆满盘飞。无关胜负群氓事，只把军旗抵炮灰。

桥牌

四方高士互征伐，对对相从暗许他。素手拈香估胜负，玉笺留意伺通杀。
叫天不应三无将，加倍难敌五草花。算尽人生多少事，掀桌才算大赢家。

麻将

谁筑方城对面嗔，角声催阵暮云深。花分诸色余香冷，骰掷全局留意真。
东风十里吹寒鹭，白板无颜见故人。杨柳万条争一统，不和何以对乡亲。

秋游颐和园之万寿山（新韵）

浮山青影御池滨，古径穿云十里春。堆土期成拔地岳，登楼难作望乡人。
一城秋色斑驳览，万寿诔声络绎闻。伏乞明君赐相顾，于今诸子正沉吟。

立冬

青池不尽碧荷干，白发无关玉臂寒。柳色未逢魂断折，却逢苦雨洗衣冠。
莺啼又忆箫横引，更忆流云遮暮峦。初雪一惊三十里，葬花何计共谁看。

咏李白（新韵）

卿自浮云落驿尘，披襟四顾尽凡人。且因诗酒输残醉，不负君王赐扁巾。
蜀道何难俗径险，唐宫更逊野庐贫。谁堪捞月终成月，照我临窗竟苦吟。

咏杜甫（新韵）

秋屋恨似敝茅飞，落拓牢骚万古垂。别竟三别失顾盼，句无一句可睽违。
本因盛世由天授，却被离愁自蜀回。岂比祁山诗易出，君悲何逊武侯悲。

商机

铜臭欣闻不忍辞，天机莫泄值深思。岁寒贩履寻常事，月缺摇光偶尔为。
买醉人前沽菊酿，卖春楼上拨梨枝。榆钱落尽三秋债，拾取一文须趁时。

饮茶听云子诗友吹箫有怀（新韵）

应怜九尺怕登高，十里羞辞楚客邀，何吝霜辰无限瑟，因听云子一声箫。
流殇酒尽缘茶醉，泼墨竹成似桂娇。更鼓莫催弦上月，归来又忆忘年交。

望人思海

秋深似可比情深，寸雪无痕冻寸心。梅向枝横难入画，鹊因舌短不如琴。
蓬莱羡远轻帆过，精卫愁浓沧海临。楚户三生犹恨少，桃源内外尽秦音。

汉服

洋服西装遍帝京，桃源深处隐余情。秦唐筋骨折腰扣，王谢衣冠束发横。
泥古何如披楚氅，应时无虑竖胡缨。红男绿女流觞后，不逊黄粱换此生。

豆腐

似月晶莹须点之，万般磨砺偶然奇。煎炸色亦黄金垛，烹煮汤如白玉糜。
块垒应消临别后，油盐难进欲醒时。鲜浓在口非因味，谁借身家味即谁。

豆腐乳

赤曲涂唇玉面哀，王家重口亦优材。端方摆布芙蓉块，横竖无关酱醋堆。
周粟翻为秋水煮，川盐撒作故人醅。于今不识相思味，犹自琢磨红豆灰。

臭豆腐（新韵）

尘灰朽腐酿新颜，掩口休提鼻自嫌。香至极浓薰作呕，舌尖莫辨旧婵娟。
愁来幽恨嚼成屑，齿下何尝碎牡丹。道在朝夕闻不尽，空凭滋味已无关。

豆腐干

道是陈年不忍看，抽刀裁作寸方宽。柔情渐过初心滞，玉面终成老泪干。
应借流觞消块垒，莫提旧赋倚勾栏。平铺锅底曾无趣，却得汤中一味叹。

笔墨官司

孤灯摇影月同姿，素手沾青自画时。学得兰亭三百字，吟来白贴半行诗。
挥毫如发斑斓墨，种笔成材桀骜枝。欲写春秋嫌纸贵，案头空对恼人题。

豆腐脑

辰晨一碗食须嗟，混沌从头不可遮。白齿舌饶馋在口，青田玉软嫩如花。
汤浓忍夺黄粱味，眼热羞从冷面纱。难得江山余醉耳，最糊涂者二三家。

读林觉民《与妻书》有感

披心沥血寄妻儿，恰在妻儿未觉时。志士孤忠情易绝，书生高义诺难辞。
因知赴死长街短，故向追怀夙夜迟。过往云烟遮汗册，百年而后我犹悲。

初冬有怀

楼倾三尺向瑶池，濠上鱼僵亦有辞。也拟携花香入梦，忽因怜月雪沾眉。
东林徒与青龙逆，北塞人同胡马移。盼在流年思进退，不良弟子偶然悲。

张国荣之霸王别姬观后感

早别江山再别姬，玉颜红袖拟须眉。欲修粉墨先修性，莫辨雌雄却辨危。
对面独吟归棹后，十年一跃下台时。三生如戏妆难卸，凭尔余香假不知。

221

烤鱼

君子陶然不远厨，烹油鼎食亦轻舒。金鳞月色沧浪濯，玉翅风尘翡翠除。
滋味全凭调灸手，烟云岂是化龙居。乐知非乐余香意，此处庄生莫问鱼。

暖意（新韵）

休待冬深花落尽，二三秋蕊未曾枯。隔窗月冷稍侵耳，绕径枝残莫驻足。
措手默临因墨滞，凝眸佯视向阳出。青衫红袖薄犹热，只为襟怀不肯服。

2018年

猪二首

其一（孤雁出群）

清心何虑净玄坛，别有虚名似冏然。说甚髀肥天下瘦，藐如眼拙圈中贤。
来生得味前生孽，八戒留香一戒缘。欲舍此身鹰不食，游方难避海西边。

其二

道是无为佛是禅，求经未必向西天。云间高卧竹林下，栏上消磨玉齿边。
不弃糟糠千百嚼，何妨甘苦二三缘。为填口腹人间累，再把人间口腹填。

自寿遣怀

每待流年月尽头，悄然错过圣人酬。偶从白发侵青鬓，乍见黄粱出紫裘。
孤旅皆凭三楚楫，半生多赚一吴钩。谁言知己难知命，我问今生尚在不？

聚宝源

满堂高士惜鸿辰，鱼贯相从敦善邻。饕客汹汹声入火，铜锅具具热缠身。
拈花不让牵羊手，拍案无伤捧腹人。携我醺然三十里，余香沾染老烟尘。

小词

破阵子·怀春

2018 年

　　砌上无心折柳，江南几路飞花。岂在梦因蝴蝶冷，难得情随
燕子斜。倚窗纱罩纱。

　　转过糊涂界面，携来坎坷天涯。不恨千金犹误骨，却笑三生
尽戴枷。莫怜跌处爬。

西江月·遣怀

　　自诩英雄曾是，或称盛世难为。天涯陌路正须归，指点江山
似悔。

　　此去青云梯短，别来白马腰肥。千年一梦莫相催，品那黄粱
无味。

定风波·谷雨有怀次韵解兄大作

密雨轻风苦莫明，此城枉顾彼城倾。道是奇峰犹是岭，难咏，休提楚韵似秦声。

灞上高朋竹影下，欺夏，春秋相送怕长亭。天地仁心浑不管，推砚，青衫飘似入云筝。

鹧鸪天·遣怀六首

其一

朝暮浮云醉眼遮，飞觞不继走轻车。流萤放恣星如月，快马冲腾龙与蛇。

将进酒，岂堪嗟。千金谁换旧琵琶。薄愁可透西楼月，莫照辽东十万家。

其二

哀若朝霞透骨红，浮生无恨亦无终。半池秋水明眸乱，一脉春花玉臂封。

沧海事，总难逢。白帆青棹济苍穹。书生窥破菩提戒，梦外迟疑坠梦中。

其三

竹影梅香仿佛愁，倾心只在蓼花洲。几重湖径霜如锦，两岸山岚陌上牛。

应记取，去年游。吴娃相遇拭吴钩。佳人纵是青锋下，一笑何妨送越侯。

其四

花落花开忘几枝，橘红柳绿恨春迟。桑园锄尽来年悔，菊榭飘还昨夜思。

风过矣，雪仍飞，东篱莫问黍离悲。书生自视如高士，寄语江州司马知。

其五

欲别长安苦别情，灞陵揖首报归程。追风千里风何倚，认命三生命可凭。

春雨后，望兰亭。拼将一字送叮咛。浮云掩映江山上，仰尽终南万鹤鸣。

其六

竹外流觞竹内醺，半声吟咏榻边闻。曹溪禅墨输南祖，陶柳玄丝羡右军。

夫子曰，可相群。七贤高卧枕浮云。修身治国家天下，不负长安学做人。

2018 年

蝶恋花·次韵文谷兄大作

契友高朋相揖罢。又是长亭，又是孤行者。读破焚余今再借，还情须拜东西野。

欲舍此身身已舍。缘灭缘生，令酒无人把。撒尽千金休待价，葬花且赴东窗下。

采桑子·诗友飘零得高徒有怀

五陵走马夸年少，一字如尘，二字如云。掷笔千言莫让君。

江郎道是才堪尽，指点精神，评说纷纭。误了江山不误人。

点绛唇·"5·20"有怀次韵悯玉诗友大作

对月怀春，红颜妙问青衫好。五陵原上，食罢嗟来草。

搁鼓拈琴，径远余音缈。眉应俏、却难分晓，秦晋谁先了。

一剪梅·梦次韵张炎之剩蕊惊寒减艳痕

几点高阳未了痕，醒却如魂，醉更如魂。若惊还惧错晨昏。离了前村，又是前村。

谁问流觞樽外存，欲断槐根，却断桃根。觉来竟是午浑浑，归处难分，来处才分。

一剪梅·参加海棠社活动戏作
（拟张炎体，新韵）

几个痴蝉试一鸣，平亦争锋，仄亦争锋。最伤筋骨是愚生，抄也无能，学也无能。

留得残荷听雨声，借了秋风，打了秋风。莫将冷墨寄同行，哭是心情，笑是心情。

庆宣和·端午食粽有述
（《词林正韵》，张可久体）

青叶银珠二两悲。画罢春眉。错送香笼入罗帏。死鬼。死鬼。

定风波·乡愁（苏轼格）

老在长安望在楼，故人相问自扬州。四十八年如梦半，无憾，尚余三顾欠曹刘。

风雪程门堪久立，追忆，满城明月尽低头。归意又怜沧海远，休管，只凭菊酒换离愁。

定风波·生涯次韵蕙若兄之天涯

簪翠罗襦绣鬓花，青眉红黛枕间斜。恨似秋蝉无力叫，一跳，携来逆旅旧风华。

愁自秋山循仄径，如磬，蝶香燕语唤星槎。争上西楼谁肆意，追记，三生用尽此生涯。

临江仙·荷塘月色（徐昌图体）

依旧芙蕖颜色，渐红渐绿生花。临渊重结网如纱。水清华韵直，鱼雅夏台斜。

高士应怜白露，狂生也慕青霞。烛明云暗故人嗟。沧浪难濯月，寥寂莫还家。

喝火令·赌棋争天下

死活三分野，输赢半目棋。不争先手却争时。人算恰如天算，神算鬼难知。

落子青云骤，营谋白马驰。对敲金玉数声痴。胜负无情，胜负虑无私。胜负此生无悔，只一点慈悲。

喝火令·步韵相思诗友

瓦影生尘露，檐阴断暮烟，半推斜柳絮相缠。谁让月岚初起，寒桂出眉间。

笔辍三分懒，帘摇一处闲，寄情随寄紫鸾笺。误了浮云，误了入云鸢，误了倚栏伴醉，莫误上眉端。

喝火令·赌国运者

楚汉相持处，春秋共济间。莫论生死旧衣冠。悲喜与君同醉，双泪落眉边。

尔我皆如蚁，山河不忍官。或提成败惹人怜。一瞥惊云，一瞥恐青天，一瞥向隅而泣，万物竞怆然。

喝火令·遣怀

顾盼千千结，流连半半城。故人情重岂堪凭。愁困独孤心绪，偏又似轻轻。

瑟瑟秋难忆，潇潇雨复晴。若非春睡恰如醒。似此痴缠，似此醉平生，似此万千风韵，定不负卿卿。

苏幕遮·雨

挟轻雷，掀薄雾。润物怡人，飞下千重暮。罚落青云争一步，湿了相思，又湿相思处。

玉成丝，银似缕。宝马龙车，奔走长安路。楚客应留留不住。不是江南，莫惹江南妒。

临江仙（贺铸体）·长江次韵无弦诗友同题佳作

飞下九霄何处落，锋头直入中原。惊眸一瞬已经年。棹催云下鹤，浪涌岸边船。

一脉荒流谁渡我，君临家国山川。御杯沥酒为忠贤。来归沧海界，再入紫霞天。

昭君怨（万俟咏体）·忆古榕次韵无弦诗友同题佳作

斜入江南愁绪，休论归来归去。密雨正携风，可怜榕。

道是佳人依旧，却说过时不候。闺怨也如伊，又兹兹。

蝶恋花·荷次韵无弦诗友同题佳作

柳岸遮莲莲亦好。鱼影双双，情入萍间绕。云散犹怜薰似沼，花霜又沁芙蓉窈。

仿若佳人裾欲裊。春雨秋风，又上荆州道。清白不堪颜色傲，骄矜易被闲人藐。

鹧鸪天·蝴蝶

虫洞森森偕客来，穿云恰与桂花栖。描金扇舞翻梅影，弄玉箫吟唱竹题。

弦莫断，梦难辞。听窗犹恨羽空飞。夜来声色鲜如画，画上精魂是鬼妻。

鹧鸪天·蝴蝶

梁祝衣冠千古悲，纷纭故事恍如凄。织云散尽飞花屑，破茧挣持落玉灰。

来莫去，去难回。精魂化羽隔相思。庄生梦里疑无梦，梦断时分谁伴飞？

悲情豪杰·关羽次韵蕙若兄自创词牌之项羽

每遇春秋忽酸楚。一步步，荆州路。血色江山空胜负。人入彀，鱼入釜。

当年又忆桃花苦。辩曹刘，谁善舞。宛如雨打风吹去。谁千古，无千古。

临江仙引·《红楼梦》（柳永平韵体）

梦断，梦醒，因一梦，悟三生。前言岂是空凭。问木石缘分，看钗黛通灵。侯门深处，子夜冷时，风雨总相逢。

佳人又寻花葬处，花尸却已无踪。写万行诗赋，论千亩荣宁。他人只敬作者，我恨作者痴情。

一七令·梦断西楼

冷。

南唐，北宋。

赴大漠，翻峻岭。

猎猎胡马，潇潇燕冢。

慵懒唱柳七，疏狂吟陶令。

竹响遇弦而和，花醉因香又醒。

黄粱可饲几重天，红粉又妆一个梦。

小重山·告别（薛昭蕴体，新韵）

花径深无十万寻。余香终有尽、恨离人。阳关纵闭往来门。
难闭我、泪眼缀双痕。

苦雨冷还温。罗裙湿几许、更沾襟。觉来别后怕失魂。应豪饮、
伴醉以留君。

小重山·题照（薛昭蕴体）

花落青衫染菊香。阑干休望远、倚晴窗。思春不过一时伤。
更难渡、秋水两眸长。

弄影上萧墙。丛生多绮念、少红妆。因缘入梦断人肠。应背对、
不复看黄粱。

小重山·告别（薛昭蕴体）

胡马阳关至此悲。亭长心绪短、蹙娥眉。拈花折柳泪空垂。三叠后、执手莫相思。

留客雨迟迟。多情留不住，绝情时。送君十里顾千回。不敢约，纵约也无期。

临江仙·四大古都（徐昌图体，新韵）

洛阳

山似终南寻径，花犹国色垂青。谁堪纸贵不吟风。姚黄妆倩影，魏紫饰尊容。

不取邙山寸土，曾随古道独行。却因胡马久凋零。洛图天下卜，河曲鼎中擎。

北京

落日雄关御道，浮云野岭长城。名园佳境已重重。黄粱槐蚁聚，紫禁柳蝉鸣。

学步难如君意，抒怀更逆群情。长安十里尽降龙。朝朝皆盛世，代代是清明。

南京

万里江横铁索，六朝浪涌金陵。秦淮声色岂无情。吴山擎不住，胡马立难行。

可换红颜一笑，应怜白发孤城。八千子弟过江东。降幡曾片片，落日又匆匆。

西安

秦晋幽情未灭，汉唐风骨如生。斜阳西映灞原陵。塞云遮雁塔，秋水满华清。

故地久曾萧索，前缘略有伶仃。长安不许断肠声。雄关八御马，大漠一惊鸿。

卜算子·立秋有怀

欲坠花缠枝，欲落云含雨。不辨秋风与春风，折柳君前许。

秋来怵多愁，秋往须无虑。因被青蝉哭几声，或是嗟来故。

浣溪沙·骤雨有怀

秋浅一分输落花，御街侧畔柳横斜。惊雷断续引龙车。

沧海又倾三十里，浮云常漏九千家。如帆罗伞已无遮。

卜算子·咏月（苏轼体）

魄寄雪宫藏，魂托冰轮锁。却待横霞日落时，才露微微朵。

弄影拟嫦娥，桂冷吴刚裸。只在三更可长吟，偶有仙人和。

采桑子·海（新韵）

凭栏望断潮头夜，残月无关。倒影如天。又把云堆疑作帆。

蓬莱不过三千里，谁是神仙。不渡渔船。唯有红尘可续缘。

2018 年

鹊桥仙·七夕有怀（欧阳修体，新韵）

织霞弄玉，梳云把盏，还忆前年月色。长河欲渡复徘徊，流殇尽、归舟谢客。

五陵折柳，双鱼传桂，揖罢竹林独卧。留情却忘为谁留，更忘却、约期早过。

长相思·最好不相见（白居易体，新韵）

相见难。再见难。相见君离再见还。思君不计年。

忆江南。忘江南。梦里江南杨柳寒。恨君不肯怜。

西江月·红枣

老树折枝犹绿，遗珠落地才红。却怜香露愈凝浓。莫问谁家仙种。

苦夏思君何处，残秋寻子无踪。东篱旧色一重重，满眼清甜谁共。

相见欢·遥忆谐趣园知鱼桥有怀（薛昭蕴体）

遥将碧水中分。与鳞邻。毕竟化龙无味，乐而贫。

思何虑。谐何趣。忆何人。莫问逍遥何似，似浮云。

荷叶杯·倚栏杆（温庭筠体）

妒我御风而去。拦住。且思量。
月斜梅影十年待。花在。偶然香。

河满子·嗅秋（新韵）

恍似芙蓉乏味，颓然燕雀无形。却怕秋风吹去，空余寒柳
清名。
凭案不闻暮色，愿闻万里枫红。

西江月·白露（柳永体，新韵）

因喜花残未落，方知月老才清。夜阑知令不知更，如露如霜
渐冷。
疑是秋深却浅，何妨春送还迎。本堪吟雪怕词轻，化作流筋
侵梦。

喝火令·暮春

夏浅能容柳，春深且惜花。蝶轻如絮絮如纱。虚掩此间风景，
宁不弃天涯。
月暗须怜桂，星残莫唤鸦。夜澜谁问旧冤家。别了空城，别
了忆琵琶。别了那边人世，孰若换兼葭。

唐多令·至爱亲朋（刘过体）

霜染玉貂裘，云浮白马洲。问年年、谁在谁留。相见安知相送日，不一定，是离愁。

执手又从头，画眉应入昽。把容颜、欲改还休。方寸与君同泪尽，若不尽，也东流。

阮郎归·爬山虎（李煜体，新韵）

龙蛇画壁几蜿蜒。纷飞如在天。楼高恐被碧云牵。遮窗不忍看。

出泥处，旧篱前。凄惶独自怜。一生攀附贵人肩，贵人嫌未嫌？

少年游·刘伶（晏殊体）

优游竹下卧高云，无醉不称醺。菊香奉茶，梅香沥酒，烽火莫参军。

诗画何拘逍遥册，一顾七贤人。钓罢濠鱼，折来渭柳，提不得君臣。

喝火令·榆钱

折柳吟三别，拈花算五铢。暮秋相顾在东隅。惊起赤鸦如火，今夜买阿谀。

绿浅相思叶，黄昏自在庐。也曾黄纸画银符。不必怜香，不必取金珠。不必白蝉无韵，此处卖欢娱。

渔歌子·迎人（张志和体，新韵）

望断秋风又是风，迎人常在送人亭。
诗一阕，酒千钟。却忘是送还是迎。

菩萨蛮·秋思

穿花燕子穿云去，留香应是花残故。菊老俏枝寒，听蝉无限叹。

明朝谁与醉，杯与花同碎。白露照秋波，清霜嫌月多。

如梦令·梦

因恨黄粱无味。才觉红颜似醉。帐外几多愁，难入芙蓉春睡。知罪，知罪。下次携君同寐。

诉衷情令·加班

折腰难似一回愁。不耻稻粱谋。痴儿何处萧瑟，累我五铢羞。
秋夜冷，夏时浮。几更休。星狂月懒，无人陪我，醉个中秋。

春光好·白头偕老（和凝体）

年年老，恨年年。不须怜。说尽柳梢余韵，二三言。
一万次黄粱梦，三千尺碧云天。头白难如圆缺月，去还还。

2018 年

237

春光好·白头偕老（晏几道体）

杨柳岸，竹林天。有无缘？廿载风云何处是，是青莲。

证心万里于前。虽万里，证情却难。直把红颜吟作雪，月才圆。

相见欢·醉（薛昭蕴体）

临杯欲饮还停。怕忘情。更怕黄粱无度，忘三生。

扬州鹤，竹林雀，自飘零。更慕青云自在，不须醒。

西江月·十一游沪上杂感四首

外滩（新韵）

帘外风声略涩，檐头云影稍浓。楼台王谢几时穷，尽是江东旧咏。

富贵何曾你我，盛衰犹自怔忡。烟花江畔宝舟轻。胜似秦淮懵懂。

东方明珠塔（新韵）

百丈珠光四射，一城贵气同看。悠游直上碧峰尖。再问登临有感。

已是人间高处，难寻此路神仙。御风犹在暮鸿间。怕那青云梯短。

夜游南京路（新韵）

市火平添暮色，御阶斜倚豪门。钱来物去换精神。尽是骄娇恣任。

谢媪赊花不遇，徐娘拜月逢辰。三更顾盼觅衣人。买卖春秋方寸。

上博画展（新韵）

欲画风云何似，难描嘴脸如卿。青红染就晚来峰。处处江波汹涌。

唐宋犹思运笔，西洋独擅藏锋。因知油粉似无穷。涂抹江山还剩。

定风波

才下终南悲暮鼠。洛阳风色已无尘。看尽烽烟三千载。未改。输赢依旧是横秦。

万马无缘皆入彀。盲目。黄金台上几多人。胡草不肥江海客。酒色。竹林吟饮共纷纭。

浣溪沙·遣怀（李煜体）

秋尽葬花非我愿。余香不断余情断。青柳白蝉红水畔。

黄粱有味槐中见。蝶舞翩翩皆似叹。瑞雪何曾留一片。

239

醉花阴·景山感怀

疑作青山山似岱。御岭皇城外。此处莫凭栏，不是长亭，送客千年待。

老松乱挂黄金带。魂断轻狂改。治国岂无筹，家破何妨，信史孤名在。

定风波·咏马

鬃裂蹄飞踏灞原。观花一瞥百花残。似有鸿图谋远意。万里。千金换骨亦良缘。

伯乐应无家国事。壮志。几番夜草可消寒。莫问识途何所赴。歧路。谁凭鞭影忆龙颜。

霜天晓角·霜夜有怀（林逋体）

秋深无趣。罗襦轻薄处。柱脚楼头微润，牵不动，风流顾。

辜负。羞不遇。岂嫣红能许。挥洒一城脂粉，相思痘，遮不住。

忆秦娥·登高（李白体，新韵）

登龙险。流云处处杀肝胆。杀肝胆。黄栌如血，青山如剑。

学来龟步轻松点。从头直上犹疑暂。犹疑暂。离天一寸，离君一念。

少年游 · 遣怀次韵文谷兄赠词

金陵莫问旧春秋，秋意上眉头。无边风月，有心吟墨，且在醉中留。

疏星淡月长安道，望断几重眸。竹见花心，花见竹节，不弃此生游。

采桑子 · 网购（和凝体）

折花恰似赊花故，买骨如斯。卖笑还痴。轻点蛾眉便入帏。
留香未觉千金散，才选罗衣。又许胭脂。谁又敲门已不知。

三字令 · 一封家书（欧阳炯体，新韵）

兹敬启，启双亲。正秋深。孤月冷，暮云沉。试衣冠，将紫绶，祭黄昏。

凭犬马，俾儿孙。礼尤存。知大义，报佳音。待清明，鸿信寄，不归人。

卜算子 · 微信红包

谁掷五铢钱，散作红颜信。数尽秋鸿缀几言，言外无穷讯。
道是送心情，却陷相思阵。随手拈来乱点频，点不开缘分。

醉太平·炫富二首

其一（刘过体）

银裙玉襦。红唇白肤。佳人又在姑苏。岂千金一扶。

秋茅有余。春梅不如。江山不过须臾。换春秋最初。

其二（辛弃疾体）

卖云十丈。赊君万两。翠衫银笠凤凰氅。一声蝴蝶响。

思春买取玉纱帐。听不尽，鸾台上。掷了千金觉无恙。此生放一放。

定风波·关雎（欧阳炯体）

竹外香薰老地方。青梅素手柳枝长。明月催花花早折。巧舌。余音约在断弦旁。

旧爱依稀穿蝶去。归处。新欢犹是故人妆。识得满城春色懒。梦短。觉来十里漫思量。

捣练子·秋怀

深院静，浅窗幽。花葬东篱复葬秋。更把悲欢容一穴，添霜覆雪裹离愁。

临江仙·老胡同秋深怀旧（贺铸体）

杏花深处疑无趣，纷纷几处秋虫。乌衣遮过玉颜红。别愁王谢燕，飞不进西风。

恍似来生翻入梦，暗回今夜姿容。半醒半在旧街逢。依然老面子，更老那顽童。

蝶恋花·秋游颐和园之昆明湖（新韵）

欲尽离愁秋莫忆。折柳时分，岸上浮烟聚。再取残荷三百粒。余香散作蝴蝶戏。

沧海移来涛半缕。道是蓬莱，更似凡间弃。此水濯缨嫌冷遇。当年烽火无人记。

2018 年

浪淘沙·乌江亭怀古二首（李煜体）

其一

楚水旧曾悲。楚马声嘶。楚歌何处唱乌衣。应愧楚囚三户老，魂滞江西。

君不负虞姬。却负雄师。长亭常送古人迟。纵在鸿门多一念，终是痴儿。

其二

遗恨与人评。胜负难明。临江何处落长亭。项羽当年经此地，谁送谁迎。

楚汉不相逢。逐鹿无情。佳人烈马负平生。我赞江心舟楫客，不去江东。

少年游·我梦想一次飞翔（晏殊体）

去年风景忆难同。秋意赤如枫。出云而雨，入云而月。云尽是惊鸿。

我怜万物皆如卧，看不见虚空。又遇归时，却无归处，摸一下苍穹。

江城子·沙海（苏轼体）

遥看日落下青云。玉纷纷。月粼粼。大漠无涯，古道远行人。似海却无帆影白，驼铃起，竟无闻。

沙丘如浪更如坟。陷千军。惑孤魂。旱海行舟，随处踏红尘。胡马难期千里骏，驼峰下，偶藏身。

西江月·草原帝国兴衰有叹

伏虎何关王霸，射雕枉渡春秋。一朝鹊起一朝休。莫问是新是旧。

胡马惊飞辽雁，宋词吟断吴钩。如蛾赴火向神州。再共神州不朽。

喝火令·宋词

莫忆江南碧，应怜阁外青。动人情愫最凋零。寥落古人心事，千阕半城倾。

且诉衷情绝，方知雅句成。破关烟火怡膻腥。不尽沉吟，不尽郁难平。不尽旧园花径，一韵万言轻。

风入松·小雪节气（晏几道体）

长亭本拟送幽寒。却负阑珊。无心抹得霜痕尽，又道是、花落团团。水浅难藏旧藕，云深欲掩青峦。

觉来风月不曾欢。有感还叹。缩肩佝背斜窗里，分离苦、分外穷酸。每念金池一冻，常怀玉夜千般。

画堂春·晨练（秦观体）

追风应愧少年游。霞光万道无俦。可携知己共高丘。健步清流。

自诩长生不吝，何言大道难修。欲凭挥汗竞鳌头。愧羡封侯。

唐多令·猪八戒

朔月望何忧。天河渡亦愁。一牵襟、便惹凡俦。料想当年初入目，浑不觉、是猪头。

佛境万千楼。尘途三两洲。四五人、东向西游。担子不轻师父在，却难服、那泼猴。

南歌子·乡愁

月淡钟移处，花清更静时。西楼哀草折英姿。放下屏风，别影透青帏。

叶落无情外，蝉随有道来。故人三两似参差。动念千般，不抵一难归。

虞美人 · 朱元璋

佛缘渡尽君臣孽，太祖千刀烈。江山留与好儿孙，相杀何如相守、十三坟。

当年志士何曾悔，共曳天骄坠。汉家天下又重来，殿上无人问朕，可开怀？

少年游 · 同学聚会（苏轼体）

洛阳花聚，长安鸿集，谁解卅年逢。追风时节，攀龙际遇，讪笑与君同。

紫绶白衫寒窗里，如梦似槐空。忽忆逾墙偷红杏，她应在、只怔忡。

减字木兰花 · 路

长亭为始，此去天涯谁万里？浊酒为凭，一步三杯醉复醒。
道边折柳，难得送君肠断后。心境无邪，莫认梅花作野花。

醉花阴 · 遣怀次韵李清照之薄雾浓云愁永昼

月莫清寒星莫昼，龙虎穿云兽。夜暖倚窗冰，冷面如霜、眉下嫣红透。

泥炉温酒婀娜后，醉扯簪花袖。竹案墨香轻，笔走三行，字瘦嗔人瘦。

卜算子·冬至步韵苏轼之缺月挂梧桐

月色偶然清，云翳如斯静。夜半中分火与冰，孑孑孤灯影。
知雪误佳期，欲梦春难省。又把江山冻一时，朕已无心冷。

菩萨蛮·辞旧迎新

月寒月暖因圆缺，流年又作寻常别。送客恨长亭，送年恨莫名。
江山新旧继，落寞愁相替。醉尽几黄昏，醒来又是春。

卜算子·失眠步韵苏轼之缺月挂梧桐

月在五更清，竹向孤云静。入梦无非醒又醒，烁烁灯遮影。
面壁几重思，怀旧三生省。不在心头伫一时，空对樊楼冷。

散天花·欢度新年

虚度今生又一年。清风应羡尔，卧云前。凭栏闲倚月当前。
蛾眉何处是，数离弦。
因念梅花昨夜眠。千钧轻如笑，且承欢。争先雪色早相缠。
碧罗如意帐，换红颜。

点绛唇·失眠（冯延巳体）

莫恨更深，烛花渐老堆成絮。余香如故。犹似醒时聚。
明月迟来，重被秋波顾。空来去。黄粱无路。梦外难知趣。

卜算子·梅花（苏轼体）

老干嫩芽生，遗雪横枝卧。本是春花不服秋，总被秋风破。

一城不散香，五瓣无情朵。相遇难逢去时她，却遇来时我。

长词

水龙吟·腊八有怀

玉人无力回眸，御街不见离魂聚。洛阳纸缺，长安米贵，耻尝周粟。平步千金，孤帆万里，霞居云旅。问冰心在否，凌烟衰矣，终究是，神仙侣。

犹忆三生酸楚，费煎熬、一锅而煮。二分春水，八分秋粒，半城香雾。指点琵琶，轻狂桃李，衷情谁诉。把玄霜瑞雪，来年往事，尽囫囵咀。

八声甘州·无问西东

问是非万种百年间，故国不堪愁。却修身多悔，齐家多惧，天下多忧。几处黄粱红粉，浊泪入清流。最恨江东水，锈了吴钩。

且忆轻狂未老，试歌吟而馁，酬唱而羞。叹书生气短，壮志赴高丘。向青山、登临意气，觑长安、足下几重秋。平平耳、把心头事，皱在眉头。

沁园春 · 二月二有怀

二月霜轻,十里风迟,万壑叠晖。竟云横四野,霞拥孤月,玉楼如雪,银镜如霏。燕子低吟,流觞浅试,酒冷何曾辜负梅。凭栏后、觉初心可喜,圣意难违。

寅时犹似辰时,问谁把拈花拟采薇。或从龙而惧,登龙而隐,龙生九脉,龙御千雷。画饼于天,描金于面,俾倪江山不许回。翩翩者、揽七魂六魄,尽入梁槐。

八声甘州 · 拏云雅集有怀

恰风悬雨骤御街寒,阻尔惹尘萦。把隆中故事,江东遗恨,尽付霞觥。说罢秋茅如盖,冷暖半城倾。谁挽荆州牧,共赴长亭。

秦约晋盟何往,觑佳人如画,挚友如兄。忆青衫犹薄,白发已丛生。恍然闻、苏辛豪气,更相随、李杜并纵横。绵绵者、到情深处,却忘多情。

2018 年

八声甘州 · 遣怀次韵解峰诗友之杜鹃

忆春潮秋漪不堪吟,旧调两三声。学邯郸虎步,洛阳花语,为赋离情。愧与佳人枉顾,讥我锦衣荣。楚狂轻冠冕,却重飘零。

别处犹如归处,羡江边白帝,楼外青城。可藏峰搁笔,摹印写兰亭。或擎钟、推敲平仄,或拈琴、弦断断还生。桑园里、卧黄粱下,梦可兼听。

六州歌头·父亲节有怀

（《词林正韵》，韩元吉体）

斯人逝久，何处约相思。生可弃。亲难恃。泪常垂。枉凝悲。日坠东篱外。秦晋在。红颜改。唐宋殂。黄粱败。尽支离。老病无情，莫算三秋事，欲断还迟。把今生来意，说与弄潮儿。壮志难持。岂凭诗。

故人落寞。烽烟恶。江山错。少年疑。求至理。闻过喜。敏于知。惑于辞。荏苒清华境，沉浮郁，恨无为。伤不遇。年华去。志仍遗。辜负青云，白发书生墨，下笔多姿。憾沧浪钓浅，楚赋不堪为。竖子怜慈。

天香·已无少年次韵蕙若兄之所谓少年

一众高朋，三千偶遇，独看斯人伤悴。昨夜轻狂，前生放恣，对镜殊难无愧。只怜明月，须照我、些许神粹。来去扬州路断，期之洛阳春会。

生如夏花绚美。却随缘、晚秋难对。只恨流殇误我，把杯寻味。又怕青梅偷坠。念沧海、应回八千岁。谁种桑田，幽兰似蕙。

雨中花慢·偶遇高人

稷下求传，濠上问辩，观澜乍难平复。是轻狂年纪，又觉清肃。高士鸿儒，朝闻夕死，却嫌伧俗。纵笛楼琴榭，俚歌文舞，易学难卜。

程门雪冷，孔堂霜重，多骨冏如多肉。谁知己、沧浪晴雨，再无缨足。掷笔不堪赋作，携篇只为吟读。不期偶遇，却怜常对，那般名目。

摸鱼儿·仲夏

竟无言、蝶奔如雨。拈花一笑而去。浪猜天下千重卦，应把岁星虚数。檐下住。

一叶叶、梧桐遮月人遮路。顾蝉倦语。渺渺入苍苍，若清犹寂，柳亦别情絮。

长亭外、约了离人莫误。相思不过一炉。江南续写春江赋，别有轻狂难诉。应起舞。三十里、洛阳花梗长安土。多情亦苦。无计可逃秦，如逃此热，梅下湿阴处。

念奴娇·江山社稷之四大美人

沉鱼

吴山空绝，恨越溪明媚，谁识相顾。本在芙蓉春水畔，潋滟如波如絮。引蝶双飞，浣纱十尺，尽负斯人妒。金钩莫用，那鱼儿早无措。

都道西子堪怜，蹙心犹可，更被烽烟怒。王霸轻狂刀剑肆，何忍佳人忧惧。故国倾颓，孤民离散，岂是红颜误。余香应倦，只随江上帆去。

落雁

汉宫月好，惹戎机胡马，雄关无据。谁道金城千万仞，竟是江山难固。画笔曾描，君心莫测，不觉男儿怒。离人应试，一琴一瑟一鼓。

北去秋雁兼程，单于未射，却落羞惭处。大漠乘风风亦懒，舍得江南仙侣。花闭无情，花开如意，谁解花容顾。这家生死，那家欢喜来去。

闭月

奴家薄命，任月圆月缺，难分昭穆。一拜秋娥无梦断，再拜江山无虑。折桂更深，调梅技短，纷乱朝堂故。应非羞羡，对卿犹说怜取。

谁问剑狠刀狂，雕弓画戟，天地凭威武。毕竟三分沧海事，又记杀生无数。铁马擒龙，金戈逐鹿，此鼎何人举。凭君孤愤，曲中听尽酸楚。

羞花

此花何幸，让倾城相忆，倾国相慕。霓曲明皇空折弄，亦是明君缘故。玉乳衣冠，红颜领袖，枉被诗仙赋。瑶台春尽，却无人共卿舞。

长恨如此多情，三千独宠，不敌渔阳鼓。庙算盛唐须万载，却愧胡儿一怒。卸甲将军，失谋名相，竟怨红颜蛊。朕躬当灭，苟相忘岂能负。

遣怀

秋云高逸。数蝉声一二，孤平无术。鼓瑟噙箫，角羽催弦拨如击。五韵风流故旧，一重重、拈花相忆。把酒处、纵有伊人，招不得魂魄。

今昔。独戚戚。愧对面笙歌，当头谐律。借词让笔。难许青衫惜如客。应是红颜如玉，却尽是、黄粱如璧。恨虚名、常换取，袖中黑白。

望海潮·故乡

春湖秋岭，南鸿北桂，萍洲独自雍容。黄鹤独飞，青鸾漫舞，来寻千里嫣红。碧水绕吴峰。白云接楚郡，高麓何穷。猎猎洪都，乡关犹在梦萦中。

滕王阁上相从。效三清妙侣，百味归蓬。乡月远吟，关河暗渡，谁家意气横空。壮志昔熊熊。愁怀今瑟瑟，却恨重逢。应是炎凉依旧，挥泪故城东。

木兰花慢·中秋感怀

只休提杨柳，惟冷絮、惹婵娟。觉桂蕊留香，菊英失色，与汝无关。绵绵。灞原衰草，引王孙怒马过阳关。一去何妨万里，再归已是重还。

拳拳。诗赋成篇。唯赘笔，可空言。落寞时、万里清光照我，仿佛青莲。翩翩。月明如此，慕江澜湖影半成笺。白发忽如雪白，却输十里霜寒。

水龙吟·霜降有怀

金风吹落楼台月，散作满城银屑。更深欲雨，思深欲泪，却难哽咽。愁自江南，情如篱下，太多勾折。念别者别也，故人故矣，风依旧，难吹没。

莫学壮怀激烈。只如今、凄孤幽绝。云横万里，山分二色，鸿行一列。乱拨伯琴，轻弹羲瑟，漫伸鹦舌。问衣冠厚薄，江山冷暖，拟来生雪。

水龙吟·两怀金庸

重读《鹿鼎记》怀金庸

明清故旧清明过，家国已无知遇。江湖浪浊，庙堂气滞，明君罔顾。旧雨新欢，前朝后阙，颇多逆旅。问盛世何为，独夫何虑，兴衰事，差相与。

端赖韦公谐趣。笑当今、书生无措。内安外攘，齐家治国，齐人暗许。海晏河清，万邦归觐，枕中犹诉。谢如橼笔意，黄粱舟楫，几人能渡。

重读《笑傲江湖》怀金庸

情深深处情相顾，拂尽琴中秋意。痴儿浪子，狂生过客，尽难追忆。一入江湖，无情可负，无招可拟。把纠纠武夫，谦谦君子，一生遇，三生戏。

君亦明眸恣肆。未凭栏、只抒胸臆。盗泉可饮，穷途无路，几番终始。逐利如云，争权如鼎，王侯神似。仗寒锋入世，心随蝶梦，梦醒而已。

婆罗门引·初雪

金秋太短，清寒随雨湿罗衣。正怜明月疏离。却遇流云凝滞，十里暮烟滋。梦新霜遍地，初雪无时。

佳人未知。怕秋水、冻成灰。欲揽相思入画，笔冷难提。江南犹在，却不见、白鹭与人归。错认得、玉羽纷飞。

2018 年

月下笛·双十一（张炎体，新韵）

约了三更，心情恰好，醒来时候。千金剁手。菜刀须抢先购。闹钟设定分分秒，购物车、稍开秀口。等商家心软，因为肉痛，所以割肉。

都有。都没有。却还有余额，略微消瘦。清茶浊酒。红妆白面堪秀。惜花最恨花期误，更恨那、花钱手抖。但莫吼、这良辰，别把钱包吓走。

摸鱼儿·小雪（辛弃疾体）

又今朝、绉云缠雾。常思归雪来慕。却怜孤鹤无心落，寻遍几重秋露。伤不遇。却更恨、相逢如错离如误。别亭莫去。或另有情怀，那边芳草，满径惜花步。

知天命、又怕天机罔顾。听来消息无据。秋寒未肯寒如月，月下已无惊惧。眉且麼。吟一阕、洛阳花纸娥媚句。斜阳若顾。应忆罢江南，薰风醉我，吹不动丝缕。

永遇乐·偶怀（苏轼体）

辽鹤追云，吴钩斩雾，秦月催雪。同在天涯，偕分朝暮，共忍春秋喧。以衣衣我，曰明明德，各据天机犹泄。苍茫里、羞惭委地，竟被肉食不屑。

广陵知己，高阳赴者，如此无端关涉。割席多忧，断弦无趣，未免蜂腰折。邻槐不激，隔梅犹叹，把酒临风相啜。于今夜、市恩一二，承恩些末。

满庭芳·秋怀（晏几道体，新韵）

红豆孤生，青鸾初落，玉楼谁卷珠帘。遗笺三寸，写不尽梁园。欲问故人六魄，应分我、一二流连。因难忆、花折花聚，堆几处秋残。

荒城霜满地，鸿泥雪爪，心迹难参。夜阑后、顿觉风月无边。把臂旧约未许，吟半句、辜负红颜。罗衣旧、依稀认作，另一个婵娟。

沁园春·游冬

濠上青衫，江南红袖，淮左布衣。与呀呀童子，追风弄月，翩翩冠者，戏墨拈枝。对问观鱼，孤怜赏月，帘外清寒未冻池。约知己、倚雕栏如句，画壁如辞。

故人入梦犹迟。分你我、难分风雨披。把荒鸦饿雀，枯梅断桂，譬之偶遇，间或遐思。稷下秋茅，鳌头春帏，顺逆因缘尽可疑。期瑞雪、掩疏狂醉柳，瑟缩而垂。

贺新郎·因为无知所以不惑（叶梦得体）

休向沧浪去。念平生，黄粱无味，红颜无趣。三十强辞愁而立，四十不闻朝暮。十年麼、千年何苦。道是我心明月外，月明时、故作悲人语。终不问，经心否？

江南江北寻常路。再往复、同是炎凉，一般风雨。常恨难逢荆州牧，怜甚英雄不遇。却更恨、伯琴弦误。莫惧秦坑能埋骨，羡周郎、帘内堪三顾。怕什么，无人妒。

其他

排律·遣怀

年少不知愁，封侯焉可觅。兴亡一怒间，生死千秋事。报国背头针，秉忠身后字。千军楚帅威，十面虞娃戚。卫霍易修兵，苏辛空有志。桑园不可违，沧海凭帆意。

七古·足球是圆的（新韵）

程门久立雪难容，足下忽生八面风。死去活来零比五，迎来送去一成空。
追云年少球何往，踏雪英雄步难从。放荡时空穿越后，输赢莫告隔壁翁。

七排·遣怀（用"当时只道是寻常"句）

终南风雨入苍茫，楚客识荆空自伤。周粟烹时粥可啜，秦坑满后火须藏。
向隅不讳孤弦引，对镜常思半月妆。莫下扬州瞻老鹤，可从赤县补亡羊。
潇潇万物一何苦，瑟瑟孤鸿独又凉。应愧修身来入戏，或怜出口不成章。
江南有意寻芳草，陌上无心认他乡。白发从头羞到底，青衫过目醉难忘。
卿言岁岁芙蓉里，我忆朝朝杨柳旁。暗悔春宵无一语，当时只道是寻常。

排律·剑

持守太阿初，纷飞越女裾。穿肠鱼是器，掷盏器如鱼。
裹刃金璎珞，藏锋玉婕妤。绝缨忠义顾，割席友朋虚。
盛世刀兵隐，明君甲胄除。屠龙徒有技，跃马岂沽誉。
耻在匣中泣，羞于灞上车。鞘倾三尺地，锐气映蜗居。

古风·苏门故人行（新韵）

三苏俊逸古人风，东坡倚柳最堪行。才出八斗难尽数，一门风雨天下晴。
文如肝胆照今古，笔如龙蛇走惊鸿。一生不如江山意，贬尽天涯更多情。
遥想年少喜拈花，风流不让十万家。王家有女花相似，初入苏门风缘夸。
青春做伴唤鱼时，蜀道难行渡如霞。却恨天道弗怜人，碧落黄泉尽枉杀。
闰余六月忽飞雪，姐妹同赴红鸾夜。江城太守骑射苦，彩旗飘飘风猎猎。
阅尽赵家四百州，西湖岸上歌舞榭。不顾君王怒与威，只怜夫君功和业。
案头明烛楼头月，添香何必倾城妾。才子白发不可簪，佳人红袖情犹怯。
朝云暮雨皆风波，壮志空留阴阳界。
一别再别复三别，最伤心，落花不去春去也。

六绝·考试

案上空文四宝，心头至理无题。休提对错何处，底线今生不移。

六绝二首

鹰
口衔鸿运稍重，背负苍天略轻。物外神游已久，笼中拘束难明。

长颈鹿
疏枝几处悬月，枯叶何妨落阶。高处风流易领，却难咽到胸怀。

◇◇◇◇◇◇◇◇◇◇◇◇ **五绝** ◇◇◇◇◇◇◇◇◇◇◇◇

对菊

窗角无心蕊，枝头折几番。因知花不懂，所以对花言。

无题次韵烟花为伴诗友佳作

化龙曾有意，学步且存真。嚣垢何须拂，卿尘亦我尘。

走吧（新韵）

长亭无以别，又赴六洲约。万里趁晴日，片云焉肯携。

身不由己

江上遇青鸥，翩翩十里浮。羡鱼追翅影，不敢羡轻舟。

旧金山烤鸭

同是溪头禽，煎熬各自深。形神无本致，入味用初心。

年夜饭

无计度华筵，虚辞莫谢天。问君今饭否，朝露略微甜。

二月二龙抬头（新韵）

江南苦梅雨，旬月未曾停。天意泼如此，谁来按住龙。

惊蛰

三春因岁至，二月被雷惊。按住芙蓉颈，小虫鸣不鸣？

咏股市六题

套牢
谁好缚龙事，长缨须不羁。彀中天地大，高卧喜无期。

涨跌
济世缠经纬，亲民费口舌。折腰无大义，翻上碧云车。

看图
百业无常运，秋波自在观。春初聚花草，红绿总相间。

杀跌
能砍人头价，能杀牛尾局。江山付一注，胜负好须臾。

买股

商女本无作，后庭花自歌。千金难买骨，尽是未亡国。

审势

群氓未可欺，盛世往来稀。兴尽归帆没，多空自审之。

垃圾

枝老花无用，篇残句有余。葬花惜名士，名士葬沟渠。

题《虎嗅蔷薇图》

虎岂观花客，恰逢花与邻。花香腻如肉，肉是种花人。

红辣椒

红颜本无味，秀色自难忘。口舌余香久，今生不易尝。

风

春池波不起，无力拾残花。心动二三子，苍山吹作沙。

手（新韵）

张开璎珞佩，拾取碧罗簪。握住鱼肠柄，拈花只一般。

粽子

米香犹袅袅，竹叶一支支。裹住龙珠粒，江山鱼不吃。

263

牛不服

难为梁父吟，当令乃耕春。不是执鞭客，便为鞭下人。

论诗

千言意难尽，一字恍然清。故尔推敲后，沉吟大半生。

书（新韵）

本因千叶字，留住四方函。纵被清风过，墨痕吹不干。

当代瓷器（新韵）

拟古本无关，致知难不凡。此中闻道者，学步自天然。

一叶知秋

暮柳斜阳白，残枫曲径红。我知秋不语，独寄一飘蓬。

一

涩涩孤弦歇，秋声未肯歧。因生不知意，万籁蛰如斯。

秋雨

凭窗望云色，沉郁未堪忧。秋雨不停歇，何尝只洗愁。

观兵马俑之跪射俑

单膝折而立，雄怀弓马藏。秦人跪如是，足以傲庸常。

秋游凤凰岭望龙泉寺有怀

叶没菩提径，枝横罗汉轩。满堂皆禁口，为等老僧言。

冬夜看《权游》有怀

更深自寒彻，裁月作吴钩。屠尽梧桐叶，荆州未姓刘。

考试（新韵）

折桂春闱里，狐疑在笔端。因知无所忌，随手二三言。

雪二首

其一

冬月无吟兴，拈来六出型。白云撕作絮，一夕忽飘零。

其二

六出晶莹翠，满天散淡纱。惜春时不待，自诩是飞花。

兵器六首

兵器

十八般筋骨，三千里逐人。杀无穷结果，杀不死原因。

针（新韵）

破绽区区补，忧伤慢慢缝。温柔潜入穴，救我是杀生。

耙子

有齿何须刃，无心未必愚。天河巡一遍，月是洒家奴。

棒子

敲骨孤身竖，击钟心一横。天机何足畏，不与妄人争。

钩

知鱼无以乐，知己又如何。不以直为报，杀人在曲折。

斧子（折腰）

既有劈山志，劈柴能几何。白骨曾盈野，当年已烂柯。

五绝领卜算子·聚会（苏轼体）

难弃流觞意，竹林闲散人。清谈误家国，不误洞庭春。

卜算子

不误洞庭春，又见云台赋。尽让鸿儒论是非，是与非皆误。
青衫被酒熏，红袖因花妒。且在樽前说往来，往与来同路。

冬游有怀

晨来冬雪白，忆昨正秋红。四季常更替，，河山无不同。

七绝

年终有怀

年终总在最寒时，月转明朝春可期。渡岁寻常如渡劫，平生不惧亦无羁。

祝贺那些因时差而迟到的新年

故人未见来年月，我已无关昨夜愁。迟到一时非一世，凌虚携手入神州。

空调

面壁临风玉似雕，春秋公论只逍遥。攸关冷热皆难测，唯有炎凉不可调。

不限

绕梁本亦栋梁才，道义何拘肆意裁。任尔逍遥穷碧落，今生不限往生财。

大寒

大冷何尝可冻人，年初年底总相邻。临风裹紧绫罗氅，熬过今宵许是春。

老腰

白发多因愁在顶，鸿儒老似背如弓。折腰日久直难立，弯月一轮虚挂中。

加州游有怀

加州春色似无形，陌路轻车过几城。天意踌躇冰与火，一时风雪一时晴。

我想回家四首

其一

骑鹤何尝肆意游，老妻今夜在扬州。迎春莫让春无趣，留我三钱压岁筹？

其二

肤分五色有奇香，金发佳人遍地忙。一语不知南与北，羞提南北是何方。

其三

域外忽传雪竟新，迎春最爱满身银。京城今夜皆无恙，唯恨郊亭少一巾。

其四

满城春色不须提，此处江山非我宜。掠影无非成一瞥，故留数语对云窥。

初春偶得

故国梁园好景催，灞陵江柳一城裁。春风难比秋风熟，输给芙蓉不是梅。

天涯比兴观女诗人斗诗有怀
兼贺三八佳节并祝女诗人节日快乐

谁笑梁园未尽红，纷纭莫论晚来风。芙蓉开在梅开后，各有芳华艳不同。

烟花三月

长安残雪少人收，又向江南问去留。骑鹤谁携春意过，扬州路上野花稠。

"秦淮八艳"咏其二

李香君
烟柳如云君不栽，灞陵歌舞似秦淮。桃花岂解清明事，刺骨薰风自扇来。

柳如是
齐家如是身如是，破国何妨唱后庭。水冷应怜夫子志，余香终亦恨零丁。

北京大风喜怀

长风洗尽碧空来，花溅香飘沁老怀。我愿飞廉知大义，不吹茅屋只吹霾。

2019 年

咏梅六题

红梅
江南侧染星星血，眉上轻匀淡淡愁。人在姑苏不回顾，回身天下尽红眸。

寒梅
逐春误入雪残时，休把清名冻在碑。花似浮生人似蕊，欲张一世岂由之。

落梅
半山浮动冷香滋，曲径幽回若有疑。恣意何尝惧风雨，殷红匝地折如枝。

画梅
三分天下五分之，赤蕊乘风飘似骑。准拟江南岸如鬓，轻描淡作粉胭脂。

鹤梅
烟花向壁孤梅子，尘月悬檐半鹤妻。老在西风斑鬓里，一生唯在一枝栖。

古梅
枝拗曲如云乱飞，千年常与月依违。花开万次何须忆，当下不开辜负谁？

扫墓

松横云浅未成哀，人满梁园鬼怕来。草碎花残不能扫，因疑尘是去年灰。

春柳

碧叶新裁青絮沉，苏堤白岸自当心。银湖月畔人如柳，春赋初题莫早吟。

明前登定都峰望燕都有怀

登龙不及攀龙易，龟步何如虎步难。岂是春风不吹雪，一人高处万人寒。

吴桥杂咏之训猴

坐立行停礼数周，捧心扮作乞儿愁。一鞭在手须听令，不让金箍只骇猴。

吴桥杂咏之吹破天

莺声飞破碧云天，竹管临风古韵悬。底气何堪羌笛勇，吹弹不似小人言。

吴桥杂咏之中幡

大纛翻飞竖栋梁，旌旗十里一肩扛。城头正立不斜视，左右东西皆主张。

巴黎圣母院悲怀

十里烟云覆鹿休，繁华瞬秒化浮愁。谁凭刀斧煞风景，不与凡人共玉楼。

山路

踏春尽处并山行，花不相偕暗自生。可叠柔肠成九曲，只愁来处是孤城。

春夜偶怀

风静犹吹壁上灰，烛香散入碧罗台。月残仍挂西楼角，为照梨花深夜开。

葡萄

每至秋高忽忆君，谁家块垒缀如云。应怜珠玉失颜色，逝作流殇不醉人。

落花时节

二月芳菲四月穷，烟云十里转秋蓬。宁须春雨悄悄洗，不把余香留给风。

夏

碧柳嘶然蝉代语，蔽日无关月有穷。冰心只可离人解，休把清凉说与虫。

论诗

拆文解字几推敲，高下无常我寂寥。纵使群氓皆李杜，难凭一语折蛮腰。

夏夜听雷二首

其一

骤雨疾风断续来，谁家鸳梦总惊回。喧喧夜尽无穷响，未得一声惊世雷。

其二

栏杆高处共云生，玉壁金梁似远城。因有惊雷千万响，以为骤雨是无声。

端午有怀

2019 年

风骚不过初弦月，每遇端阳弦月初。节后已无家国恨，粽香弃在碧纱厨。

月相

常由圆缺记光阴，枉自初因溯了因。总在云间留一侧，半轮剖与共看人。

月相有怀

一径花眠不易春，浮生赊在九霄尘。福缘未敢今生满，故切半轮分与人。

开封新楼咏怀

故国烟云岂易澄，枉凭壮志付余兴。登龙莫恨攀援急，总比一层高一层。

偶趣

青槐碧柳共残春，爱上街头沾素尘。白絮缠头头似锦，无冠仍是大官人。

遣怀

帆轻帆重易飞扬，万里徘徊总不妨。明月空蒙照归路，错将悲己作思乡。

夏午

清凉独取柳风怜，一径花羞枯半边。心静自然无惧暑，不听蝉咏甚多年。

夜归有怀（新韵）

悬月缠云暗自生，香车宝马未堪凭。乡关岂尽三千步，即入归途不计程。

遣怀

白冠红袄自青巾，任是明眸看不真。秋水难分清与浊，玉人沾我半生尘。

夏日

望尽长天天若焚，残花枯叶亦纷纭。今番骤雨泼将去，自有丹心蒸作云。

夜宿农家院有怀

月清如玉尘嚣绝，不尽蝉风独自轻。槽下自非千里马，嘶鸣却似故人声。

观《乐队的夏天》有怀

五陵年少拨弦时，欲作轻狂力不支。代代骚人皆老去，堤前仍见弄潮儿。

年年今日

半因落寞半蹉跎，顾盼每从今日过。似此年年不堪度，明年又费一年磨。

秦俑坑怀古

车马弓弦错杂横，武士沉埋共腐生。千军戾气藏于此，应与焚书用一坑。

2019 年

淋雨

御街如海伞如帆，我自无遮独不凡。岂似江南苦梅雨，泼天何止湿青衫。

名园

一代孤城碧柳舒，膏粱何忌是焚余。楼台总被明君弃，不尽风流心外庐。

寻沧州铁狮子不遇有怀

千钧镇海未承欢，铁锈胸襟独凛然。羞替河东当此吼，遥知天下喜来年。

中元二首

其一

街角屋隅谐四方，昭昭野火染秋黄。纸钱烧予张家祖，不忍孤魂在一旁。

其二

每至吉期常自悲，闲吟秋月故人随。漫天萤火无心祭，拜鬼休提鬼似谁。

秋声

落叶落花声不同，一声轻薄一声红。秋风更把心吹落，假作相思静静中。

荷塘秋怀

渐入良辰不似秋，一池青莲枉自留。西风吹我飘零意，不倚雕栏倚石头。

观兰花展

寻香应在近秋时，列列红颜枉自知。花色满楼千万朵，不知君子驻何枝。

入秋偶怀（新韵）

风声常在雨声前，黄叶红花各自先。最易伤秋因不惑，一头白与不白间。

偶怀（新韵）

我有慈悲可胜佛，千言并作六言说。余生愿拟章台柳，借与离人任意折。

伤秋有怀

枯藤颜色似曾新，拂尽俗尘为洗尘。折柳摧樱秋雨冷，爱花更爱爱花人。

秋雨后

轻雷薄雾柳横枝，由夜归晨别有疑。本是江南误春处，天晴未在雨停时。

秋分有怀

白柳枝长未堪折，登楼不忍望孤城。满天薄霭唧唧处，过后方知是雁声。

秋怀

清池云影似天光，斜岸雕栏倚画梁。本拟浮生与君共，浮生可比柳枝长？

孔子诞辰有怀

东山望岳有余嗔，万古独存修此身。长夜昏愚何足弃，有诗有酒有佳人。

喜观国庆烟花有怀

玉树金城翡翠栏，娇人歌舞自姗姗。烟花肆放如三月，不许扬州不尽欢。

望丽人山间俏立有怀（新韵）

夕阳斜似眼波愁，竟忍山高遮玉楼。不恨佳人岩上立，那石头是我心头。

秋草

秋叶斑斓秋草黄，秋高意气转秋凉。横枝自引无名火，烧尽眉头太早霜。

学水墨丹青有怀

难分二色如三色，运笔迟疑去复回。欲画江山嫌墨少，撕来黑幕蘸成灰。

量子二首

其一

此处纠缠彼处情，风声传咏恰同鸣。高能不计高人数，算尽天机未可明。

其二

何关格物作微茫。不可分时未敢当。万里同欢以无距，个中真义慢思量。

新四大发明

高铁

纵横最易画图空，铁辙双飞割朔风。累死车头千里马，谁怜伯乐夏台中。

移动支付

洛图易扫数难凭，算罢锱铢归一零。道是千金飞不过，蓬莱许我买长生。

共享单车

道旁零落马轻狂，不许挥鞭空激昂。倘有前程花似锦，借君十里又何妨？

网上购物

一单胜似一单沉，才送来年又送今。岂是风骚不如意，空车拒付值千金。

菊花六韵

其一

君爱黄金拟作花，青山如锈冷无涯。书生不过东篱外，欲借秋风天不赊。

其二

瓣如风骨蕊如眸，霜下独存三两秋。望尽西山不归路，偶然觑见凤凰楼。

其三

常在清明松下栽，秋光照罢玉华台。芳心不问凡间事，只向流年寂寞来。

其四

才入秋怀已着霜，赤霞白霭揖斜阳。欲吟高赋不堪墨，留住残明照旧章。

其五

春秋隔夜有清寒，纵过千年同此叹。明月清风旧蝴蝶，依稀尽在梦中看。

其六

秋雨迟迟涨过溪，一家吟咏几家啼。来年依旧扶门处，便有余香也是泥。

游龙庆峡二首

峡江十里

黄栌碧柳映秋水，赤霭无缘润旧林。转过青山君不见，一江渔唱胜孤吟。

腾龙电梯

乐在云头日下居，穿云拾步倚秋庐。登龙不亦寻常事，上得天梯十丈余。

遣怀

未尝孤苦恨流年，时有余情独自怜。信尔平生不如意，半因慵懒半无缘。

深夜被挂钟走针声惊醒有怀

贴花壁上玉钟悬，一步一声惊我眠。喝住光阴缓三刻，光阴逃走十余年。

寒衣节感怀（新韵）

风重云白烛影浊，胸襟疏懒铁肩缩。秋深际遇薄如纸，不抵淄衣比纸薄。

螃蟹二首

其一

孤江铁甲动秋澜，恣肆摧花香已残。霸道谁知何所继，原来学步自邯郸。

其二

江枫岸柳不知秋，行到樽前暗自愁。纵有淄衣难避世，揭开铁甲见温柔。

秋千

秋风鼓荡秋千课，上下悠关高与低。忽忆竹林不归处，也无愁绪也无蹊。

咏菊

枉拟秋黄不胜金，余香酬予葬花心。畏寒亦畏离人折，赶在霜前催一吟。

送别

君自长亭总轻别，唯留残句替君裁。来生我识君眉冷，不肯凭君认旧怀。

钟表

如闻大道春秋历，来计高程长短针。一步一吟无止处，声声敲在不归心。

看棋

狼烟烽火自相邻，举手无关岂妇仁。壁上观须旁观礼，看棋亦是入局人。

游颐和园遇初雪及堵车有怀

路上应无惜花客，可怜足下玉英娥。满城尽是今生雪，卜得来年冷遇多。

柿子

云轻山老叶尖尖，树断枝横涩可嫌。只在秋高藏几颗，不经暮雪不知甜。

闻外甥喜得千金有怀（新韵）

金秋而获小千金，玉桂红妆自有因。缘似青云皆自在，亦璋亦瓦亦佳人。

家二首

其一

秋茅何处被风欺，不入田园岂有为。每近归巢自惆怅，毋须识得旧门楣。

其二

何须秋屋失秋意，不许故园无故人。每入空巢冷襟袖。且迟一刻待良辰。

筷子

愁自竹林知有节，花黄肉赤两相宜。拨来素手难驱使，夹住鱼肠漏一丝。

黄巢

谁敢张扬论秀才，金城烽火气如灰。反诗吟罢无题壁，只以刀锋刻鹿台。

吟兴

推墨拈香雅不任，洛阳纸上泪痕侵。得来佳句不曾说，李杜偶然同我吟。

五律

一月八日杂怀

嗟来明月垂，相与岂尊卑。沥血经年少，允肩扶世危。
宁须三吐哺，未肯一扬眉。调鼎惜无味，他山终可追。

寒山偶步

移步京西道，回眸燕北涯。青黄千里隔，远近一峰谐。
半足过衰草，孤眉落玉阶。晨寒因旧雪，不敢试芒鞋。

花

梁园无处寻，周径两厢邻。五色妆新彩，一芯藏幻尘。
当春初发蕊，经夏继成仁。落尽余香久，绵延不足旬。

鸟

三年不鸣者，凤亦被鸡讥。长月无从赴，高枝未可依。
吟秋当默咏，振翅岂横飞。顾盼云低处，人归君莫归。

遣怀

乔迁不知处，周粟岂堪辞。一去无千里，秋茅轻且卑。
怕追三顾足，羞煞一行姿。往复皆难遇，南山万径歧。

鱼

问君何所乐，君莫弄虚辞。岸上哓哓者，心头惴惴之。
萍踪何易觉，柳影亦无知。秋水虽清浅，相思是钓丝。

虫

不能为凤食，羞被暮鸦吞。避祸低枝短，消愁残酒温。
嚼花应得味，化蝶岂无痕。何惧因秋死，却因秋色昏。

燕窝（新韵）

本是云间客，结庐辞九霄。峰头风细细，案上岸潇潇。
渡夜歇无楫，拈花砌作巢。众生多苦涩，万物待煎熬。

好莱坞

造梦揖槐蚁，移情拟柳眉。今生无剧本，昨夜忘台词。
佳丽孤成就，豪强鲜作为。镜中何必问，刷脸岂胭脂？

冬怀

春初曾寂寥，岁尽未尝消。疏枝悬冷月，曲径透清宵。
常与孤城别，难从弱水邀。三秋何以短，万里暮云遥。

入境

又别燕山雪，长亭在远隔。阳关吟不及，月色顾何如。
倚鹤飞来去，缘槐梦有无。临门三万里，欲进忽踟蹰。

游旧金山二首

恶魔岛

不似蓬莱远，轻舟亦可乘。楚囚讥亦愧，汉贼耻相膺。
肆恣零星个，沉吟十八层。最深埋恶首，深不过秦陵。

金门大桥

欲从京口渡，高架亦嵯峨。悬索牵长月，浮云掩寸波。
离人千里绝，弱水一帆过。欲忘何尝忘，奈何悲我何？

客居

客卧芸窗下，相思莫问年。顾今朝露绝，忆昨暮云连。
风拟拨弦手，檐如扛鼎肩。独催茅店月，隔径照无眠。

洛杉矶 getty 中心

峻远转俗晴，春衫各自青。庙堂须载物，山水莫移情。
大我胸襟破，小人眉目清。梁园随处好，枯雨未尝晴。

街头餐馆

不惧鸿门醉，何妨乱使觥。满堂人少识，叠案馔同烹。
带血三分熟，无情对面生。凭君相问顾，饥饱信残羹。

拉斯维加斯二首（新韵）

其一

胜棋惟自凭，窃窃有余兴。红粉涂十里，黄金铸一城。
逍遥新大陆，寂寞老顽童。不敢换筹去，平生只赌情。

其二

千金空一掷，尽是遏云声。卧榻容高士，轮盘转小星。
黄粱决生死，白发惜输赢。怕自此门入，出时无可轻。

亨廷顿植物园

青山横野麓，白雨落明池。橘枳分南北，炎凉决盛衰。
孤芳无诘处，五色一言之。此地春常驻，长生不易辞。

桃花二首

其一

辞岁偷应景，春来聚一场。拟红微似粉，慎独不成双。
入径稍稍碎，离枝婉婉香。荣华输锦绣，结子却行行。

其二

鸿运岂轻违，红颜殊可讥。经寒不堪折，入雨恰相依。
福至惜扬弃，神来知是非。在枝徒锦绣，落后果然肥。

闲论偶怀

拈花思佛笑，逐臭羡儒穷。做旧何须旧，求工未必工。
追风三界外，立雪九门中。面壁学不得，诛心知必终。

早归

早寐归心扰，迟醒畏失机。夜因辰月冷，道在子时稀。
迷眼花如秀，诛心酒入诗。梁园谙我意，报与故人知。

黄飞鸿

双拳大无用，一怒再而卑。耀武干戈肆，怜花钩弋持。
孤城犹只手，故国正支离。枉曰倚天志，匹夫终可欺。

2019 年

幻听

断续晓来风，青蝉月九重。临渊听弱水，归寺慕闲钟。
雪落纷纷鹤，山回飒飒松。俗弦本无语，附耳亦怔忡。

杨花

三月有遐思，仍非折柳时。因花而似雪，无韵岂堪诗。
秋水何须愧，春光遂以悲。长安多绮念，犹自乱纷披。

镜子（新韵）

面壁如观己，经年未可详。窥花花瓣五，偷月月华双。
因扮芙蓉靥，来梳堕马妆。故人两重样，忆罢是同窗。

早春游香山眼镜湖赏腊梅

余亦轻狂甚，临花花不胜。禅桥骑一水，悟境倚双屏。
野径歧无虑，寒山霭未清。闻香岂恣意，愈近愈无情。

植树节有怀

引水自沧浪，浮根湿尽藏。梧桐街有簇，杨柳岸成行。
霞落暮山碧，楼倾晨梦黄。一年留半日，为解十年殇。

遣怀（新韵）

春老蝴蝶径，乡愁鼓瑟声。三生旧来去，一念半惺忪。
兴尽归舟暮，别来微恙躬。相识不恨晚，恨短恨留情。

山亭夏日

峨冠五六寻，俳句二三吟。归径遥如缕，离亭愁在琴。
云闲覆蕉鹿，日暖蔽桐林。名士空高座，流年苦不任。

随吟

柳外出黄鹂，春莺相与啼。山川人故旧，日月海东西。
恣意苏辛赋，恃才桃李蹊。落花吟不尽，留忆透香泥。

清明

愁自季春至，浮烟疑未晴。闷吟柳桥赋，闲扫杏花茎。
一念三庭绝，又悲孤草生。更怜铭石上，逝者尽无名。

春夜宿吴桥有怀（折腰）

春约已无凭，梁园犹自称。菊甜榆蝶落，莺舌柳蝉应。
云如千尺絮，月是五更灯。浅醉非因酒，情浓意不胜。

春困

拈香未尽薰，羞作折花人。高卧竹风暖，低吟梅雨新。
黄粱不成梦，青鸟为探尘。一觉春过也，醒时又一春。

立风骚榜偶怀（新韵）

尘缘无可遇，绮念过于执。云岂遮羞布，高因垫脚石。
青龙攀似坠，白马惧而驰。本是观秦者，轻言可代之。

先秦人物杂咏之孔子

我师仁且义，表里恰同俦。好色无关鲁，崇贤不必周。
独尊难措手，万世又回头。闻道何须早，唯从夫子游。

先秦人物杂咏之老子（新韵）

高德传老君，太上自鸿云。兹是无为者，何来问礼人。
化胡犹可辨，名道岂相闻。儿辈不识趣，丹心炼作尘。

先秦人物杂咏之庄子

梦已无关梦，谐言自在疏。春山犹化蝶，秋水亦知鱼。
苦雨逍遥界，鲜风络绎初。漆园何足惜，赊我一生居。

先秦人物杂咏之孟子

齐梁何以蹶，富贵若求仁。一语难宗孔，三迁岂避秦。
黎元屈王霸，社稷倚君臣。亚圣言于此，唯堪敬庶民。

先秦人物杂咏之墨子

至诚因至巧，淫技自凡因。兼爱及于讽，非攻何以嗔。
由工而误己，唯器可容人。大道终难悟，相逢肆本真。

傍晚循樱桃沟未半而返有怀

翠树横高麓，青山蠹远城。残阳春已暮，枯寺月初生。
野径皆西转，明溪忽下倾。未敢全终始，归途半晦明。

海军阅舰式有怀

四海振雄姿，长弓射日时。云横遮素甲，浪涌湿旌旗。
正气千层刃，豪情十万师。帆桅凭远眺，壮士列藩篱。

学问

程门立有时，不逊文王遇。夫子二三言，书生平仄句。
大师无拒迎，小道常来去。一念值三生，三生难一悟。

送别

灞陵春水暖，不足解冰心。竹境须高卧，桃杯只独斟。
余愁将折柳，三顾以调琴。聚散由来易，挥巾自苦吟。

旅沪夏夜不眠有怀二首

其一
故人应久别，长叹绝思余。多梦春归后，不眠星散初。
夜来无以尽，月落竟何如？扶烛怜光薄，秋波仅照书。

其二
疑有荆州牧，千金赊我狂。透帘花入梦，转户月侵床。
不虑春衫湿，常嫌破袖长。反诗题几处，半句在浔阳。

风骚榜之无妄风波有怀

我本蓬蒿子，无言无不言。希声听入腑，险韵溯来源。
高士竹林境，小虫花草园。青云排闷处，孤羽自翩翩。

西园雅集有怀（新韵）

又聚五陵尘，梁园何以新。缺如宋时月，孤亦汉家人。
赋自高朋和，词由小调吟。流觞无止境，不醉不别君。

2019 年

泉

冽冽不堪携，迢迢苏白堤。添池出青柳，入画湿黄鹂。
绝似壶中液，偶然天上溪。清流何以用，映我老来妻。

病

我饶天不饶，痛痒费搔挠。老弱依稀久，春秋仿佛高。
皮囊岂堪弃，筋骨不经熬。莫羡神农草，何妨忍一刀。

怒

冲冠何咄咄，披发亦彬彬。赤面摧肝胆，青丝割恚嗔。
奈何不周柱，错过有缘人。天子能漂橹，匹夫修错身。

画皮

春好无常遇，斑斓犹似真。不拘何面目，难避有情人。
善恶一肤隔，悲欢诸色贫。揭开桂花靥，终是舍离嗔。

致敬弹吉他的人

我怜夫子拙，不避五陵嗔。孤掌赢三顾，六弦拈一春。
何曾识新谱，可以趁佳人。台上扶摇者，轻狂滚滚尘。

大暑有怀

云蒸钟鼓涯，踽踽拾黄阶。未敢出窗牖，何堪避瘴霾。
青山羞白鬓，喜雨湿愁怀。纵许烧天志，悲无错落柴。

三伏

入季心难静，良辰久不堪。闲花赤如火，倦鸟倚过岚。
意懒颓无二，情浓热到三。秋茅何所惜，庇我自羞惭。

兵马俑

忽觉千军堕，颓然亦可降。观之无长幼，数此以单双。
咏自风骚韵，听来秦汉腔。黄泉相去远，胜负愧刘邦。

自选集有怀

一年三百首，一日一披离。吟罢无关己，删余不计辞。
推敲堕幽梦，平仄误遐思。满纸皆佳句，恰堪秦火欺。

匆匆那年

君老如臣老，相思不可医。云青映衫旧，月白逐时悲。
柳色孤愁也，花尘一拂之。别来期甲子，再遇两重痴。

世园会赏兰花有怀

秋重云高洁，兰园近杏墙。型谐三五瓣，味似百千香。
兹以知君子，何尝识栋梁。孤臣无可报，龙卧自寻常。

中秋感怀

柳亦恨初秋，蝉声嘶若愁。孤灯不思月，一径自通幽。
深浅花寥落，炎凉人去留。青枫本无虑，红叶正从头。

贺海棠社成立三周年

三年未为久，足以证同袍。幸别梨花坞，欣闻柳叶刀。
当秋知众望，对月识孤劳。吟兴本无碍，沧浪不尽淘。

雅聚有贺

谁解同窗意，孤城一旦倾。华年何足惜，清誉已难鸣。
索骥知其道，探微穷此生。流觞共高卧，倚竹忘浮名。

近重阳思亲有怀四首

其一

佳节每空忆，琅琅似有音。竹应高卧倚，月自疾行临。
腹诽无关论，笙歌不及吟。蓦然三五语，岁酒竟难斟。

其二

最喜高歌后，仍余了了音。孤城难自守，一念未尝临。
月暗须长眺，人闲多苦吟。杯空本无继，伴醉以同斟。

其三

事罢无衣拂，唯弦可泛音。远人何以揖，明月自相临。
秋易悲欢想，句难平仄吟。长安犹在望，高坐共行斟。

其四

顾盼识归径，听蝉似古音。终南岂无忌，稷下又重临。
折柳应同醉，凭栏只独吟。难分茶酒饮，且向一边斟。

岁寒三友

松友

似有常青志，昏黄何自惭。义犹生死诀，道以晦明谈。
童子因无继，良人已不堪。云深心亦拙，遗袖挂东南。

竹友

恣意涵秋水，寻常丝竹音。七贤何以醉，独我自成吟。
陌路无深径，明楼多素琴。经冬不堪绿，高卧共寒林。

梅友

山远菊篱近，梁园久不耕。余香共寒肃，新蕊致清明。
月冷东西阁，枝横三五更。净瓶空此季，攀折岂无情？

大连贝壳博物馆

危楼未尝却，浪迹少人和。心入蓬莱界，耳是鹦鹉螺。
玉帆犹见雪，碧海不兴波。赊尽凡间物，凡间值几何？

重阳有怀

斑斓春已锈，青赤染秋林。望远思长啸，登高作浅吟。
卿无缚鸡力，谁有化龙心？归处似寥落，壮怀犹在襟。

悲韩信二首

其一

择主无难易，最难知遇穷。不怜胯下辱，常恨座头空。
汉帝麾于内，项王江在东。当年路边月，夜夜照深宫。

其二

追来将兵者，义比战功高。胯下何尝辱，肩头恰可劳。
胜棋凭楚汉，治世岂萧曹。长乐深宫里，韩侯不易逃。

拾秋叶欲藏有怀

远径赴深暮，疏林隔素枝。惜花香已尽，寄友语何迟。
叶被三秋拂，秋因一叶知。云笺吟自出，内页夹青丝。

因太太植花于内室有怀

种花瞑卧处，入梦暖香滋。哕可吟孤蕊，醒来疏几枝。
茶余浇块垒，泥下伏蛇龟。无以眺高远，开窗殊不宜。

落叶

寒暮林如锈，斑斓值此时。怜秋怀冷月，惊雨弃疏枝。
不以青云覆，须无素手持。臣犹择人主，欲下忽迟疑。

浅冬上金顶妙峰山有怀（新韵）二首

其一

或为避红尘，驱车十里云。寒山长短径，闲寺往来人。
怀自登高步，眉如慕远心。金城枫色重，分我一千斤。

其二

涧有濠鱼卧，悠然不化龙。枯林犹半绿，残叶已孤红。
无以问童子，何妨揖老松。寻师未尝至，学自另山中。

观锦绣中华展有怀

折柳思成絮，千年遮暮寒。携来楚丝帛，裁作晋衣冠。
红袖昔曾舞，青衫旧亦叹。故人牵几缕，织素裹栏干。

初雪

人言今或雪，天意固难明。落即如花没，沾来胜羽轻。
云深无黑白，夜浅自阴晴。竟信有知己，同醒到五更。

冬月感怀

寒山无以卧，枯石着霜衣。叶落蝉应觉，云缠鸟不飞。
直丝青白柳，曲径往来霏。倚倦雕栏后，一时皆忘机。

长江

江南何雅秀，江北竟倾颓。不以沧浪濯，须从滟滪回。
行难尽千转，思可悟三才。入海无微迹，怆然歌鹿台。

清华校园即景

五车何以载，格物岂空为。才子促行步，佳人懒画眉。
荷塘有高卧，柳岸自轻垂。尽是梧桐树，莫言无大师。

无聊时刻

聊以追清梦，黄粱稠且粗。墨因寒不化，笔以涩而枯。
腹诽因缘浅，手谈招法愚。案头琴已具，束手尽低呼。

紫禁城怀古

殿上犹高坐，名臣各在班。过秦辞巧舌，兴汉冀严关。
青帝似难赴，红墙不易攀。清明牧童在，遥指暮云间。

五三自寿有怀

岁岁不辞饮，摔杯又拾回。逍遥耆老卧，络绎圣人来。
檐月思明志，辕门惜楚材。知音安可弃，呼喝激如雷。

七律

2019 年

呼吸

一方春水拟秋波，动静相宜岂自磨。肺腑时通经呕吐，衣冠待整费吟哦。
江湖有道阴风浅，天地无妨正义多。浊气在胸应忍住，莫将起伏换蹉跎。

书

纸贵缘何邺架闻，信知万卷可凌云。残龟卦问千年事，遗绢韵吟三尺文。
本拟秦坑堪没骨，原来宋册不禁焚。相如有赋传难久，刻在石头浅似君。

大器晚成

恨晚攸关大梦裁，黄粱味可煮青槐。残阳几处翻新柳，明月无常出旧霾。
忍读隆中千卷策，难追稷下一人怀。齐家治国平天下，诸事何妨惜我侪。

梁祝

缘生缘灭岂雌雄，千里千年恰可逢。春约无心因柳绝，秋怀寡味对蝉空。
同窗顾盼同衾似，化骨缠绵化蝶终。一曲孤弦愁不尽，三分遗韵刻琴中。

现代艺术

油粉积尘厚若无，轮回五色偶然涂。庐山未必须人识，脑洞何尝被犬趋。
壁上悬丝难破壁，图中论剑易穷图。点金术是攀龙术，不是辣鸡君不输。

羡农（新韵）

春秋无道养人间，周粟香余布谷天。虫洞何须纤手伺，瓜田不计小人嫌。
轻车赴野空良莠，驽马行栏枉正偏。高卧岂容竹下老，讥他消渴自猪年。

闻京雪有怀

去乡万里偶逍遥，故国沉浮未肯消。物外炎凉终有忌，云中悲喜岂无聊。
三秋寥寂梨花泄，一念轻狂翠羽骄。莫道天心欺汝老，趁君不在雪偷飙。

己亥立春有怀（新韵）

他乡狐月未尝明，惟恨离人早动情。众口无伤楚狂客，虚怀三尺孔方兄。
我容天下天容我，卿有花前花有卿。春信不传传亦老，余香独在旧西风。

有时差的情人节

昨夜长安倾几杯，今从雅意复相陪。扑街随处花相聚，问鼎何尝债可催。
过午不堪衣锦绣，番更还论手玫瑰。人情两处汝皆送，白首执君凭哪回。

上元

入夜光华散业尘，亥时风雨子时邻。独怜商女偏怜雪，半立程门又立春。
月以初圆难更满，花因重色易常新。荆州岂辨谜中客，莫怨明眸错解人。

五虎上将之关羽

忠义春秋读不禁，识途千里认归心。寻常赤兔骑成马，岂止青桃拜错人。
刮骨偶逢花有毒，拖刀时见酒犹温。麦城朝雨偕君走，那日财神是死神。

五虎上将之张飞

桃园不拒张屠户，问鼎仍须食肉男。黑面无关执戟手，红鸾何用打神鞭。
一人喝断三千里，只酒倾悲些许间。白布难遮亲兄弟，相杀终遇小人嫌。

五虎上将之赵云（新韵）

捷才可拟上将军，丞相门前轻似云。大略不及争一阵，交情难比那三人。
征伐莫羡输赢好，生死何嫌出入频。最怕浮言常胜事，当年怀抱是昏君。

五虎上将之马超（新韵）

可纵轻骑卫霍俦，亦学豪肆五陵洲。长安灯似西凉月，宰相权倾上将头。
汉祚朝堂空自辱，曹贼毛发枉相收。银枪不倒乌衣破，蜀中翁仲伴武侯。

五虎上将之黄忠（新韵）

白头未忍赤头低，欲裹英雄须铁衣。莫笑廉颇鸡骨脆，夏侯空恨马刀疾。
老兵不计关侯哂，壮士应偿汉帝惜。岁月何拘天下事，无人问饭感今昔。

阿斗

虎父何尝未早知，当年掷后已难持。子龙有勇千军馁，燕雀无才一语奇。
身后恭辞唯假父，隆中错算不羁儿。长安歌舞殊相异，乐在眉头蜀可思。

魏延

弓马纷飞斗几寻，全才谁似上将军。良谋未必输高义，反骨何尝欺故人。
蜀道难行遮不住，武侯多算复相侵。莫须多问操刀者，阵上无常身后身。

曹操（新韵）

失鹿由来不客秦，谁鞭胡马对青襟。应怜白骨犹怜我，不负苍天只负人。
几个汉皇无主意，两边丞相是知音。当年不斩卧槽者，忘了三分剩几分。

刘备（新韵）

高德异禀枉从龙，乱世难学倒履行。丞相诛心同煮酒，皇叔识趣不争名。
避无可避八千里，多亦不多三弟兄。纵有麟儿恐无用，当年未敢认英雄。

周瑜（新韵）

托孤未必寻常事，莫让寻常负事功。喻亮相惜岂相妒，曹刘难遇更难容。
火焚一水三国立，风借三秋一孔明。铜雀无关邺南柳，二乔香骨断桥中。

春耕

才辞瑞雪冻秋风，又与江南塞外逢。阡陌因春留碎绿，波峰逐日向长红。
饿薇辜负吴牛喘，周粟终须驽马躬。问计何须高卧者，桑田十里亦隆中。

白蛇

偏又江南醉不消，西湖侧畔过娇娆。多愁桂棹湿轻雨，柳岸无凭生断桥。
借伞能还前世业，回眸未抵那人撩。于今谁爱雷峰塔，压住相思慢些飙。

初春吟兴有怀

春愁又过自嗔时，洗笔何妨借凤池。病句应怜君草草，谀词且愧子期期。
寒山脉动禅心褪，平水辞工呓语奇。空等新莲三月久，吟花不耐晚开枝。

早春有怀（新韵）

怕到扬州梅雨天，扬州何咨下幽燕。绕梁耳目穿墙韵，寻径衣冠落地签。
莺不识人驻啼处，蝶应为我入吟间。野花夹道摘无趣，鹤在云头肆远观。

春日遣怀

故人别处待秋鸿，掷笔原来误笔中。归鸟无情忘旧阁，落花何事怨春风。
桑田直垄逍遥径，梅萼横枝散淡丛。更有闲愁知缓急，一行竹马似匆匆。

初春感怀

豁然又是万枝斜，碧水初蓝稍映霞。季未及时梦梅子，卦因多虑数桃花。
似由散淡依凭久，总被轻狂辜负些。此后风光不须记，无非果实与根芽。

偶怀（新韵）

枯坐西楼怕上楼，未经自诩却藏羞。描摹不审唯形似，吟咏难得是打油。
下笔迟疑横竖过，归闲散淡二三休。因嫌纸贵空吟句，枉被梨花侧耳偷。

这个春天花太多

惜春春老老应嗟，弯处通匀直处斜。三色平添千万色，一花独领万千花。
我怜檐下芳菲冷，卿赴堂中讽喻奢。赐尔满园不知火，烧天映作键盘霞。

柳絮

春尽扬州何以似，秋波向月忍为降。留香因伴芙蓉梗，吟雪应从李杜腔。
落寞桃旗白如一，纷纭柳刃碧成双。江山顾盼遮云幕，不蔽孤城蔽万邦。

登京西定都阁有怀（新韵）

横云叠岭矗高崇，怀远思春岂不经。莫到山前忽忆柳，遥知天下只攀龙。
红尘几粒黄粱梦，碧落孤城白玉京。爱上峰头难举步，登临一踏万千重。

上巳宿沧州有怀

御府长街暗若深，红旌青榭自难寻。阆亭倚柱孤芳哂，皇阁凭栏七步吟。
每上危楼冏于下，或从高士愧而今。黄粱八斗称才后，方寸胸怀愧不禁。

桃花

挂漏东南四五枝，流连蹊径远陶篱，此间尤物妖娆绝，何处骚人吟咏迟。
莫厌黄鹂应厌舌，不输青柳只输眉，落红香溢浓如故，岂是甜浓可换之。

夜宿卧佛山庄

慢卷珠帘待小钗，亭前亭后尽昏鸦。须无佛性学高卧，又近禅林怜缀芽。
绿柳红梅犹对面，青灯白骨正邻家。深眠不敢入幽梦，怕有孤僧求一赊。

感春

东风又过竹声频，落寞缘由略有嗔。一径鸿泥不知处，半城月色已归尘。
躬行柳岸沾如絮，吟错花田改自春。待我无情寒透骨，清明前后最修身。

暮春

惜春怜月拟微词，君已踏青三丈篱。宿鹭翩跹一方水，驻蝉摇曳九重枝。
落红不计沾襟数，留白无关透纸悲。满树新梅嫌味冷，心馋何以待秋时。

路

过水穿山自有规，区区不似卧龙姿。别离莫自长亭始，寂寞由来野店时。
错落心情空往复，寻常方略恰分歧。纵横尽处家天下，万里不拘何所之。

清华一百零八周年校庆有怀

寻常愁绪无归处，每至春愁恰可归。王谢楼亭燕如旧，师门孔孟道何依。
当年上铺亦兄弟，今夜前台多是非。怜取满城人似蚁，清华顿作嫁时衣。

抓周

玉华堂上玉如婴，尽日呱呱似可争。指点江山徒一攫，流连岁月竟三生。
眼前苦闷无关义，身后空虚有所成。卦算从心难妄断，桃花不卜故人名。

金陵怀古（新韵）

长桥不揽二乔还，弱水犹隔碧柳滩。鼙鼓难辞人败北，烟花欲令雁归南。
独凭汉贼再回首，一别梁园三百年。龙虎相逢大江去，秦淮断后少红颜。

初夏山居有怀

避秦应在桃源里，赖有秋茅遮素卿。山色本因残月染，溪声又共老蝉鸣。
叠窗推去嗟来暖，重霭浑如不似晴。堂上恐知林下意，早将高卧换浮名。

2019 年

虫八首

蚂蚁

走虫无计上青阶，碎叶折枝搬作柴。白眼迟逢偏入穴，黄粱寡聚不思槐。
群氓乱和攀龙偈，密阵高居下马街。欲把田园占一角，孤城犹似小天涯。

蚯蚓

吞吐江山一方土，红尘岂尽后人封。蛇无尺度应非蛇，龙以寸行终是龙。
似此田园耕若耒，于斯阡陌纫如缝。每逢春雨出头急，怕遇闲来闷钓农。

蜘蛛

待机忍伺雨轻过，珠润芳华月可磨。薄面欣然花有毒，厚颜无果命如何。
蝶应暂避怜篱影，鹰即高飞怕网罗。搜尽江山三万厘，愁丝缚住老秋蛾。

蜜蜂（新韵）

不鸣鸣亦些微间，艳遇何尝作等闲。常恨吉时难有过，欣逢盛世未足年。
百花易采三春蜜，孤蕊休拈一茎酸。毒手伸来岂堪刺，休将此命换甘甜。

螳螂（新韵）

伏虎屠龙意已穷，流连荒草辨雌雄。可杀春色刀如手，尤恨秋风齿有名。
黄雀未尝知进退，青蝉何必问吉凶。应觉身后无关己，独立雕栏总不惊。

苍蝇

白虫青羽短长音，世事悠游覆古今。粪土堆城城欲蠹，王侯入阵阵相临。
拈香岂效无情手，逐臭应凭自在心。为甚此君飞满路，前缘因果未埋深。

蟋蟀

故园无日不愁生，闷在西楼酥步轻。斗草撩人失春色，情花刻骨拟秋声。
壶中日月逍遥过，槛外风骚寂寞迎。振翅本应云尽处，万言不若一争鸣。

蚊子

画烛临风未临月，纷飞又惹满街枫。啜余秋水三千碧，吟作春光一段红。
帐外不闻更鼓急，眼前独坐晚云穷。流觞岂止书生泪，心血入肠犹入空。

冰

2019 年

晶莹取自月西沉，在手寸方寒不禁。逐日春光化如昨，过年秋水冻于今。
清凉际遇襟怀薄，瑟索知闻眉宇深。忆有孤城经远眺，最怜一片洛阳心。

初夏游世纪金源购物中心远望西顶寺有怀

楼悬千尺隔三重，遁入青云避暑烹。买卖愁来双鬓旧，徘徊错过五铢轻。
安排万物神无主，参悟孤城佛有名。闹市惜缘听不见，耳鸣胜似木鱼声。

近端午有怀

其一

千年故事亦何足，口舌机锋三不缄。每遇浮雷才避世，或怜钩月岂忧谗。
于今花自洛阳土，在下头如玄武岩。沧海无由心可济，结缨犹似独归帆。

其二

独问乡愁若几何，未知轻重雁能驮。扬州许我逍遥鹤，我恨扬州寂寞多。
折柳来归满春色，浣花相送一秋波。不堪槐梦欺蝼蚁，岂是横眉可琢磨。

其三

故国兴亡只自哀，梁园无处下高台。牢骚休次离骚韵，末世何须盛世才。
每恨君王皆不遇，更知乡梓已难回。沧浪可濯足千里，失足莫求千里桅。

其四

落寞心思安可言，荆州风骨未尝存。忠肝惜作鲈鱼食，媚骨平添杜宇痕。
何处妖云不谐雨，这般神气已销魂。满城花烬留香后，迦叶禅生后世论。

其五

莫凭诗赋挽神州，万里千言肆一筹。徒恨江山秦火烈，何羁风骨楚人忧。
无关家国无遗梦，不许栏杆不远楼。谩与婵娟相对觑，秋波清浅岂堪投。

其六

春愁无计岂逃之，信有高朋共此疑。众口何关鱼口妒，孤芳又胜菊芳悲。
谁携落寞同归去，我恨疏狂不可为。散在江心学争渡，轻舟忽似万人推。

其七

断君肠者断鱼肠，杀气无凭江夜凉。莫问何时愁尽是，每逢此季醉相当。
家人不许折烟柳，国士堪酬费粽香。争渡何关帆与棹，声声鼙鼓又催妆。

端午感怀

似有花枝空自横，可怜春去向东行。龙舟不惹孤帆立，荷饼须偕智齿生。
饱腹羞题诗裹腹，移情愧领米承情。风骚尽处谗言冷，望断长河争一鸣。

清华发现诸多古墓有怀

窗下挖坑非所宜，凭栏惊吓弄潮儿。黄泉距尔三微米，白卷仍余半小时。
信是楼台能载月，难为故土亦藏私。茔中高卧千金骨，从此谁言缺大师。

因烟花为伴诗友离开比兴遣怀

烟柳倾城折半城，或吟或唱或多情。花心有趣因无趣，佳句天成亦偶成。
为赌今生一明月，终归明月是今生。伴君不伴长亭别，应待还时偏又行。

咏牛之铸剑为犁（折腰体）

烽烟直落暮云移，谁把旌旗换酒旗。吝啬千金输马骨，斯文万卷裹牛皮。
任是雄关偷出去，唯怜秋月喘不宜。耕耘不似流觞缓，驮个牧童吹旧犁。

玩铁人三项的女性朋友（新韵）

御街柳岸旧长滩，白浪朱颜鹤满天。击水何如八分力，驱车又过九重山。
男儿学步须知耻，女士先行未可谦。忽忆当年不识趣，故留今夜忆当年。

苏轼

不遇良辰却遇梅，荆州牧被蜀山颓。三苏为大文章事，两宋休轻治乱才。
信有胸吟入青史，偏因腹诽下乌台。一流千里逍遥路，误往天涯又错回。

咏武曌

其一

旷世难逢福祸频。竟凭胡姬傲三秦。何须脂粉涂天后，勿怪须眉擅小人。
入彀青衫如入瓮，生姿玉面又生尘。盛唐而后拘风骨，只以空碑诉老神。

其二

治乱由来莫负名，身前荣辱只零星。当知无字是留白，唯恨孤臣不汗青。
千古寻思家国憾，一人傲立凤凰停。青阶未敢随心滑，扶住江山慎用刑。

苦夏

清凉境遇势犹偏，青鸟红樱白露边。闲月轻浮燕重掠，孤云高卧柳低眠。
荷因无味输无趣，蝉以至音谐至弦。入梦何关槐蚁愧，醒来又是一残年。

夏至论诗

穷极风骚妒亦平，苦将竹扇隔蝉声。诗因李杜难轻肆，词被苏辛渐老成。
我欲高吟偏韵险，人交朔月至阳生。每逢一字难堪读，必有千言不笃行。

当下最好

肆意秋山殊可羡，登高空伺岭南巡。锋如柳刃割愁绪，香似梅花出好尘。
白发何关身后事，清心最重眼前人。来生不必风流甚，今夜无眠四百春。

咏蝉

花遮叶掩亦清凉，楚客悬眸觑未尝。声以忧惭稍断续，言因讽喻甚微茫。
虚怀幽恨网罗急，小翅孤飞月影长。不信高枝能避世，一鸣而再独思量。

病怀二首

其一

嗟来肝胆共嚣张，针砭仍须慈济方。初以伤春谐冷韵，转因病酒恨流觞。
甚多玉带如梅瘦，些许青丝比柳长。或在秋时余兴起，廓清这段恼人肠。

其二

皮囊似此未抛开，恨有妻儿十里哀。风骨积寒犹瑟索，铁肩断胫亦徘徊。
几无肝胆可相照，偏在心胸尽是摧。同试天涯三味火，或成舍利或成灰。

宿农家有怀

轻车十里恰疏离，不在长安蹙老眉。倚户偶闻槽马臭，推窗时见走鸡疲。
乱麻梳作青衫褶，曲径耕如白柳枝。道是此间风景好，惜无余力越东篱。

书房遣怀

这轮枯月挂西楼，半是清辉半是愁。浅薄心思不曾却，无名追忆或堪留。
闲词撰在花间簿，余墨涂成纸上秋。唯有弓弦长七尺，男儿一握下扬州。

电视机

岂止一心容万物，翻将咫尺作天涯。此方净土星无数，何处祥云月不遮。
因恨因情因落寞，以歌以舞以淫邪。华声光影寻常事，易坐枯禅难出家。

空调

不羁寒暑自骄娇，内有心机外有僚。缓急何期高下决，炎凉本拟往来调。
只因秋色东西境，须让春风三两朝。面壁何尝能破壁，且凭弦管度良宵。

洗衣机

红颜紫绶两相邻，不洗轻狂只洗尘。王谢衣冠揉一处，清明领袖忍三轮。
藏污不易风流卷，遗恨惜如云水皴。总恨青衫不常湿，西施曾是浣纱人。

冰箱

端方独坐似斤斤，刀俎何尝素与荤。故作冰心藏脾肉，难为风骨伤脑筋。
严冬凛凛朱门闭，余臭滋滋玉壁熏。块垒团团堪久匿，凭窗知我正思君。

七夕论诗

每在良辰难草赋，寻常句读岂堪临。至多情处千言惜，遇有缘人半字斟。
不以推敲决高下，应从婉转入深沉。吟哦莫任娇喉苦，只把关心换用心。

咏立秋

月横烟雨雨横堤，蝶在东篱蝉在西。曲径盘桓惜花老，高台坐卧看云低。
闲愁折尽白门柳，孤韵吟成黄口鹂。昨夜风声无雅趣，沾襟不复似春泥。

再咏立秋

芙蓉艳艳与秋违，独坐明池鱼有讥。白发垂肩须老帽，青衫裹臂岂寒衣。
嚼花故作三春秀，附骨难成一日肥。冷暖不知时季变，江南自此又思归。

又咏立秋

每至云高心亦高，凭栏看尽叶初凋。红黄诸色花摇曳，悲喜七情人寂寥。
南雁不羁归路险，西风翻作上山骄。浮生岁岁伤秋苦，又遇青衫被酒浇。

中元有怀（新韵）

拈花莫祭玉兰茔，缚鬼来归不夜城。槐梦未期思偶遇，人言何苦问曾经。
志应高远难从众，道已倾颓仅笃行。我自轻狂亦知趣，当年悲喜岂无情。

末伏有怀

花开花老复花残，碧柳枝头坐苦蝉。过尽荣华亦孤陋，别来清冷不双全。
三春秀色炎凉也，一世空名起伏焉。据此莫论天下事，无非身后与生前。

读岳飞《满江红》有怀

每逢七七必重读，读罢此篇难再篇。勾践悬梁即悬首，靖康知耻岂知贤。
几番悲喜空三十，万里江山剩八千。莫恨金牌停不住，风波亭上聚烽烟。

313

又读岳飞《满江红》有怀（折腰）

故国烽烟三十载，后人吟咏尽区区。何妨落寞蝶中蝶，我自哀怜奴下奴。
及时风雨当留待，如画江山易乱涂。纵是长车堪及远，惜无老马识鸿图。

初秋遣怀

玉袖拂人人欲娇，高朋惜酒误良宵。花无深浅皆知己，柳自轻浮易折腰。
风雨寻常微略急，江山偶尔似乎遥。何妨野店凭栏忆，几处秋莲不过桥。

荷塘有怀

闲倚雕栏岂用心，观鱼观藕正时辰。疏狂自诩吟才浅，轻薄不禁知己嗔。
黄鹤悠游终是诀，青莲逶迤未尝春。一池愁绪何须酒，秋水盈盈最醉人。

自罚一诗

因越雷池自罚诗，闲吟七步不同时。丹心日月青衫醉，一句江山万里辞。
知己何妨窃春手，归心应在向南枝。道声珍重无须问，缘浅缘深岂自知。

观金兼斌师兄种瓜照有怀

又至秋深深似水，最怜秋水湿袈裟。无关风月无关酒，不计江山不计家。
闲待菩提一园满，犹知般若众生邪。东篱未扫扫天下，种菊愁多胜种瓜。

中秋念月有怀

云遮天色雨遮叹，夜尽愁怀思玉盘。碧柳青荷人落寞，白蝉黄鹤月蹒跚。
满轮不及眉头蹙，孤魄常须天下看。每至秋深却无味，又凭高远又凭栏。

婚姻

新人对觑各多情，一诺何妨一纸成。龙以行云惜高赴，凤因缠雨擅低鸣。
修身不尽齐家策，养气当循克己名。终老何须白头约，相亲相爱更相生。

秋晴有怀

寻常急雨和风吹。一地香残聚已迟。数落花非呕心事，看遮月是恼人时。
登高不计青云厚，励志常须华发披。未到满山红叶积，吟秋何必借秋辞。

四大名楼之黄鹤楼

楼已千年聚复摧，千年黄鹤几时来。倚山恐被山重复，望月终期月折回。
犹羡神仙共飞举，因题诗赋自推开。黄粱莫负沧浪水，破壁何须待斗魁。

四大名楼之岳阳楼

平湖四望阔如荒，信是蓬莱矗一方。吴楚烽烟何以远，春秋道义尽如常。
高朋坐卧无良莠，右客疏离自主张。今昔几番重置设，画眉风骨画雕梁。

四大名楼之鹳雀楼

秦晋衣冠无以寻，风流萧瑟自纷纭。独来故地相逢水，再上层楼不解云。
偏爱栏杆落青鸟，正看锦绣惹红裙。登高难遇蓬莱界，下得亭台始见君。

四大名楼之滕王阁

一江应有半江姿。枉把栏杆拍两垂。寒鹜几曾独飞尽，晚岚间或半归迟。
应怜名句偶然出，不许高才宛若悲。莫笑书生难掷笔，眸如秋水溺人时。

祖国七秩华诞感怀

欲与山河同古稀，欣逢盛世泰初时。每怜荆棘先行者，更念烽烟曾却之。
四望周遭耻高卧，众生际遇冀雄姿。桑田未老青云在，莫负华年再竞驰。

遣怀

万载膏粱半夕收，至真俊雅愧轻浮。不随意是真随意，有所求方无所求。
千里才知千里马，一城自有一城秋。疾风绝似不归意，忍与沧浪共晚舟。

遣怀

四顾长街尽是车，玉楼烽火赤如霞。嗟来薄酒自斟处，挥去浮云未入家。
草木孤芳难折柳，五铢铜铁不禁花。临窗一曲众弦断，独有青丝织作纱。

大阅兵

御城灯火下楼台，骏骥鸣嘶惊世雷。十里青尘共飘聚，千军赤帜亦翩回。
长缨岂自无龙缚，铁骑犹须向海摧。今古悲欢吟此志，一时涕泪玉门开。

观《霸王别姬》有感

良宵鼓瑟弄秋姿，十面杀声吹玉肌。唱罢皮黄过万古，吟来白发不全时。
情因一跃消磨者，愁自孤城隐忍之。秦火焚余风雅颂，于今唯恨楚歌迟。

秋怀

花碎花残花是魂，听禅扶壁已无痕。半城白柳自腰折，一夜黄粱和酒吞。
怀故人吟今李杜，留芳草忆旧王孙。凭栏冀有玲珑句，不必推敲月下门。

遣怀

流年往季柳边尘，常驻梁园少忆春。九五城垣围不住，东西庙宇拜相邻。
发因蒙面皆英子，眸若如珠即美人。故旧盈门有时尽，浮生何止负纶巾。

星辰大海（新韵）

遥看银河九五天，紫薇黄道不足观。竟悬龙角凭谁手，欲渡云头无此帆。
月似磅礴因远近，心如浩瀚自斑斓。登楼本有摘星志，枉被浮华遮一边。

二十年前在中关村 DIY 一台 PC 机的回忆（折腰体）

当年孤苦胜清贫，最爱荒村拾野春。板上江山无限卡，屏前风雨偶然频。
软硬盘中争自满，东西键下恨相邻。关箱插电尘犹在，三顾何尝问对人。

因诗友 zouzou 归期渐至有怀

沧浪濯尔待归舟，君自蓬莱亦远游，白发思人了无趣，青衫载我太多愁。
觉来风雅如何作，阅尽斯文姑且留。吩咐月明赊一刻，江山不照照登楼。

咏《天龙八部》人物之乔峰

故园烽火久兴尘，寥落江山戕小民。二怒惜逢龙驭手，孤愁绝似雁行人。
缘如一念难分际，情亦三分不了因。阵上何如秦殿上，潇潇风骨值千钧。

咏《天龙八部》人物之慕容复

铁骑燕云剩几何，百年孤愤未消磨。兴亡继绝寻常去，搏命杀生散淡过。
怒起犹怜小儿女，醒来仍识旧山河。黄粱煮自槐中泪，果腹粥汤不必多。

咏《天龙八部》人物之扫地僧

大隐于朝不易居，知鱼常乐视亲疏。无名可报青云簿，有命来投明月庐。
残竹冷梅空自在，秋蝉春蚁竟何如。一人未便扫天下，只看新闻与旧书。

秋游有怀兼和学兄包伟兄士元兄大作

山与青云共此秋，赤霞灰霭未堪游。孤情束手无长物，一步回身是远眸。
兄可追风亦难及，我应拾叶似曾求。轻车不载恨归客，抹甚初霜上白头。

光棍节

岂有孤寒对废垣，清秋灯火亦喧喧。梅横一节何如独，竹立千竿似太繁。
红线难牵应结网，青鸾有悔自成鸳。无边风月公车满，谁付榆钱折一番。

猫

虎目观风桂木栖，平常卧隐自凄迷。轻毛入手浮尘下，细爪携肩画壁西。
寻径不知孤菊月，倚窗忽见几鸿泥。偷香何待鱼来去，濯足又过桃李溪。

遣怀

雕栏枉被风吹老，一径花残不祭春。犹忆当年人误我，何妨今日我思人。
临秋吟苦流连句，向北行难错落身。唯恨听琴无卧处，坐看清月染红尘。

初雪望冷山有怀（新韵）

灞陵曲意莽山微，白粒铺陈尽可催。一径寒生千径暮，六出雪逊五出梅。
人如三世流连遇，我亦孤怀散淡为。闻罢羌笛无柳怨，枝枝折去未折回。

读《三国》

临窗释卷不由衷，铜雀金銮玉册中。信是东风应可借，呼来赤壁亦难逢。

当初一顾酬三顾，此后英雄羡鬼雄。成败何关洛阳纸，江山自在主人翁。

岁末咏怀

月转时移又近颓，桑园枯似菊边槐。我因岁尽思愁尽，人被愁来怕岁来。

留待昏蝉鸣以骨，逢迎瑞雪坠成灰。朝朝不遂孤吟志，唯在今朝吟一回。

2019 年

小词

卜算子·梅雪争春（苏轼体）

雪向去年飘，梅在前园落。都为春迟暗自愁，各自无心错。

梅是玉楼枝，雪怕江南恶。秋水沉吟化自霜，却自多情弱。

醉太平·小寒（辛弃疾体）

寒无以聚。愁难得诉。一窗梅影故人住。念君君不遇。

青帘卷罢无情顾。花遮月，云遮路。又在年头惜年去。说不尽言语。

唐多令·琴（吴文英体，新韵）

弹这曲高山。秋鸿飞过巅。奏阳春，白雪冻江南。休道洛阳风色旧，更无谓、广陵寒。

闻道亦两难。知音皆一般。是琴弦、或是弓弦。声外竟无工尺韵，把一二、换成三。

鹧鸪天·旧金山春色遣怀

因恨云孤欲揽霞，无端羞涩拟红纱。梁园莫逆轻飙也，燕语呢喃软糯耶。

勾连月，步摇花。一番心事已倾斜。长桥挽住离人醉，满目轻帆缀暮鸦。

浣溪沙·初春闲趣（薛昭蕴体）

高士岂凭云委地，小年犹趁月当班。崔卿研墨写春联。喜被人夸词蕴藉，愧从鸡唱夜阑珊。去年成就误来年。

西江月·Davis 早春

尽是烟花蕴致，无关杨柳心情。江南行色未堪凭，陌路皆如化境。

随处红黄交汇，从头左右逢迎。曾经把酒过长亭，浑忘亭边风景。

清平乐·春节返乡

以春为始，濠上离人几。不忍回头头白矣，残雪恰相神似。

梦里莫近阳关，欲归又怕青山。万里无非一步，却难跨过雕栏。

画堂春·立春

梨花本拟扮银妆，楼台不肯商量。碎云撕下玉罗裳，似有余香。

算我销魂无碍，知君失意何妨。春雷故作短声长，却绕西梁。

蝶恋花·迎春（冯延巳体，新韵）

道是欺春春好骗。瑞雪如银，压岁三千贯。才让浮生人不管。无情方是真肝胆。

更道惜春春却懒。一句相思，四季消磨半。独恨长亭迎送晚。催花又被风流减。

临江仙·不眠有怀（徐昌图体）

入夜擒诗一句，方才允梦神游。春灯明灭透西楼。照花花不寐，遮月月当头。

聚散因无妙笔，悲欢可笑孤舟。觉来同作一番秋。因愚而学步，到老又重修。

恨春迟·元宵节

去岁观灯疑是月，偏又是、千点芙蓉。一顾好风情，再顾风情错，再三错无穷。

今岁观灯人如月，毕竟是、万点惊鸿。却与风情不遇，随处佳人，人人唯与卿同。

临江仙·蕙若

画眉愧杀须眉后，春鬓不忍秋鼙。纳兰根骨木兰魂。对花何似对佳人。

卿意何尝诗外去，断词兼断浮云。无关风月只关心。为留心血不留痕。

2019 年

行香子·心愿（晁补之体）

乍冷无冠，白发充之。问芳华葬在何时？青衫透骨，赤火燃眉。却你笑她，她恨我，我怜谁？

无人易醉，人多更醉，可二三知己同杯。夜深可语，夜尽无辞。与一竿云，一钩月，一徘徊。

蝶恋花·桃花（冯延巳体）

君自桃源秦晋辈。二月窗南，三月空枝北。四月芳菲红粉队。横行岂向云中溃。

谁买胭脂春色贵。同是佳人，同在眉头缀。迎面被风吹又碎。余香不是真滋味。

诉衷情令·扫墓（欧阳修体）

携锄不是种花人。辜负武陵春。经年苦雨曾遇，八万里，转回身。

梅易落，有余痕。与君邻。众香无迹，雅韵难寻，泪已成尘。

临江仙·踏青过潭柘寺不入（徐昌图格）

踏破芒鞋十里，听凭禅鼓三声。山门虚扣问前生。此心无大过，来世枉浮名。

莫弃穷途老马，休提得道高僧。怜才兹许下孤城。云如千丈絮，月是五更灯。

采桑子·故人（李清照体，新韵）

谁堪相忆三千岁，曾是知音，曾是知音。一去如隔，十里不同春。

梅香旧律蝴蝶韵，又见倾心，又见倾心。相看无言，看不懂光阴。

临江仙·暮春（徐昌图体）

偶尔新蝉鼓瑟，时常润柳垂弦。花开花老不堪怜，落红遮白露，春韵拟秋弹。

夜尽西楼孤月，更深曲径回栏。却羞无句赋余年，芙蓉吟不得，吟者号青莲。

调笑令·折扇

如画。如画。风来亦真亦假。不堪万里神州。只凭一字说休。休说。休说。大好江山难折。

点绛唇·偶怀（新韵）

恰有闲愁，葬花又扫飞红散。断肠无胆，惜莫柔肠挽。
亦畏人言，亦畏关心乱。虚名满，吟成一点，再掷输难免。

浣溪沙·咏牛

碧翠玉英嚼作渣，我怜衰草亦怜花。平生最负断肠嗟。
竖角直摧阡陌绝，冗皮横裹稻粱遮。十分气力五分赊。

定风波·宋词

明月清风不两全。花间柳岸亦蹁跹。自有豪情争一胜，乍醒。词锋不透碧云笺。
犹恨苏辛空切切，虚设。于今盛世驻梁园。雅颂休提烽火意，无字。便真无字胜空弹。

定风波·画

春白秋黄诸色深。方圆直曲墨难任。万法丛中藏小我。又躲。谁凭一纸可攻心。

拈定花枝携入境。空等。一涂一抹一轻吟。我在画中知画意。七字。自家风骨最难寻。

青玉案·闲坐待雷雨有怀

舌干断送千言赋。更不恤，玲珑误。因酒贪杯杯亦惧。流觞若此，行辞如故。欲别而无措。

惜春空待秋云遇。信那貂蝉未尝妒。道是清凉难抵负。一楼闲倚，半生虚度。为等天公怒。

木兰花令·归途不计程

莫问洛阳花好处。莫忘长安来去路。香茉莉，醉菩提，世间距是花间距。

故人送我三十里。我念故人三万次。乡关最易惹闲愁，算作归程应不计。

风入松·月夜有怀

我怜明月不张狂。依旧清光。难辞夜夜西楼外，照罗衣、更照残妆。一瞥忽惊桂影，再闻渐恨梅香。

孤城忧愤亦寻常。又是他乡。倚槐梦短须高卧，莫回首、薄面如霜。斟酌三秋萧索，消磨万里苍茫。

虞美人 · 黄昏游外滩有怀

不拘千里逍遥去。落寞春江暮。珠光掩映玉楼西。左岸还如右岸，一般低。

船声棹影依稀在。宝马无人载。御街坊店尽华灯。照见游商似我，卖浮生。

虞美人 · 七夕

年年今夜思忖久。有恨君知否。缘深缘浅不堪量。春梦何如秋梦，一般长。

故人面目依稀在。没入青云外。断肠诗句勿推敲。莫被清风明月，误良宵。

生查子 · 道可道

天有常，月难闰。时季轮回近。风雨不相欺，山水何堪恨。
明晦时，悲喜引。来往幽幽信。去路不须归，归也无须问。

定风波 · 王国维

别有高朋亦旧臣。过来风景不维新。又是故人倾故国，难解，一湖秋水洗精神。

词话篇章犹可训，三界，学来幽古几番论。夫子未知身后事，无谓，只留刻印认清芬。

定风波·过荷塘有怀

　　辜负芙蓉了了枝。鱼因清浅绕池迟。最喜熏风穿柳叶。明彻。潇潇谁在恨秋时。

　　我欲拈花羞素手。掩口。却难执笔撰青词。忽念明池曾洗墨。值得。一生萧瑟被花欺。

画堂春·元白（秦观体）

　　一双风骨不胜催。吟才八斗难追。或从江柳或从槐。同赴同归。

　　且恨莺莺命舛，更怜盼盼情衰。此生薄幸一千回。不抵青眉。

浣溪沙·重读《龟虽寿》有怀

　　壮志惜从弱水还。欲赊白发借红颜。故人借我冷栏杆。
天下行来才七步，眉头皱罢五千年。空持甲骨刻谰言。

临江仙·夜夜夜夜（徐昌图体）

　　月倚西楼乍现，花逢秋雨难开。更深更浅玉瑶台。御街魂不系，浊酒醉常来。

　　歌舞风情未晚，吟哦雅韵应谐。最怜幽径与寒斋。孤灯生菊影，空镜照荆钗。

西江月·写诗大可随性些

捡个生词凑韵，攒些冷句谋篇。唐人牙慧宋人怜。我自悠游无间。

入境须添佛性，出师未满枯禅。不求李杜似神仙。也及神仙一半。

浣溪沙·读书三首（韩偓体）

其一

邺架高崇半九霄，撷来片纸刻春宵。偷光借意懒推敲。
青史昭昭凭字字，兰亭字字对潇潇。何如秦火向天烧。

其二

竹甲由来自刻文，拈花疑是洛阳春。孤灯夜尽羡朝闻。
大道雍容焉自纸，小生恣肆岂如尘。吟来何惧射雕人。

其三

应待孤灯冷不禁，墨香有韵比花沉。个中真义自应寻。
错看几行难解字，多嫌万卷不知音。欲凭风骨已无心。

采桑子·怀人有感（新韵）

西楼琴鼓栏杆末，音似秋岚。音似秋岚。望远思今，谁把故人怜。

阳关背侧鸣新凤，柳也凋残。柳也凋残。愁絮情丝，缠不尽前缘。

青玉案·霜降节气感怀（贺铸体）

半城枯柳斜阳下。另一半，花如画。芳草不甘秋意诈。初来如雪，别来无话。月影东南挂。

清凉燕雀逍遥马。犹忆长安不眠夜。白玉楼台黄鹤野。薄寒不恤，深愁吟罢。寻个风流嫁。

蝶恋花·当我老了

曾有胸襟高卧起。胡马金蝉，秋意无终始。紫绶青衫何足喜。飞扬不与轻狂似。

常在清明烧寸纸。算罢流年，忘尽屠龙技。不为浮云留一字。孤吟只在云头醉。

诉衷情令·送友人（晏殊体）

情非生死亦茫茫。流泪似流觞。长亭易作短吟，一字一牵肠。

萧瑟雪，寂寥霜。不知凉。千山路断，孤村月冷，似也寻常。

蝶恋花·同桌（冯延巳体）

槐梦时常惊老鹤。曾是当初，又是青梅落。似与流年争一诺。原来相遇凭相约。

竹案菊帘三两雀。玉帐金钩，谁许风流错。我自轻狂天自虐。临窗拂袖何寥落。

临江仙·立冬（李煜体）

残枝有讯香胜雪，一花一处轻愁。秋深极处已无秋。半城风月，来换柳低头。

初霜染白芙蓉岸，流云也染清高。纷纷雁阵向南逃。岂如人字，争欲立中宵。

鹧鸪天·病中感悟（晏几道体）

寇在膏肓恨不支。消残壮志倚楼时。穷思物我两难处，略辨阴阳另有歧。

惜高卧，忌常窥。檀床桃座亦轻移。得无一剂长生药，耽误长生到此迟。

忆王孙·落叶满地

秋深姿色近轻黄。每遇枫红更断肠。又上青阶犹自量。拂初霜。白发终须被雪藏。

唐多令·落叶

山雨又摧花。云头雁字斜。树摇摇、独立寒鸦。铁干渐疏枝未折，经霜后，被霜嗟。

落不到天涯。归程迟一些。有或无，艳若红霞。幽径埋时多几哩，被人弃，被云遮。

一斛珠·情（李煜体）

持梅折柳。鸳鸯颈项芙蓉手。春风牵过斑斓袖。忆得清寒，忆在沾襟后。

一径枫飘随我走。虚名署罢江南某。不知檐下生红豆。泪湿窗纱，泪把青笺透。

西江月·遣怀

有话难言隐忍，无医可治庸常。再无一技自寒窗。尽是杂陈过往。

半百流年易渡，一头白发难当。红颜毕竟胜黄粱。入梦又醒还忘。

定风波

君拟清秋我拟春。风流共作濯花人。骈句未工留作债。且待。还时自有数联新。

冷酒温茶滴竹泪。三味。谁知楚客有无魂。尝罢黄粱惊世后。授受。徇私换尔转蓬身。

鹊桥仙·闷（欧阳修体）

金风弄柳，彤云遮桂，明月依稀又至。秋高高不过西楼，君不是、思君才是。

初霜自冷，残香又聚，诤舌未尝知味。故人或可下沧浪，借秋水、濯缨来替。

霜天晓角·寒冷

花知不发，怎不知孤郁。霜是菊香余烬，应瑟索，应恍惚。

心折。心亦绝。夜阑犹凄切。便是铁肩亦缩，怜我者，不是月。

长词

摸鱼儿·元宵节（辛弃疾体，新韵）

又当头、被消磨故。如钩还似眉目。月圆终在青天外，何若携君同煮。杨柳顾。莫等尔、迎春春与相思驻。未知去路。那一曲阳关，逃得冬雪，却不防虚度。

曾相问、写在灯芯尽处。谜中谁喜谁怒。输赢岂止三千贯，最怕来生辛苦。君莫赌。猜错了、那时心意才辜负。余香莫入。说破满城欢，敲敲打打，敲不碎根骨。

御街行·春夜有怀

须怜一夜无明月。竹帘闭，梅檐缺。更深又念试灯时，还念黄粱无物。醒来犹忆，醉前何处，皆是长安叶。

瑶池未尽神仙没。葬春处，香明灭。浮华期与梦同归，提甚江山沧郁。凭栏怕冷，襟怀应破，留几分虚热。

江城梅花引·偷得浮生半日闲

闲情总被柳风裁。一呼来。又呼来。谁是佳人，谁是未怜才。欲赋离骚人已赋，三分画，用七分、摆不开。

不开。不开。恰应该。你是乖。还是呆。误了误了，误可误，不可虚埋。破了珍珑，破了小天涯。此世偷心何足忆，留一念，换乔家、下雀台。

贺新郎·遣怀

六月孤芳尽。数华年，平生意气，嘈嘈难问。斜蠹腰肢花重裂，屡被春愁暗忖。对几度、云生云困。原是西风吹柳刃，被东风、应许扬州恨。不可忘，不能忍。

长安一夜飞桃讯。听不见、蝉噪蛙鸣，桐音竹韵。曾与流光从容去，却被来生错认。说不得、几重春闷。恨有千言无妙笔，墨也无、纸也无香烬。上与下，未盈寸。

贺新郎·白露五吊

吊李白

蜀道知难否。恨西来、白衣仗剑，青蚨沽酒。天赐吟才天犹妒，七步略嫌太久。赴沧海、轻舟如旧。风骨不辞诗赋壮，试轻狂、倾倒梨花右。歌一曲，星辰寿。

长安殿上浮云袖。拂尘埃、高人却步，贵妃束手。文武何尝同高绝，辜负银冠紫绶。愧伯乐、千金易漏。国破方知怜盛世，把千言、散作章台柳。诗与月，并同朽。

吊杜甫

茅舍飘零后。愧平生、忧天无计，忧民无救。工部斯文沉吟苦，一句一声枯瘦。浮名是、天涯杜某。竟与武侯诗剑共，怅江山、不待书生守。空有志，无良莠。

流离不尽江湖久。试芒鞋、玉阶难跃，木廊好走。烽火何怜英雄泪，应恨苍天不佑。祸福耳、悲悯亦久。总被浮云遮五岳，却难遮、千古浮名旧。曰李杜，曰不朽。

吊白居易

余亦青衫旧。恨琵琶、江头送客，心头送酒。司马樽前沉浮事，不似人生似缶。轻狂甚、折腰折柳。长恨此生如意少，更长歌、妃子纤纤手。拂不尽，凡尘朽。

衰翁自是蹒跚走。却难分、卖炭不值，卖文不受。秦月衣冠高台下，似在明君左右。乐天者、与天同寿。道是雅俗难为赋，问书生、更问篱边叟。采菊处，南山抖。

吊苏轼

太守倾城久。忍驱驰、烽烟无度，炊烟无垢。川蜀才高车难载，仅以轻弦可扣。咸阳殿、君臣知否。岂是三苏相继往，似苏三、难越乌台圈。欺万里，天涯走。

青山赤壁黄门柳。负天机、破空三三，劫争九九。明月西楼休多问，只问几时没有。燕雀志、凤凰俯首。有意平辽豪气起，却不意、更恨平辽后。因墨黑，因花皱。

吊辛弃疾

拂尽吴钩锈。却难堪、吴娃软舞，吴王残酒。犹忆当年曾平虏，一剑一骑一吼。恨南渡、肉香铜臭。薄怒浮愁诗赋里，韵难谐、一曲霓裳奏。濯足乐，难消受。

长安破阵临安守。靖康耻、汴梁在望，江南在肘。闲倚阑干无人拍，伤物伤心伤手。豪放意、临渊欲呕。收拾山河何须问，愧长亭、谁斩风波寇。看不透，伤心透。

贺新郎·过京西曹雪芹故居有怀（叶梦得体）

今古红楼坠。画平生，浮华人物，依稀文字。言语何尝堪吟诵，更惧空空故事。借素手，一番调理。谁把多情编作梦，把无情、揉作真欢喜。木头朽，石头碎。

佳人明媚风流纸。墨洇染、青罗无二，红衫是几。缘尽缘生缘如剧，可读可歌可戏。曰肠断、轻狂肆恣。王谢衣冠何足道，别孤城、野径闲滋味。终不出，三生内。

永遇乐·呼吸运动

天意雍容，秋高而落，春深而起。陶令折腰，右军坦腹，皮肉何曾似。秦人万刃，楚人三户，继绝兴亡终始。因顾盼，来来去去，别领一眸新泪。

凭心不论，入口难诘，故国几番悲喜。落寞皮囊，轻狂肺腑，龙凤无从弃。朝闻暮忘，东来西逝，大道不随人意。倒不如、你呼我吸，三生可致。

忆旧游（周邦彦体）

罢竹林谐趣，菊径寻幽，梅月知弦。一揖长亭老，却怆于亭外，怯在关前。再问白柳谁折，来去五陵原。尽骀马轻车，方巾竖笠，素手垂鬐。

凭栏。几千里、认彤云翠霭，曲径膏田。拾阶无归处，送一帘春暮，十里秋澜。长街未有人在，倚柱不堪怜。更大道无欺，关山于我如一看。

汉宫春·母难日有怀（无名氏体）

思尽寒秋，念山行莽莽，长啸无那。清明晦暗，顾彼白亭高座。秋茅渐破。倚案者、孤词无和。欢喜处、闲琴来引，听一曲风花课。

似可。大音多仄，似黄钟易振，碧箫难合。生生没没，冷月欲圆才堕。轻狂向右，或反复、深沉于左。终究问、知谁似我，知谁是我。

其他

古绝·遣怀

常忆轻狂年少时，良辰美景皆不顾。人生随处是五陵，只恨今生无随处。

古绝·孔子二千五百七十年诞辰纪念

一语久难言，万古渡如秒。长夜容易过，春秋未能了。

五排·因贺寿有怀

骈句贺兄寿，孤辞羞已衰。因秋无以赋，闻道自相知。
云被风来去，臣随君委移。流觞何济济，赠墨亦唯唯。
忽忆竹林下，高弦未断时。

2020年

◇◆◇◆◇◆◇◆◇◆ **五绝** ◆◇◆◇◆◇◆◇◆◇

年终总结

日日入编册，今朝付一燃。髀肥遮傲骨，信尔是猪年。

窗花（新韵）

金风冽如剪，高卧下梅窗。裁纸作春样，熏香不似香。

塔

救人如救己，一念一浮屠。大道通天处，登云我自扶。

春风

才过元宵夜，应吹二月槐。江南寒未尽，因汝不亲来。

339

窗（新韵）

佳人竟偷觑，明月又重来。醉眼望出去，春风吹不开。

题图

日隐虬枝外，闲情本不期。黄昏无底色，斜映我方知。

早春见雪花飞舞有怀

二三漂泊雪，十里浅浮烟。起落皆常态，如花是偶然。

小寒遇雪有怀

曲径忽如玉，苍山埋旷林。白衣沾似雪，何处不披襟。

江雪

水是旧菩提，江山假命题。铺陈新世界，遮不住污泥。

月

砍尽相思桂，吟来不辍秋。孤悬万千载，仍愿挂西楼。

梦（新韵）

夜尽烛前后，神交床外边。三更五更月，一醒两重天。

低头

伏地未为耻，折腰不必羞。何妨曲双膝，毕竟早低头。

偶怀三首

其一

知遇因知己，重逢亦偶逢。闲言不堪忆，字字墨相同。

其二

一字难成句，千言不似诗。遗珠三五个，点缀正相宜。

其三

因见春花好，不识悲与欢。今年不堪忆，竟忘恨今年。

登山赏野花有怀

望远逐春色，登高赴野香。花开花亦落，同朽仅身旁。

春景

素雪自开年，沉云淡淡天。红黄堆满眼，我只看青莲。

杏园芳·春景

来年算尽芳华。今朝最爱桃花。逃生搏命自天涯。不归家。
凭栏望断风流径，谁知树老欺鸦。听无声处弄琵琶。又归家。

题金马玉堂

侯门不足深，谈笑几纶巾。金玉何须惜，回头是故人。

武松

打虎本无意，犹怜杀嫂时。得生因断臂，住手不嫌迟。

野钓

沧浪本无趣，野钓被鱼催。赤足何须洗，春光踩几回。

观钓

翠柳青山下，碧池红榭中。一江垂钓者，我羡子牙公。

蛙四首

其一

因贪三两肉，跳入是非池。跃跃难高立，声声悔已迟。

其二

近水鱼嫌浅，红莲我爱青。小虫吃几口。鼓噪不须听。

其三（新韵）

独坐不轻言，群居难避喧。学蝉鸣在树，却落浅池边。

其四

临池思静静，下水逐呱呱。大道无言对，小虫言不需。

曹植

五车何足羡，七步最难吟。家国无兄弟，江山不似人。

面条

煮罢银丝络，龙游白玉汤。日行三万里，夜卧一盘长。

胡适四首

其一

虚名五四春，往者二三尘。大道东西直，长安学步人。

其二

不肯敬夫子，何须夫子居。新词妆旧体，岂惧小人儒。

其三

扬扬新世界，落落老禅修。孤棹浮于海，依然不自由。

其四

区区三万卷，活字不须猜。逆水向西去，求知自己来。

摆摊

御街三十里，一步一和谐。但识地摊货，何须识我侪。

声音

因手传于耳，由心自出神。管弦皆不及，天籁最惊人。

端午

粽米留香久，龙舟渡梦斜。悲欢包不住，散落各人家。

欺花

不肯花前语，人前肆意吟。焉知花有觉，开瓣不开心。

江湖义气

遇三观有异，扶一把无妨。尽是相逢处，难为歧路旁。

失忆

花下曾吟咏，醒来浑不知。秋风未尝至，谁折玉楼枝。

雨

秋水自天浇，东篱又寂寥。南山不堪洗，一日半飘摇。

颐和园之铜牛

横卧清波外，尘缘聚眼前。蓬莱常在望，不得到身边。

十三陵一游（新韵）

无理可分说，孤心自消磨。百年意难尽，一悟是应得。

鼓

一将难常胜，千军未可欺。阵前不应歇，敲破老牛皮。

窗外（新韵）

月得人一语，人与月同窗。意在青山外，青山不够长。

花（新韵）

花间无处寻，花下始知春。莫问秋风后，攀折剩几人。

听

雷动八千里，埋头不敢闻。风轻无以觉，侧耳却三分。

七夕

一步一逍遥，三生换一宵。难为杨柳岸，不上奈何桥。

粮食（新韵）

周粟不堪嚼，怕折八斗腰。佳人饮秋水，五谷一时抛。

无题

345

菩提堪顿悟，高卧亦相当。若得折三节，花枝无短长。

重阳节

清霜菊如雪，曲径满香尘。欲奉黄花酒，高堂无老人。

枫叶

不敢饮秋酿，登临以拒寒。满山寥落色，休在醉中看。

霜降（新韵）

霜寒未成雪，欲上九霄天。不借朔风力，蹉跎沟壑间。

深秋

叶落花同落，青衫共采薇。貂裘覆秋醉，不待更添衣。

古建筑博物馆（新韵）

古瓦二三处，雕梁四五根。楼台万千栋，散作九衢尘。

新衣

袖手避三界，秋深白露稀。痴儿最知趣，天下尽新衣。

独

因缘两难顾，际遇不多思。万柳皆垂首，折来仅一枝。

理发（新韵）

托尼卷红袖，剪柳借春风。白发梳成髻，愁丝理不清。

喜迎嫦娥号携月壤归

长弓又破云，灵药味薰薰。谁卷红尘去，月明多几分。

十一月一日闻清华校园开始供暖有怀

东篱冬未至，帘内已如春。冷暖由天定，炎凉喜自人。

七绝

年终之思前想后

辕门新柳绽青颜，残月如冰抹一笺。唯愿清明忆如昨，来年春雨似今年。

火（新韵）

或下秦坑焚楚简，又凭周粟煮梅粥。一朝燃尽春秋字，大义难留渣滓留。

剑（新韵）

锐以龙泉意未夺，击云断水竟消磨。自出鞘后耀今古，刃不折时腰不折。

盆栽

西楼观雪自妆奁，小忆青山绿可添。裁得春风二三缕，不沾花亦被花沾。

冬日暖阳

踏雪不知春有径，拈花应待夜来香。此轮红日千金值，晒我三年未断肠。

早春三首（新韵）

2020 年

其一

残雪如银疑不似，骚人知冷未知情。欲说何句参卿意，半是无言半是哼。

其二

西楼黄雀夜来归，周粟无缘饲老眉。明月惜人食有味，我因月瘦略微肥。

其三

去年桃李似来年，唯在今春不忍观。纵有余香无可置，人间不似在花间。

冬月

悬玉何尝照本真，广寒不拭镜台尘。我知明月本无缺，总有一边难对人。

大兴机场（新韵）

欲龙欲凤欲飞腾，龙凤英姿傲世成。我与天公不同趣，一分故土九分情。

乙亥心得

云中雅聚不思乡，一叹三吟未断肠。己亥谁知髀肥故，因留佳句塞皮囊。

草原

征西不止三千里，逐北何尝厌一回。姑射山前碧如海，青春深处是蓬莱。

看剧

编排声色惹相怜，毕竟知贤不是贤。千面娇容如一面，偶然识得美人肩。

2020 年

樱花

去岁痴顽卧满园，今朝玉树不须观。征春本可倾人国，误作桃花只一般。

春日即景

十里青堤柳不斜，春蝉无语似曾嗟。轻红未及芙蓉染，此季芙蓉恨做花。

半旗二首

其一

去岁清明独悲苦，而今哀悯大不同。三分默立笛声碎，遥看半旗依旧红。

其二

生死无常大难欺，凭栏望断亿千枝。万民肃穆垂清泪，最烈红旗是半旗。

349

七绝·清明不能扫墓有感

因有慈亲来入梦，恨无幽径赴清明。烧天竟是千钧力，十里青灰洒满城。

七绝·海棠三首

其一（折腰）

满园春色皆悲苦，坐看百花无一香。似杏似梅似桃李，尚有三分似海棠。

其二

春睡无常入梦迟，红罗慵懒缀青枝。枯蝉冷蝶犹歌舞，又是容颜不守时。

其三

衣冠犹重东西府，入罢侯门又出神。艳绝江南一时烈，不沾半点赵家尘。

春怀

岁岁春光不似今，万般风景瘢痕新。芳菲待尽愁肠外，这里葬花如葬人。

"吃鸡"六首

其一 吃鸡

壮志高玄眉眼低，缚鸡无力却吃鸡。神枪打断青云路，局外局中各自迷。

其二 跑圈

大圈圈里小圈圈，涉水翻山为选边。欲上高台难起步，侯门深处满烽烟。

其三 捡枪

黄金遍地运难逢，信是折腰如此恭。豪杰何须倚天剑，菜刀在手也屠龙。

其四 埋伏

忍把青山往复推，埋头故作是非堆。眼前春色怡情后，一叶秋风背后来。

其五 打野

曲径无人独自回，道边桃李不如梅。何曾偶遇荆州牧，打扫江山几寸灰。

其六 团灭

今世不逢猪队友，明天再会李将军。竹林高卧惜离别，不是同生共命人。

牡丹园

欲踏春光花晚开，佳人处处共徘徊。满园富贵难相认，猜是牡丹随兴来。

山海关怀古

高墙危阁怒云间，魂自辽西骨未还。万虏常从此中过，当朝之辈不当关。

题野长城图绝句不限韵

闻有佳人不畏难，自花开处慨然叹。当凭走马逐春色，于下山时怕解鞍。

遇梅花有怀

似云似雪似秋霜，似有清风似有香。一树梅花竟欺我，见君不跪自孤芳。

垂钓

拈花作饵诱清鳞，最怕金钩钓本心。缚尽西湖双尾鲤，化龙应是在逃人。

立夏偶怀

汗臭花香相与随，闲云又被一风吹。平生最爱沧浪水，不洗俗尘只照眉。

"吃鸡"上分皇冠戏怀

虎步龙行掌上车，风流万事紫城虚。狂生不染寻常墨，指划江山用大狙。

偶怀

四至江山各一方，允文允武自篇章。书生意气浑无力，不上西凉下汴梁。

望海

望海楼头倚栏处，白帆青浪马前过。蓬莱不许凡心顾，谁赐芒鞋可踏波。

月季园游赏有怀

十里香踪容易寻，一城竹马乱纷纷。满园春径惜花客，半是红楼好色人。

清华学子复学有怀

不待春风吹自开，万千桃李又重来。满楼邺架拂尘后，半是书香半是灰。

夏日炸鱼排有述

不信寒鱼不肯游，霜衣雪屑裹鲜囚。满天酷日泼如焰，难及心中是滚油。

游夏遇蝶舞有怀

莫问化龙如化蝶，前生皆自九霄天。归心欲向云中去，困在花间是偶然。

夏日

村桥野径各无题，竹笠罗衫暗自低。不以风凉羡秋水，隔窗怕见日头西。

端午

熏风细雨柳无荫。楚韵三千今又吟。同掷鸿毛秋水里，年年唯在此时沉。

游园偶怀

又出西楼渡木桥，半池秋水湿蛮腰。满园秀色未曾读，花不经年不是妖。

初伏雨后

才怜急雨片时新，暑气蒸蒸又恼人。半抹斜阳倚霞蔚，比花红却不如唇。

雪糕

冰心方寸细云生，金口银牙嚼玉精。因有甜香味如此，炎凉皆不误心情。

七月有怀

野望皆知尽如一，浮愁又报已归零。清吟在口三分慢，鸿运当头升不停。

似水流年（新韵）

我恨花香似肉香，千金何以换时光。流年恰是三更鼓，折半方知夜短长。

353

西瓜

炎炎暮暑难驱赴，烈烈红旌久激昂。飞骑三千擎不住，荔枝何必送明皇。

西瓜又题

应知秋水亦甜柔，玉润珠圆嵌六晔。欲饮冰凌肠胃绝，不辞疏阔自瓜州。

西瓜三题

梁园不是诛心处，一径瓜藤尽绿芜。手是霜刀心是案，剖开天下好头颅。

西瓜四题

黄粱粉黛绿藤长，味自甘甜韵自香。不愧青皮遮不住，红颜只在壳中藏。

西瓜五题

梁园三亩种瓜时，辛苦甘甜互换之。不计城东亭远近，与君辞后总无辞。

西瓜六题

又取红瓢一瓢饮，兰亭紫禁亦清谈。似寒似暖何须问，道是春风甚不堪。

登京西诸山望远有怀

碧柳黄栌细如草，长安不过小村庄。匹夫有志八千里，不让人生以寸量。

2020 年

颐和园之十七孔桥

不在沧浪亦有贤，青莲三丈自清涟。玉桥横架苍波上，一侧人间一侧仙。

七孔桥花海一游（新韵）

桥上观鱼鱼似人，青衫散作武陵春。观花十里嫌香远，没入东风不屑闻。

门

广厦宽楼左右台，香檀关住数枝梅。心头已是重重锁，不是春风推不开。

观海潮

江风海韵喜平时，明月应催浪有知。闲倚秋窗溅秋水，怕潮因怕弄潮儿。

七夕

长河中断灞陵春，朝暮难凭既往身。两岸皆非坐观者，鹊桥也渡寡情人。

题永定塔（新韵）

长河不定浮屠定，人在雕栏月在城。一步三阶缀云上，救人岂止第七层。

蛇

蛇行千里不肖龙。无雨无云无疾风。盘作一圈方可喜，毒牙隐入玉霄宫。

墨

松烟凝似夜无华，没入秋波月有遮。枉被研磨玉尘里，不曾惊起老乌鸦。

《月亮和六便士》读后感

田园故事未曾真，逃向天涯运似尘。人在画中游不出，余生留作画中人。

游仿古园林有怀（新韵）

玉殿金阶十里春，秦砖汉瓦砌如新。假山水岂甲天下，王谢衣裳邋遢人。

蛇不动（新韵）

朝食秋露晚如岚，红柳青眉似卧蚕。蛇行不以龙腾计，曲曲折折却向南。

深思的猎豹

五陵原上曾年少，栏外谁听足下风。十丈难行踏云志，笼中高卧孔明翁。

熊洗澡

鬓毛黑似暮云生，秋水清池恨不胜。山上已无熊小姐，闺中何计二三层。

温榆河公园

青莲碧水御城边，野径荒篱淡淡烟。秋色不知天地大，一花一叶一人间。

秋分

新月流光忽已沉，霜寒犹抵未寒心。轻裘庇我折花手，从此秋风不透襟。

熊猫过生日

竹韵松风已不知。黑白两道可通吃。娇萌自诩平天下，最爱浮生吞尽时。

因故吟秋

山枫历尽青黄赤，人去人来我岂知。提笔恨无三尺墨，空留秋水不临池。

中秋过香山寺

细雨在肩风在旁，低头佛正点头忙。寺中梅已三千瓣，不许花香拜烛香。

中秋过双清别墅

野径幽溪孤自闲，花轻飞上旧红砖。池清不映山头月，因有浮云遮百年。

中秋过香山眼镜湖

玉桥横渡夜中央，不看新梅看旧妆。秋水半池嫌月冷，半池秋水喜清凉。

中秋过香山昭庙

白墙红槛绿檐西，一个孤僧独自栖。应与青山分远近，新经莫问老菩提。

秋深偶怀

其一

秋月初圆九脉同，江山不吝主人翁。添香何必拈花手，一袖清风一袖红。

其二

一城秋色半昏昏，谁让秋蓬过远村。跌入秋风三十里，秋深深不过侯门。

访周口店有怀（新韵）

紫禁金銮山顶洞，青枫白桂乱石林。生吃脾肉三千粒，爷在当年是好人。

菊

莫吝孤高自上流，清寒香暖尽无由。平生唯待初霜后，肆把浮名掷向秋。

有怀

矮墓高陵人挤人，菊花墙外只逡巡。当时不及卧冰意，今在清明慢扫尘。

重阳节怀亲

秋深每忆不堪情，枫白枫红诸色轻。尘在高山无可扫，重阳于我是清明。

重阳有怀

去年风柳折三尺，今日登临高亦迟。半盏雄黄何足饮，浔阳楼上敢题诗。

游圆明园福海有怀（新韵）

清波载我任东西，无桨无帆无动机。富贵浮云何所倚，福多如海亦应惜。

秋深游西海有怀

化龙至此翻龙尾，不待腾云终是蛇。柳色斑斓风乍起，蓦然催动冷芦花。

枫叶（新韵）

一枫红紫一枫青，别有一枫纷乱中。玉册无才掩不住，秋光漏了几零星。

项羽

千军破阵往来急，万里驰驱扬白尘。却羡孤高江上客，无非三五打鱼人。

什刹海秋意

江南韵致在京华，秋雨秋风聚落花。最爱湖中飞冷雁，啾啾不弃老人家。

游园林博物馆偶怀（新韵）

画壁雕梁亦大观，楼台疑又是人间。千山万壑缩于此，览尽风光也一般。

地坛

天子难辞伏地名，层台不欲向南倾。高涯莫道云无际，万里江山足下横。

冬雨

一周冬雨冻青衫，不许貂裘披左肩。滴到额头初化雪，白眉白发白蓬船。

天坛

青松赤壁御城楼，天上人间换不休。俯仰难寻神龙尾，喜因足下是神州。

雾（新韵）

小隐疏狂大隐孤，红尘白马不识途。一时恨作寻常见，更恨一时难走出。

松鼠桂鱼（新韵）

余香本色满盘红，形以雕琢味以工。圣手操刀知进退，剐时不似钓时疼。

先农坛

扶犁岂尽太平君，周粟秦坑皆耻闻。谁许农桑换刀剑，江东自此懒耕耘。

月满西楼

寒光冷照小帘轻，玉蕊香薰月自生。未肯挑灯辨秋色，五更不怯怯三更。

鲁智深

听禅应上九重霄，落地因缘拔地高。手攥菩提入三界，夜潮声里杀千刀。

冰窗花（新韵）

暮色长安胜洛阳，梨霾樱雪桂花霜，一时纸贵何须怨，只画新梅到旧窗。

偶怀之一（新韵）

素手青肩玉袖开，西楼春酒愧重来。何妨明月照方寸，赚我清风又一怀。

偶怀之二（新韵）

寒夜昏灯梦又回，梅窗柳岸被谁推。玉杯饮罢三千盏，一粒轻愁化不开。

偶怀之三

秋月怜卿梦不成，我怜秋月不当空。一杯秋露掺花饮，共问余香透几层。

偶怀之四

柳枯花残寒露中，半池秋水与人同。红颜早被风吹淡，却把红尘染作红。

偶怀之五

竟无余恨可辜负，卿在弦中我尽闻。每过长门不知赋，当垆曾是卓文君。

偶怀之六

拈花入梦海棠间，余恨余情自一般。随手安排杨柳岸，安排不了碧云天。

偶怀之七

楚韵秦风休自取，秋山春水未曾邻。四面笙歌皆白眼，当留一面向红尘。

偶怀之八

一城新雪逐秋来，不破年关不肯回。道是春风难入梦，只吹花落与花开。

观听程昕东当代艺术收藏展有怀（新韵）

声色虚实物我间，完形巨象两难观。忘情左右皆无解，大庙当中不语禅。

干炸丸子

肉屑浸油蘸井盐，焦香更胜桂香沾。银盘一捧三千粒，个个团圆待老签。

韩信的逆袭之路（新韵）

漂母难施洛阳米，可怜胯下太轻浮。功成不过逆袭后，万古名留一匹夫。

烤全羊不能吃有怀（新韵）

炉火熏香蘸苦盐，焦皮嫩骨九分鲜。玉楼高卧无心等，我不吃羊羊很难。

年终总结

世事曲回多两难，一襟冷汗未尝干。年关不破青衫破，洗尽红尘再上鞍。

五律

元旦二首

其一

岁结收支簿，盈余十尺香。孤吟尽萧瑟，一季半轻狂。
老衲五言偈，红颜对面妆。来年桃运里，卜得更春长。

其二

月老吟兴老，岁新人亦新。方圆何足立，左右自相邻。
鸿运岂关智，朱门似有仁。余情两难却，孤志竟无垠。

观《连年有余》年画有怀

挂壁亦风景，入年春意滋。青莲避尘处，赤子弄潮时。
迎岁岁何在，问鱼鱼不知。年年皆独往，孤志竟随之。

史官

沽名越千古，坑火自随之。沥血知无味，披襟伺有为。
讳言难会意，曲笔未尝歧。腹诽何须墨，汗青如六师。

澳洲山火

天燥因人躁，风波误此年。疏林半倾覆，困兽独缠绵。
落寞忽如烬，惊惶未止燃。九霄遮欲断，恍若是烽烟。

363

吟诗不遂

青灯自近槐，白月独登台。冷墨糊涂字，团香错落梅。
孤吟了无趣，七步亦多才。不及写残赋，骈联误几回。

读烟花诗友佳作有怀

推敲门内事，门外几人叹。五七何堪绝，孤双对亦难。
道心坚处破，法眼猝然看。偶得封缸句，俗缘不甚酸。

怀杜甫

盛世岂难致，常携名句来。悲秋独知客，望岳恨登台。
唐亦沧浪界，臣其游涉才。或因君苦仄，字字瘦成灰。

糖炒栗子

至寒出巷外，至热上心头。细火三分熟，凝香十里浮。
忆君曾共食，寻味竟难酬。粒粒皆须剖，深藏不解愁。

除夕游珠海圆明新园有怀

临渊半入门，烽火似相邻。堂阁倾如故，山河覆又新。
长安自明月，沧海欲轻尘。亿万不平气，百年终一伸。

朋友圈

寻思无咫尺，际遇尽迟疑。相见不恨晚，呼来犹自知。
斜阳晒青衲，盈月满红绡。欲识荆州牧，因何拉黑时。

超市

莫妒新丰市，当垆沽酒忙。不闻柴米贵，唯羡肉糜香。
万物自斟酌，五铢相短长。千金亦轻付，循序一行行。

元宵好吃（新韵）

一粒一团圆，团圆何太繁。今宵不堪酒，来岁酒何堪。
汤沸煮秋月，云开拨玉丸。清甜忽满口，醉眼有些酸。

2020 年

小隔离（新韵）

藏拙无以乐，避世亦难熬。素手描红册，清心画地牢。
低头一时闷，止步两周遥。临窗望枯雪，明月岂吾巢。

到家

车马游千里，风尘不及抛。逃秦本无计，归燕自倾巢。
忽识程门月，乍闻梁父嘲。又扶高卧处，入梦再难爻。

江雪

近暮自寒彻，无肩以拾薪。幽尘隐归树，野老诘来人。
旧好岂知己，轻舟不动身。江流转蓬去，千里一罗巾。

左宗棠

清明无盛世，离乱出高玄。谋自湘凌寇，功因柳戍边。
渐尝周粟涩，别忆楚材贤。大厦倾如此，孤忠何以传。

破相

众相无存相，皮囊剩面皮。眉横三让处，头破一倾时。
我意寻芳径，人言割玉肌。手边多事故，足下最难持。

雨水有怀

日前千丈雪，化雨二三珠。缘分寄山水，交情论有无。
闭门当补过，面壁未知愚。地气渐回敛，春来竟不需。

网红

卿卿何所忆，尽在玉屏前。千面似曾识，孤芳未可怜。
群氓亦知己，对戏竟茫然。我自羡高卧，竹林听七贤。

雨

当春融自雪，化雪入秋城。聚水沾青柳，缠风洗白丁。
鸣因拟雷变，润以赴云生。万缕皆无韵，寒塘滴到明。

宅居有怀二首

其一

闭口闭门后，嫌人嫌己何。眉横焉有怯，面冷自无疴。
茶近闲滋味，愁来旧琢磨。凭窗应问月，谁在广寒窝。

其二

松下无童子，知花何处拈。孤琴弦久涩，秃笔墨难沾。
心静何尝静，人嫌尽可嫌。余香午门外，红袖未曾添。

梅花

未赞花开早，因疑是假花。虬枝出残雪，初蕊入浮霞。
移自登云路，携来落马衙。倾城终可赏，应与鹤同嗟。

闷酒

浊酒亦浑涩，闲来长短亭。樽前似欢喜，帘外又飘零。
一饮何须尽，三杯不复醒。行歌滋味浅，难共旧人听。

读文谷兄咏春分佳作有怀

春愁苦不禁，天祸自人心。一语可双悟，孤词难再吟。
怜梅开萼早，追蝶入林深。三顾周郎误，当凭弦外音。

绝对江湖

是非无可论，大隐在疏离。恩怨难轻了，输赢岂易知。
拂衣归意浅，解剑用情迟。不遇寻常事，寻常犹再思。

早起趁无人赏海棠花溪有怀

溪边列青柳，岸下系孤舟。人怕共卿赏，花开为己忧。
群嘲已无计，独醒自难留。或是濯缨处，清流不洗愁。

春日偶怀

欲听蝉作响，更觉桂生姿。入径风声共，倚门人语私。
折花因念旧，化蝶已嫌迟。故意不相遇，离愁费柳枝。

春闲偶怀

偶逢犹信步，相隔亦相邻。久遇持花手，偏无折柳人。
闲吟三五句，偷换一时春。欲向长街去，幽居第几旬。

春日偶怀（十四盐）

故人情未绝，送我碧螺尖。黑雀挂青柳，新巢悬旧檐。
江湖有无趣，口舌往来甜。欲算今年事，龟枚不肯占。

拒马河十渡漂流有忆

莫问农家月，相交避远城。秋风十里绝，春水一江清。
上下何曾识，东西似有声。倾之不知止，流到桂花生。

《山海经》

山海本多志，凡尘有壮心。惜无云凤舞，偶得水龙吟。
秘境藏精怪，幽冥出士林。天涯不思至，浪迹莫轻寻。

豆角焖面

众生难得意，釜鼎自煎熬。肉糜应慎语，豆屑甚经烧。
野面截然热，山厨似此遥。一锅邋遢面，余味不堪调。

理发（新韵）

玉池新沐罢，烦恼又丛生。幽绪从头剪，闲愁向后扔。
一抔沧浪水，三尺缦胡缨。仰笑摔门去，沉疴忽已轻。

吟咏感怀

春秋感佩时，从众愈矜持。唐宋难轻弃，风骚岂易为。
因推敲亦苦，炼字句犹奇。口祸焉能避，知之作不知。

观楸桐花催棋有怀

闲来花下弈，别有弄琴声。红袖拂寒墨，添香白露清。
敲棋催一断，闻道惜三生。落尽犹难尽，纷纭已半枰。

关雎

欲求无所求，欲恨恨难收。颠倒众君子，寻常半老鸠。
离离燕亭外，脉脉柳梢头。莫问帆何往，余生共一舟。

夏躁

坐问春何在，闲花半不生。眉间七情蹙，帘外一蝉鸣。
五内微微灸，三焦慢慢平。焚诗借心火，错韵满秦坑。

暮春

求雨得浑云，求生命若尘。折来御城柳，吟罢沁园春。
倦鸟难栖树，烟花不避人。炎凉难解语，因果了无因。

咏太阳（新韵）

恰似君临意，威仪布满天。长弓射其九，残月凑得三。
紫禁扬扬起，红旌落落还。浮云掩不住，未敢越燕山。

闲咏

欲诉托春梦，却嫌春梦迟。烛封三寸字，韵次五言辞。
画柳忆长短，拨弦知偶奇。梁园不锄久，薄草奈何之。

忆夏

芙蕖饮春水，余味竟酣然。折桂岂今夜，听蝉自去年。
江风吹白鬓，山月照香肩。谁愿共幽梦，谁堪共不眠。

儒释道三首（新韵）

儒

道从齐鲁论，文脉渐风传。孔孟致高义，春秋著雅言。
避秦何自处，兴汉不相关。万古如长夜，于今剩几年。

释

今生或有缘，来世未能参。物我两难忘，是非独自看。
劝君出下策，从众上西天。得道即失道，敲钵只不言。

道

鼎鼐难轻弃，幽冥未可诠。裹足绝末世，披发入名山。
秋尽饮白露，春来嚼赤莲。长生求不到，老子不出关。

炸鱼排

竟信沧浪水，醺然是滚油。三焦未尝苦，六味似曾留。
濠上问其乐，锅边炙者讴。花香虽可羡，何及肉香浮。

遇丐有怀

浅暑催归路，轻声唤驻留。折腰知所愧，伸手问何求。
红袖东西拂，青蚨上下投。初心亦寥阔，遗落在街头。

夏日

蝉有一时韵，疏云眉下浮。披襟欲轻薄，拂袖亦烦愁。
梦是清凉界，天如断续秋。余心初不静，顿悟似难求。

夏居偶怀

急雨敲窗牖，凭窗雨已停。柳垂嫌水漫，蝉噪喜人听。
须发些微白，田园过半青。几枝初熟果，不待早秋醒。

七月游荷塘有述

细柳垂长絮，烟云遮万端。莲花不堪折，荷叶未曾残。
几个清谈客，三千红顶官。优游林下事，谁刻玉雕栏。

熬夜

伏案读青笺，乡音置两边。故人多一问，寄语更三千。
且信烛难尽，因知月不眠。黄粱亦高味，入梦至来年。

盛夏遣怀

酷日期长短，熏风擅自休。冰心无以谢，雨意似难酬。
渐上是非榜，重登高矮楼。春秋皆可忆，最忆在凉州。

首博展览怀古

人皇不纪年，烽火替炊烟。举刃千层雪，擎旗半壁天。
黄金饰冠冕，白骨塞山川。亘古因循者，煌煌紫禁前。

立秋临水有怀

闲愁半倾覆，溪动似江流。雁字难持笔，蝉声不唤舟。
青山止于夏，白露乞来秋。阡陌二三里，田园待薄收。

乡村偶怀

颗粒藏余庆，春秋有大冲。时怜槽马卧，偶遇稻车从。
阡陌难凭我，衣冠不悯农。明君如适意，乞得万年丰。

园博园

万国四方新，清流御水滨。凭栏自怀远，寻径不思春。
诗赋吟哦久，田园耕作频。秋风仍在手，满眼又茵茵。

偶怀

又望湖山月，苍凉未解衣。红颜余八九，白发仅些微。
辞以落花喻，吟如倦鸟讥。玉楼何处醉，一卧再难飞。

2020 年

秋雨二首

其一

云压三千里，沉霾自远生。武陵犹半柳，紫禁已孤城。
暮鼓因雷动，潮弦向月横。青衫未尝湿，只是湿心情。

其二

甘露偕秋降，清寒亦湿衣。或从鸿塞返，且向玉楼归。
笠下犹萧瑟，眉头渐式微。因知不如泪，拂拭几依违。

葬花时候

一径红罗碎，孤芳白月污。花期应误矣，雁字可知乎。
埋已思深浅，闻而信有无。荷锄倦来去，香尽转归途。

读《秋水》有怀

问心归以惑，心外尽浮云。天道本无序，人言或可闻。
三思难慎独，一悟自超群。守正凭初意，知之剩几分。

秋怀（折腰）

不以登高苦，枫红遮翠微。芝兰何见弃，桑梓又思归。
炎凉因地气，明晦自天机。是故忽知雪，萧然致一挥。

秋初寻红叶不遇有怀（新韵）

诗成墨未成，新页亦夹生。老骥何尝老，青山依旧青。
孤城断归路，十里过长亭。不遇佳人后，佳人不遇中。

信条（新韵）

救世先知世，家国自两难。名实皆不解，顺逆已无源。
忘却天机涩，识得人性偏。桑田未尝种，何以种心田？

庚子中秋有怀（新韵）

时季未尝觉，来年亦可约。熏风自云起，清月入帘歇。
欢喜值三笑，家国共一节。今宵应病酒，不计几圆缺。

中秋小酌

别来欢喜劫，家国自同尘。尽是贪杯客，须无望月人。
孤灯有余色，清酒亦温醇。伏案勿思昨，江南已不春。

遣怀

因故苦吟后，故人应有叹。孤舟不思独，一径自成单。
江岭遮南雁，秋茅避上官。渡人人亦渡，唯见白漫漫。

天花板

仰醉天无顶，东西置柳床。三千里滋味，一屈指轻狂。
慕远赴高麓，思亲倚旧墙。层楼立难直，浩气不堪当。

秋夜寄远

归自芙蓉榭，寒衣胜薄裘。风声过青柳，烛影出红楼。
孤月子时缺，残花丑处羞。送君春不至，无意寄清秋。

秋深游什刹海有怀

时辰不计年，岸柳正临渊。冬遇岂三顾，秋怀自两边。
孤梅亦堪折，野鹜未尝眠。风动似心动，匆匆下渡船。

愚公

掘地自深处，青山土不多。当途亦难阻，上殿岂无过。
大智讥之甚，轻狂效者何。千钧有余力，谁共子孙驮。

初冬随想

秋深未尝觉，霜露共清寒。赏叶因其色，知人愧两难。
月移香自桂，帘动气如兰。为待今年雪，披襟独倚栏。

冬夜

谁问秋茅浅，江南亦客居。灯昏犹掩月，屋窄亦藏书。
披衣知地暖，惜墨愧才疏。辗转寒窗下，难吟宿夜初。

读旧作有怀（新韵）

阅尽平南策，如拂烛下尘。十年不易忘，一念自难寻。
本好焚余意，方知删后嗔。白石刻千字，字字是无心。

就食峨嵋酒家怀灭绝师太（新韵）

素手调春酒，醺然卧两厢。玉堂叠粉黛，金壁照昏黄。
落地独孤雪，倚天方寸霜。断刀切不已，滋味恰相当。

七律

天涯比兴建版二十周年纪念

为避膻腥不避秦，画心无墨蘸红尘。竹间高论风骚谑，檐下清谈燕雀嗔。
二十年犹死生劫，三千客自往来身。故人于我如光景，我亦景中思故人。

博浪沙

玉戟金钩六军出，留侯不遇亦逡巡。道旁尽是过秦客，殿上已无扛鼎臣。
终以独夫仍桀骜，须经二世乃沉沦。陈吴有志托鸿鹄，犹待揭竿千万人。

火山

亘古源流岂易分，大能造物竟纷纷。携来赤焰似难寂，忍在黄泉终自焚。
拔地起而无面目，惊天落亦惹风云。千年莫计沉浮事，或静或兴皆不群。

岁暮（含不怕醉多惟怕醒句）

寒雀催人岁末时，初更向晚夜支离。沉霾淡月青黄径，疏柳残梅长短枝。
不怕醉多惟怕醒，才逢命舛又逢悲。孤灯透壁难瞑目，因被红尘沾满眉。

慕容霸

烽火烟云未止戈，允文允武自嵯峨。八千胡骑投鞭处，十六英才问计何。
复国无拘亡国恨，修身须待舍身磨。君王故智谋天下，不卜来年参合坡。

秦始皇

博浪沙前未中椎。阿房宫里又相欺。八千郡县归心否，六国江山俯首为。
留此长城知好汉，兴亡继绝恰同时。后人犹似后人惧，天下英雄皆小儿。

怀李白

谪仙应自九霄辞，提笔何拘弃剑时。才入唐宫偏聚散，别来蜀栈又分歧。
因诗因酒因高韵，非道非僧非大师。济世不须平北策，只捞明月挂东篱。

余华小说《活着》读后感

输赢生死不无常，因果缘由空感伤。未动心时皆富贵，在知趣处自炎凉。
蝇营狗苟小人物，浩浩汤汤大道场。放下万般难放下，来吟这段老文章。

冬夜

以月为灯灯亦残，云岚遮柳且须看。案头直笔烛不灭，眉下浮愁秋已寒。
青册翻来徒费眼，黄粱醉去自伤肝。明晨应有倚山鹤，为我高翔助一弹。

窗花

爆竹惊天不夜天，炊烟飘似半城烟。别来梅雪争芳后，羡自菊笺描画前。
望尽南山遮老月，吟成佳句拟新联。春华醉在冰晶上，开作无根无色莲。

庚子初一过伶仃洋望港珠澳大桥
兼怀文丞相（新韵）

孤舟细雨掩轻帆，天被长桥隔两边。恨此风波不如旧，凭君抱负已无惭。
杀身莫吝文丞相，立命终须武状元。因有故人同陌路，今生沧海误桑田。

庚子元宵节有怀

呼春未至风波至，何处花容不避嫌。冷月催寒冻高阁，愁云忆苦落低檐。
人难从命东西劫，命岂由人上下签。道是团圆休细数，碗中玉粒口中甜。

落雪时节

佳音曾报暮云开，洗耳犹闻惊世雷。移步遽迎银子坠，转身乍见玉人来。
青阶白隙赴归径，万里孤怀下望台。因恨梁园扉不掩，凭君自扫一城埃。

残雪

尽日思春春未至，御街侧畔白银渣。冰心散落长安巷，月色斑斓耶律家。
一问千言难悟道。三星两点不如花。留些冷遇谋寒热，犹似清霜暗自夸。

早春游十三陵怀古

八万里江山锦绣，十三个落寞君王。柳从今夜青丝折，月在明朝玉殿凉。
唯以丹心报家国，难凭直笔写文章。道边翁仲高抬手，忠骨休埋近朕旁。

倒春寒

寒蝉无语柳无依，大梦开年年未归。六界浮愁梅不出，一时幽致月仍肥。
应怜白发由她绝，才卸青衫裰尔讥。缩手岂因残雪冷，路人更比古人稀。

红楼

金玉前情欺木石，清明旧卷补虚空。侯门深似江南忆，高士愁来天外逢。
偏有痴言说春梦，岂无浪子打秋风。宝钗宝黛皆相逆，缘有缘无运自同。

三国

汉瓦秦砖不自知，雄关终必树降旗。愁来白骨盈城处，错在青梅入酒时。
祸国欺君凭善恶，杀生取义赌安危。三分三顾三兄弟，六出七擒何太迟。

西游

师徒逆旅赴妖氛，枉认真经未必真。岂是西天常礼佛，奈何东土不藏人。
迎头终有一棒喝，屈指得来三世因。问道应须去金箍，净坛君子本无尘。

水浒

弱水无边亦能渡，天罡地煞比谁狂。尽忠难免燕云耻，聚义何须王谢堂。
周粟余情空白发，秦灰旧恨自黄粱。反诗休向西楼赋，留万千言腹内藏。

踏春偶怀（新韵）

我欲听蝉蝉未语，良辰应到却迟迟。半城柳色恍然绿，一径梅香别样湿。
失意又逢多病后，游春最爱少人时。青巾遮面难遮目，我与东风互不识。

清明雨

曾怀忧闷羡来生，白鹤青松未记名。愁上高台接云雨，恨无佳境纳渔耕。
或因常事酬三世，岂以多情换一晴。泪落八千犹不足，今年日日是清明。

遣怀

欲饮琼浆失大杯，欲吟佳句叹余哀。因春有雨蝉无语，羡友多才柳是材。
当此青山瘦如骨，由他白发碎成灰。葬人应向花繁处，花自流芳人自摧。

暮春遣怀六首

其一

久入京华未计年，春风虚度九千天。鱼无远虑殊难得，花不盛开犹被怜。
知有梁园青白径，携来秦瑟二三弦。故人与我共吟咏，我与故人谁在前。

其二

才送离愁又送春，到头依旧不相邻。芳龄几许惜长夜，苦口常开羡小人。
柳岸归来数枝折，梅窗避过一家亲。问君莫吝千金辔，花是轻骑月是尘。

其三

风月长安久不胜，春衫湿罢忘余兴。高台令酒传孤客，古寺听禅揖老僧。
因恨溪红炉花落，更怜山冷羡江澄。浮云遮我望秋水，转过青莲是武陵。

其四

三月熏风落晓烟，孤城柳嫩桂花鲜。闲携娇客游清野，羞向顽童撒喜钱。
蝴蝶如云犹散漫，芙蓉比水愈缠绵。玉池伏岸观鱼者，知或不知皆惘然。

其五

燕都官柳列东皇，紫禁红楼俱两旁。夏至流光期至善，春深郁结羡深凉。
以缘以境以无距，未及未来曾未尝。我欲沽名题一句，故留三句任寻常。

其六

何计长安是故都，燕云风柳岂堪扶。黄冠紫绶空名士，白发青衫一老儒。
尽遣春愁转秋闷，又将旧偈换新符。凭栏倦看痴桃李，竖子三千不似吾。

庚子立夏

柳梢心事上楼头，听倦枯蝉入夜休。一别三春犹落落，再行千里自悠悠。
村桥野径独无趣，山月江风两不愁。偶念当初悲欲绝，于今又是百余秋。

庚子立夏偶怀

不催花怠因风落，不许愁怀被酒消。十三月色渐圆满，一字乡音尽寂寥。
鹤已天涯归路绝，我如人意忘情遥。满城柳是街行客，趁动心时弯下腰。

榴花

十里嫣红疑是梅，却嫌梅子结孤胎。闲园陌路无先后，朔野熏风似折摧。
莫问因愁因喜醉，何拘对己对人开。须怜五月皆前浪，后浪应期八月来。

杂咏

秋水春山各有姿，三分心事七分迟。人难如是柳如是，我不适之胡适之。
莫说向前无道理，应知在下已参差。新词旧句寻常用，字可推敲意可疑。

游骊山（十五成）

玉冠紫绶各相挽，似下红楼似下凡。一径花分千袅娜，千金笑换一呢喃。
春秋白马从旁过，秦汉青峰自远衔。驱赴何尝知进退，归来得道只三缄。

妃子笑

七月流云间或移。忽闻城外过轻骑。去皮可见晶莹玉，束手难吟落寞辞。
隔壁江山君不耻，东窗事故我安知。她因一笑自开口，胜却三千糯米滋。

夏至

时晴时雨这般长，心热心寒各半场。人气微升微感动，天光渐短渐清凉。
几声蛙噪穿轻柳，满径菊香通老塘。我在池边待秋水，留言须等一沧浪。

暴雨

莫谓天威焉可畏，沧浪在上我为鱼。雷霆地动难缠月，风雨谁怜好读书。
一唱三叹常变调，满街尽看不归车。无蓑无伞无青笠，更有青衫是冗余。

庚子时雨

及时风雨又承欢，花落花开共一叹。轻暑消磨金斗笠，余愁漫洒玉雕栏。
黄梅无计酿春酒，碧柳多枝挂老冠。忽忆当初亦庚子，长晴须待百年看。

夏夜闲怀

青阶白柳玉池旁，引得痴儿又伏墙。以意随心春梦苦，因云求雨旧情长。
半襟闲墨胸前后，一径孤山月两厢。虚热时侵真肺腑，尘缘放下自清凉。

幽燕

有好衣冠有好名，当年逐鹿定输赢。一襟黄土东西庙，满目红尘四九城。
碧柳金櫓失春色，青蝉紫禁动秋声。可怜天下绝佳处，不似寻常白玉京。

秦始皇

吾皇鸿烈意纵横，六合中平正气生。失鹿当初曾问鼎，擒龙终究自推枰。
不留半阕焚青册，又遇匹夫讥白丁。埋却骊山三百里，争先仍是大师兄。

燕子湖一游（新韵）

闷在西楼又梦槐，驱车十里向轮台。江山气度梧桐立，风雨心情燕子徊。
戏水皆非老夫趣，追云尽是小儿乖。烽烟起处纷飞鸟，报与清流烤肉来。

立秋有怀

今朝风起算秋风，未染空山作晚红。暑热随心辞白鹤，闲情入目对青枫。
欲持新果仍嫌涩，且煮陈粮不讳穷。稼穑艰辛如国事，丰收须乞老田翁。

读史有怀（新韵）

九州何处烽烟尽，司马谁封万户侯。破壁人皆真汉子，化龙鱼是小泥鳅。
匹夫有志亦豪阔，遗老无德自愧羞。渭水沧浪皆不用，钓江山用一吴钩。

秋初过廓如亭有怀

每过长亭怕转头，潇潇风雨又催舟。因寻老骥蹄无齿，犹望孤城耳是眸。
五十四年归一悟，八千里路费三秋。几番来去空来去，岂止青山不解愁。

秋怀八首之一

秋水

信是孤怀客自怜，折帆掩棹忘晴川。鱼逢琴钓亦欢喜，人在竹林空纠缠。
何处霜襟应覆鹿，洒家风骨不朝天。我观秋水伊能静，秋水流连净洗船。

秋声

长歌远送过阳关，百里听闻十里蝉。鼓有余音不惊梦，琴无佳韵自应弦。
轻车在路传离绪，驽马依槽顾旧怜。闭目可知天下事，一平一仄一诗笺。

秋林

十里青黄自远楼，斜阳没入碧桐秋。一花一叶一声色，长恨长思长辔头。
随径携来旧欢喜，穿林寻遍假因由。应无红豆挂枝上，白果二三留未留。

秋花

杀生无计只逡巡，开亦轻狂落不嗔。且数嫣红三五瓣，何如明白万千人。
菊香桂影皆虚设，楚赋唐歌犹夙因。谁扫西园身后孽，葬花须用九衢尘。

秋叶

不羡青枫羡老槐，秋茅庇我慕云斋。黄栌有梗傲红杏，白发无缘下玉阶。
一径残花须薄葬，满城枯叶且深埋。花无余味叶无色，唯剩空山人自怀。

秋月（折腰）

空山新月待春归，夜是三更灯莫吹。闻桂香迟不堪忆，怀秋人愧偶然悲。
下玉楼逢上楼者，出孤城看进城谁。笛管铿锵似刀斧，吴刚又作楚人师。

秋雨（新韵，仄韵）

临窗遇见旧皮囊，花落花开花不想。半面湿清半面干，一江萧瑟一江涨。
人如猥琐亦难欺，我欲轻狂无可挡。唯愿雨声独似雷，滴滴打在菩提上。

秋山

登临难赋长亭句，满目嶙峋自有歧。趋后三生须小觑，向前一步似高危。
相逢处是断肠处，停手时皆回首时。不恨云深阻归路，因知归路已无期。

教师节咏怀

别来稷下已经年，至理师传逾九天。犹羡程门肆孤志，当知孔壁有残篇。
不三不四不中正，于己于人于自然。可钓可渔皆用技，我临沟壑似临渊。

绕昆明湖一周怀古（新韵）

每遇秋初赴远荒，佳园半日绕长廊。幽燕故事东西后，华夏遗羞甲午伤。
上殿君如丧家犬，化龙池是养鱼缸。排云拨雾楼阁现，未必雕梁是栋梁。

读汉史有怀（新韵）

最爱封侯更爱钱，黄金台下马三千。文肩武胆高皇帝，鼠目蜂腰老太监。
殿上人皆不言语，池中物是一神仙。后宫多事因多欲，谁问江山几个嫌。

遣怀（折腰）

无意追风风不平，鬓边秋月陡然清。满楼扭扭捏捏女，几座萧萧瑟瑟城。
三千落木遮南径，一片孤山望北京。檐下几声痴燕雀，两头光景共多情。

2020 年

光盘行动（新韵）

玉盏金杯何所期，清汤冷面未尝辞。朱门一入伤余臭，白眼独来羞老痴。
恣肆应怜肠断处，轻狂犹忆髀肥时。秋收万粒无心果，谁许人间自在吃？

遣怀

谁知秋色似初春，乍冷犹难竖角巾。错过一杯微白水，觉来满眼半红尘。
花滋味是茶滋味，昨夜人非今夜人。三尺青锋不须出，攻心当取好时辰。

游首钢园（新韵）

铸犁铸剑皆无趣，唯有田园舒我怀。一径秋茅何处卷，三千傲骨不须埋。
新潮任性吞金兽，旧物怡情漱玉斋。百载风光换滋味，喜迎后浪上前台。

赴诗会不遇有怀

雅韵天成裂古今，流觞十丈唤披襟。闭门羹亦菩提味，禁口禅如鹦鹉音。
错过苦吟留半句，携来佳句作孤吟。秋深应赴云深处，不许登临似远临。

范蠡（新韵）

万马千军谋社鸦，悲欢胜负岂须夸。君能尝胆臣能死，剑自无情刀自杀。
伏虎六师皆越甲，悬眸一顾向吴娃。江湖庙算酬知己，问祸求福不必答。

钱谦益（新韵）

何处家国一战亡，衣冠容易换青黄。平生愧以贰臣死，壮志多因五斗降。
常笑前贤难寂寞，当知后浪更慌张。负人负己负天下，不待水凉心自凉。

庚子初雪有怀

青柳黄枫只一般，玉阶金壁覆玄关。寒而不即不离处，雪亦如无如有间。
大自在中沉又起，小时代后去难还。孤城四顾皆高卧，我欲孤高怕等闲。

封神

道法知行分正邪，仙魔九域借根芽。人神共愤黄泉渡，天地不仁青眼斜。
垂拱河山岂堪弃，屈身生死竟能爬。虚名未及凌烟立，榜下风骚榜上夸。

绮怀次韵义山无题

再别秦娥意两难，花开花落寄花残。春因冷遇青衫薄，秋自疏离白露干。
素手牵机人已诀，红颜拂袖臂犹寒。当时一顾未能忘，换我千年不忍看。

黄河

朔风激鼓冻春衣，欲渡长河舟若依。悬岸高台前后浪，生田野径往来稀。
流如九曲初心直，人在孤城锐意归。向海须行八千里，到头一步最卑微。

回忆

只记良辰不记年，留痕刻壁竟斑斓。嫣红梦作赤罗袖，翠绿妆成碧玉环。
跳出三生三世外，觉来半有半无间。余香透自西楼里，疑是东窗顾小蛮。

遣怀

烛光炉火桂窗边，钩月撩人人自怜。崇圣何分前后圣，离天不过二三天。
凭谁励志传孤诣，愧我惜时赊万年。雅韵难谐封勒榜，仍须一顾以知弦。

小词

瑞鹧鸪·风雨（柳永体）

惜风羞雨故人遥。江南留我共潇潇。湿了青衫，又被风吹皱，细浪轻舟自在摇。

本来世事无常序，说来尽是微调。欲遮却漏三分，是一分惆怅，二分骄。更待清明用酒招。

小重山·夜饮有怀（薛昭蕴体）

君不贪杯空自怜。临窗贪月色，亦贪欢。薰风吹到桂花钿。吹不尽、香雪薄如烟。

高卧已千年。云台辞宿醉，自瞒顸。亦难消遣亦难眠。低吟后，隔壁有人弹。

朝中措·欧阳修（欧阳修体）

当年我在醉翁亭。太守不相迎。令酒留香入瓮，催花开作无情。

闲吟青史，愁无可述，道义浑成。天下诗文烧尽，应余数字归卿。

鹧鸪天·次韵春闺（无名氏体）

柳折蝉鸣不忍闻。靥红有色是余痕。孤灯残酒秋岚味，老树斜檐月桂魂。

金瓶案，玉兰尊。更无一处共晨昏。雕栏未可轻狂倚，独掩寒窗莫掩门。

青玉案·春运

还乡为逐春来去。却难识、江南路。谁掷千金输一顾。归心常在，关山易渡。莫问家何处。

长车千里如无距。一梦何尝别秦楚。挤上青云知不遇。向南是我，向西是汝。道一声辜负。

浣溪沙·窗花（韩偓体）

应恨长安金错刀。春光剪罢纸蓬蒿。佳人误我几良宵。折柳一枝编作骨，寻香十里念如娇。阳关陌路自伸腰。

西江月·宅

此梦长如逝水，醒来已是黄昏。凭栏尽是避寒人。道是春光有信。

枉在街头留步，忽而檐下回身。一吟二咏恰三分。尚余七分忧闷。

蝶恋花·一年之计（冯延巳体）

帘外清霜三十里。帘内书香，闻道三千字。枉读春秋愁不已。春秋盛季如何止。

琢玉宜从明日起。何处优游，何处期终始。昨夜风花今又是。拈来一簇真欢喜。

清平乐·孩子

红罗白地。面目依稀似。竹马不辞肩上戏。越老越嫌旧事。

不教洗墨临池。亦难高卧偷窥。我以诗文无继，痴儿自有痴儿。

临江仙·春（晏几道体）

心事清如江上月，于圆缺后自沉浮。经年竟以老禅羞。酒醺焉可卧，春色未堪留。

瑞雪空吟风雅颂，闲情不似古人愁。至相逢处又相求。拈花滋味浅，遗落老吴钩。

画堂春·私奔

江州司马自相如。青衫红袖当垆。有情明月待情无。不照归途。

道是逃秦赴楚，别来折柳沉鱼。一江春色倚秋居。再等须臾。

相见欢·三八佳节有贺二首

其一

红颜又入红尘。再纷纷。只羡落花归处，万年春。

周郎顾，相如赋，尽空痕。十里江南不换，一回身。

其二

佳人尽是家人。又良辰。应把春风送我，剪青云。

羞花坐，沉鱼卧，羡相邻。道是相思胜酒，不常醺。

恨春迟·冬去

朔雪莹莹犹不去，怜不得，云曲云平。柳色似轻黄，又被风催折，此生是重生。

王谢衣冠何曾旧，旧的是，楚瑟秦筝。本欲来年尽兴，君又贪欢，携来春怨谁迎。

人月圆·故人无恙否

陈霜寒彻元春雪，犹恨锦衣轻。别来又遇，红颜如旧，红袖无名。

青眉素手，南梅北柳，都似重生。有情可忆，无情可拒，谁诉谁听。

玉楼春·曹操（顾体"拂水"格）

赌个江山横槊吼，煮着青梅论国手。汉家天子不轻狂，玉玺拿来拿不走。

赤壁烧天三两酒，白骨归心难不朽。应将铜雀慰平生，谁是周公谁是某。

浣溪沙·无题（顾夐体）

犹羡江南自在春。小城风柳桂相邻。明月池，黑土地，是凡尘。

碧水湿人曾是雨，红颜添酒偶然醺。在花前，听一句，懂三分。

渔家傲·春归（晏殊体）

春不归因春未去。欲归欲去遥相顾。残雪依然寒在暮。人不语。闲词险韵难成句。

一径黄芽霜满树。半城青柳池边驻。莫恨清明天自恕。忘情处。故人心事常辜负。

渔歌子

此季芙蓉恨做花，江风湖雨喘如嗟。向右拐，向南斜。不归不赴自天涯。

蝶恋花·上巳节（冯延巳体）

一树桃花三四个。不恨春迟，恨是春来祸。桂自生香梅自果。
芒鞋踏住区区我。

老病何尝随意躲。此处驱邪，何处驱心火。惟愿今年无坎坷。
竹林不敢辞高卧。

浣溪沙·没话找话

残墨余香何处寻。我因李杜费沉吟。欲题佳句力难任。
对面不知三世尊，回头正遇一千金。缘生缘灭岂由心。

浪淘沙令·喜雨

霞暗暮云稠。独钓孤舟。江风湿了往来鸥。羡雨因知原是泪，
谁撒谁收。

后浪正潮头。前浪堪羞。新雷惊我旧吴钩。笑看满天清白水，
洗尽春愁。

清平乐

故人明月，都一般清绝。因有同欢斯有别，卜我一生圆缺。
入夜人懒灯残，香丝捻作缠绵。织就玉衣三尺，须留落魄
时穿。

春光好·静女其一（晏几道体）

金城柳，碧池槐。玉人来。时在西楼时在北，莫相随。

似有琴瑟依违。凭笺字、点染娥眉。莫送青衫三叠外，有些迟。

春光好·静女其二（和凝体）

花心碎，柳梢青。等三更。送我半帘春睡，半帘醒。

楚客耻吟骚赋，秦娥好弄孤筝。曾约三生槐梦里，梦难凭。

阮郎归·临池观荷花有怀

临池顾盼顾周郎。拨弦谁在旁。鱼沉似落似惊惶。人花已两忘。

青梗折，白脂香。红颜莫卸妆。忽疑此水是沧浪。濯缨濯断肠。

少年游·大兴月季园游

暮春无计赴西楼。野径绕清流。梁园人满，朱门酒冷，香雪御花洲。

虚名不恤真国色，四季仅春秋。向东是晴，向西是雨，向后是回头。

浣溪沙·重逢（韩偓体）

常把悲欢弄几回。长亭仍识旧青眉。不知主客是谁归。
为赋离辞三两句，又添病酒两三杯。何妨下次换人陪。

渔家傲·月季（杜安世体）

花在梁园月在天。新红旧绿各蹁跹。应恨此生颜色浅。休分
辨。恣情又把玫瑰换。
脂粉三千不值钱。流云凝雾共流连。应是残香吹又远。春愁
散。倚栏人减风流半。

天仙子·十三陵怀古

玉殿金檐千丈暮。遮尽残阳千尺树。因风回望旧长安，云如
土。人如故。天下已无埋首处。
明月清风留不住。野径孤城何必去。可吟可叹可徘徊，断头
路。先皇怒。我在人间皆不惧。

采桑子·夏日

浮愁常在心头卧，春梦如虫。秋梦如龙。醒后方知化蝶中。
何来苦雨青衫湿，一入梅丛。再入桃踪。熬得残阳下远峰。

朝中措·鸟儿（钦谱欧体）

或楼或柳或长空。是雨是秋风。愿上九霄云外，愁来十里城东。

孤山望老，汀州落尽，疑似飘蓬。此处纷飞无计，何妨嚼个眉虫。

阮郎归·黄昏即景

一时急雨湿青衣。斜风断续吹。不知左右与来回。怕听山外雷。

出秋水，入春帷。犹嫌日落迟。三分意兴半参差。人归月不归。

减字木兰花·无题

梅风竹雨。不似齐眉眉又竖。怨偶良缘。毕竟相逢共一天。

与君偕老。莫论黄粱多与少。许了三生。再数春山几个青。

阮郎归·七月有怀（新韵）

当中折半对流年。炎凉各一边。莫因深浅计春残，春深不采莲。

堆白发，染红颜。他山别有难。这般秋水满江天。涛声也讨嫌。

人月圆·惜时（王诜体）

江山不过千余载，生死惹人愁。汉唐秦晋，东西南北，一瞬皆休。

佳人已老，繁华易逝，求亦难求。年年日日，分分秒秒，换了春秋。

巫山一段云·荷塘（毛文锡体）

我辈桥头倚，斯人陌上居。半池秋水见芙蕖。另有半池鱼。
勿以沧浪洗，须从鬓角梳。忽知今日不当初。多了一唏嘘。

清平乐·人间烟火

斜街矮巷。杨柳无人唱。老树横侵三五丈。窗下楼头檐上。
此夜此月无情。这桥这路难行。不是江东骏马，莫向天外纵横。

甘草子·偶感

风雨。一时天气，寒热无人顾。柳岸拈花步。槐梦追君路。
明月缺时惜相聚。不说别、才离又遇。应是多情故多虑。把字熬成句。

定风波·偶感

名利思来已半生。或甜或苦或膻腥。百味遍尝留一味。似泪。有清有浊有飘零。

所忆故人成已故。辜负。三千宿债是离情。买醉却难知酒量。十丈。上头时候忍心听。

添声杨柳枝·红豆（贺铸体，新韵）

数罢相思三五颗。再难多。红颜揉作玉珠核。又如何。折柳折梅都是悔，待谁折。待谁春夜最婀娜。记得么？

清平乐·乡村

清池翠柳。陌路无人守。不是弄潮分左右。都向金城奔走。

野径尤似平时。老翁老妪小儿。四至已无征战，封侯不必辽西。

菩萨蛮·处暑

凭窗看取姑苏月。由她自度长安阙。玉露不清凉。芙蓉隔岸香。

怜秋秋不至。花落三千次。枯叶又丰收。青枫耐住愁。

留春令·秋雨（晏几道体）

艳阳无继，暮云寥落，丝丝清切。十里枫岚自孤城，却辜负，离人折。

已是秋茅三百叠。怕青灯浇灭。荷笠当头不弯腰，遇观者，当明彻。

鹊桥仙·七夕

沧浪不钓，蓬莱无棹，唯恨银河有岸。神仙不悔万年情，却辜负，人间那半。

相如难赋，红娘寡计，误了谁家冷暖。情长长不过青天，天尽处，离卿不远。

浣溪沙·竹

已许松梅共此生。因寒因暖问心情。枪林箭叶不须争。
十丈高竿余味浅，三分嫩笋远香清。当年狂客已无声。

长相思·夜思

人在楼，月在楼。孤月离人各自秋。花残夜不收。
送江流，忆江流。昨是江流今似洲。不归吟不休。

霜天晓角·城外

踏青时节。十里人如屑。都道孤城无数，孤城外，只一瞥。

虚设。秋意末。破阵三千列。任是天高云淡，都不及，心头热。

浣溪沙·风起

幽径谁藏半尺花，落霞散作玉楼纱。狐裘裹紧旧人家。

不为浮尘消寂寞，犹思新月透篱笆。孤灯吹灭又吹茶。

西江月·中秋感怀

白发久经吟咏，黄粱又被煎熬。一池秋月鬓间飘。谁把团圆误了？

管甚南声北韵，何来旧燕新巢。半城枯柳尽弯腰。大礼犹嫌草草。

一斛珠·登山

秋枫无隙。青山白径流霞赤。当前一步三千尺。退也无常，又作云中客。

冷遇高逢谁破壁。长亭十里皆孤直。有心回望长安邑。不见前程，只把春衫湿。

鹧鸪天·寒露（晏几道体）

梦有微寒月有冰，相思碎作万千星。青云遮我西楼雪，白发随他半盏灯。

孤雁落，苦蝉鸣。一池幽水已无声。倚窗忽觉心头暖，似被春潮湿一城。

醉花间·菊

谁能懂，我能懂。花语皆无用。清雅胜黄金，不似黄金重。

秋意最难送，花枝无可梦。余香散尽时，心下微微痛。

诉衷情令·重阳节有怀（晏殊体）

相逢又在菊花时。故人知不知？南园一抔白土，葬我几升诗？

山若去，水难知。待谁归。秋深未冷，心急如风，收拾春衣。

卜算子·偶怀

折柳御城秋，伐桂云楼月。同是花残各短长，不待时辰末。

落笔画秋山，月已无圆缺。又忆山头尽红栌，莫取红栌叶。

孤馆深沉·晚秋

芳踪觅在老梅前。残句几无言。恨十丈秋池，一尺净瓶，难洗尘烟。

欲折柳、别离时候，送雁字如笺。却赢得、落花三顾，每回都是悲欢。

乌夜啼·读元好问《摸鱼儿·雁丘词》有感
（李煜体）

雁亦情深物，怎堪误了深情。竟将生死轻轻许，猜是有三生。

着实三生太远，原来独径难行。悲欢尽在双飞里，莫错认归程。

西江月·行李箱

叠入三心二意，携来万紫千红。添香何计玉玲珑。莫论拈花难送。

应把悲欢填满，先将富贵清空。欲行欲止有无中。合上一腔春梦。

感恩多·感恩

月明三十里。圆缺无终始。众生皆有知。莫轻离。

又在楼头望雪，是归时。是归时。去了江南，玉兰香莫迟。

落梅风·冰窗花

谁涂春色似晨妆。如梅似桂还长。冻花不似暖花香。意相当。
仅凭花语无辞撰，犹须一笔文章。画时颜色已微茫。画南窗。

极相思·遣怀

一楼密雨疏风。一径是残红。天涯在左，浮生在右，谁在
当中。

家国万里悲欢骤，是与非、时异时同。晴窗不倚，雕栏无味，
红袖难从。

浪淘沙令·秋夜

梦里正吟秋。梦外秋愁。孤灯孤月各回头。同看一楼红袖断，
断亦何求？

壮志五更休。因甚缘由？三更太早不能留。错过满城风雨季，
错过风流。

长词

水龙吟·庚子游月季园感怀

依春暗渡缤纷路，忽略一园花信。淡香有毒，深思无虑，狂言不论。绮念寻芳，优游度世，似多隐忍。恰流年若谷，亦行亦止，离人远，离花近。

转过轮台又问。似谁家、一帘脂粉。闲蝉冷蝶，流萤落雀，良缘何吝。十里人烟，半城槐雾，白衣如鬓。念轻狂自在，应知魏晋，不知尧舜。

鹤冲天·端午感怀次韵柳永黄金榜上

楼头月上。夜尽东西望。孤愿已千年，人心向。落寞春时候，斜雨急风摇荡。青魂无以丧。当世英雄，不过那层皮相。

秦风楚韵，千里悲欢如障。看不透浮云，难搜访。万古遥知昨夜，风骚续，云龙畅。如君贪半晌。斗米无情，不值片词酬唱。

水龙吟·落叶

红枫青柳孤城外，侵染无边秋怨。长洲冷鹫，曲溪游蟹，浮霾疏雁。不折斜枝，不拈枯蕊，只留生愿。算天地无隙，阴阳多舛，跃而已，何须看。

莫问云深云浅。问西风、将谁吹散。霜经十里，人称百岁，魂飞千面。我羡孤高，我怜幽寂，我知机变。对长山阔野，尘缘宿命，须轻轻断。

◇◇◇◇◇◇◇◇◇◇◇◇◇◇ ⬢ **其他** ◇◇◇◇◇◇◇◇◇◇◇◇◇◇

古绝

不知酒后狂，当认樽前字。欠人十万言，欠君一故事。

2020 年
▼

鸣 谢

感谢清华大学荷塘诗社社长王玉明院士为本书题写书名